直到你專屬於我

I SEE YOU.I WANT YOU. I'LL FOLLOW YOU... UNTIL YOU'RE MINE.

I FOLLOW YOU

PETER JAME

A NOVEL

彼得·詹姆斯 著

楊睿珊 譯

致我心愛的妻子拉拉，謝謝妳給了我創造這本書的點子和靈感。

1

十二月七日星期五

時間點就是一切。

這句話是馬克思·瓦倫丁的七字真言，也是他的人生準則。他總是很守時，分秒不差，行事一絲不苟，服裝儀容也不例外。在每個場合都必須穿著得體，這件事對他來說很重要，而且無論是上班穿的西裝、打高爾夫球穿的運動服裝，或是他在家喜歡穿的開襟毛衣、polo衫和斜紋布褲，都必須一塵不染且熨燙平整。

他那逐漸灰白的頭髮梳理得無比整齊，挺拔的姿態讓他肥胖的身形顯得比實際上更高，看起來將近一百八十公分。再加上高挺的鼻子和彷彿洞悉一切的灰色眼眸，有時他的神態宛如猛禽一般，銳利的眼神把一切人事物都觀察得太過透徹。他受到許多病人的愛戴，雖然醫院有些工作人員認為他有點傲慢，但尚可忍受，因為他有實力——事實上，不只是有實力，而是非常厲害。許多其他科的醫生遇到有關病人的疑難雜症時，第一個找的都是他。

四十幾歲的他正處於人生巔峰。他不得不承認自己非常喜歡眾人的關注，但這也是他多年來犧牲社交和家庭生活，努力得來的成果，而現在正是享受的時候。

然而今天一開始就很不順利。他遲到了，時間太晚了，因為他睡過頭。他知道自己不應該為此事擔心，但仍感到焦慮不安。

他看了看手錶，又看了看車裡的時鐘，再三確認時間。好晚，太晚了，今天的時間點全都亂掉了。

他的妻子克萊兒不止一次語帶諷刺地告訴他，「時間點就是一切」這句話會刻在他的墓碑上。馬克思知道自己有點強迫症，但對他來說時間點可是生死攸關的大事。在他的工作中，無論是計算孕婦的預產期，或是生產的關鍵時刻，時間點都至關重要。時間點影響著人生的各方面，不只是他的，而是所有人的人生。

身為企業主管顧問，克萊兒的工作就有彈性多了，還可以自由調配時間，這是他永遠做不到的。無論是坐火車或搭飛機，甚至連打高爾夫球他都想提早到。聽音樂會時，他總是等開門的那個，看電影時也會早早入座看預告片，克萊兒則是常常拖到最後一分鐘，都快把他搞瘋了。不過她當初比預產期晚了三星期才出生，缺乏時間觀念或許也其來有自吧。

而今天早上八點四十分，馬克思在尖峰時段的維多利亞大道上疾駛，前往天天通勤的澤西總醫院。刺眼的陽光使他瞇起眼睛，伸出左手拿雷朋太陽眼鏡，但今天，時間點的重要性將遠超乎他的想像。

他戴上太陽眼鏡，但他不知道的是，接下來六十秒將徹底改變他的人生。嚴格來說是四十七秒，如果他有看手錶的話。

2

十二月七日星期五

時間停滯了。

喬琪．麥克林的運動手錶壞了。大多數早晨，她都會穿越這條車水馬龍的道路到海邊，而紅綠燈往往跟她作對，今天也不例外，但她現在只顧盯著自己的手錶。她為了打破個人紀錄，所以跑得很快，結果這該死的手錶竟然壞了。

不要給我這時候出問題！

這肯定是世界上最久的紅燈，彷彿要等一輩子才能過馬路。每次錯過紅綠燈都會打亂她的節奏，迫使她等待，在清晨寒冷的空氣中原地跑步取暖。這條路車流量大，而且幾乎每輛車都超速，趁隙衝過去實在是太冒險了。

她盯著手腕上那昂貴的新跑錶，默默懇求它動起來。這個最頂級先進的款式除了無法報時外，似乎無所不能，但現在其他功能也都壞了，根本就是一副閃閃發亮但一無是處的紅黑色大手鐲。

之前那只好用的舊運動手錶壞了，她只是想找個可以測量心率，也有GPS功能的替代品，能讓她連上跑步大師app。體育用品店的銷售員向她保證，連NASA首次將人類送上月球用到的計算能力都比不上這只錶。「拜託，我真的需要這麼高效能的跑錶嗎？」她問他。「妳肯定需要。」他鄭重保證道。

現在她真的氣炸了。她終於等到綠燈，但跑到路中央才注意到那輛黑色保時捷。戴著高級太陽眼鏡的駕駛根本沒在看路，沒有注意到已經紅燈了。

她整個人僵住，只能伸手抱住肚子，試圖保護體內的小生命。

3

十二月七日星期五

馬克思．瓦倫丁感到惱火。「我得走了，我要動緊急手術。」這句話克萊兒到底是哪個字不懂？

他第一次見到她，就對她一見鍾情。他參加了她在醫院舉辦的管理發展培訓，當時他才剛搬到島上一年，作為婦科腫瘤顧問醫師展開新生活。她很美麗，身材高挑苗條，且總是面帶微笑。雖然她是金髮，卻讓他想起了自己青少年時期迷戀的女孩——麗奈特。

他永遠不會忘記那個完美的仲夏日午後，他第一次見到麗奈特的情景。那天是星期六，十六歲的他和一群同學蹺掉板球課，躺在灌木叢後面的高草叢中偷吸菸，才不會被老師發現。其中一個人帶來的收音機正放著傑森．多諾萬的〈以吻封緘〉❶。

就在這時，一個幻影出現在草坪另一頭。

她有一雙修長無比的腿，留著一頭飄逸的紅色長髮，戴著墨鏡，穿著挑逗性十足的貼身白色短裙。她走過來自我介紹，討了根菸，便坐下來和大家調情，一一問他們的名字。每個人都想盡辦法吸引她的注意，而她在邁步離開前送出了一個飛吻，又羞答答地揮了揮手。

她是對他揮手，飛吻也是給他的，這點他很肯定。

「馬克思，你的機會來了！」其中一個朋友說。「雖然不知道她怎麼會喜歡你這個滿臉青春痘的胖子，但她顯然喜歡你。」

「她搞不好瞎了，難怪戴墨鏡！」另一個人說。

馬克思不理會同學的評論和嘲笑，起身追了上去。她斜眼看了他一眼，似乎並不反感，還停了下來。接著，她就在光天化日之下深深吻了他，他的朋友們簡直不敢相信自己的眼睛，也感到嫉妒不已。

接下來幾天，他們總共見了三次面，但每次都很倉促，因為她總是在趕時間，只講了幾句話，最後以舌吻作結。馬克思對她越發痴狂。

「我什麼時候才能再見到妳？」他在第三次見面時脫口而出，簡直不敢相信自己的運氣。

「明天同樣時間在這裡碰面，如何？」她回答。「一個人來喔。」

馬克思一整晚輾轉反側，心裡想的都是她。隔天下午三點，他蹺掉了越野跑，提早半小時到約定地點，躲在灌木叢後面。她準時抵達，他便起身招呼她過來。

---

❶〈以吻封緘〉（Sealed With a Kiss），於一九六〇年由蓋瑞．蓋德（Gary Geld）和彼得．阿德爾（Peter Udell）作詞作曲，一九八九年傑森．多諾萬（Jason Donovan）的版本曾登上英國單曲排行榜（UK Singles Chart）第一名。歌詞講述一對不得不在夏天分開的情侶，敘事者對戀人說他會每天寫情書，並以吻封緘，兩人對彼此承諾會在九月重聚。

這次他們一句話都還沒說，就馬上擁吻。令他驚訝的是，她竟把手伸進他的內褲，抓住了他的陰莖。

她看著他的雙眼微笑，一邊用手上下搓揉，說道：「哇，好大呀，你覺得放得進來嗎？」

他喘著氣，說不出話來，幾秒後就射精了。

「不錯吧？」她問道，手並沒有放開。

「我的天啊！」

她再次看著他的眼睛說：「下次來好好做吧，下星期六同樣時間如何？」

「下星期六。」他已經等不及要跟大家說了，但又不希望朋友跑來偷窺。「下星期六，好，沒問題！」

「記得戴套。」

「戴套？」

「保險套。」

那一週，他幾乎睡不著覺，花了好幾天的時間，才鼓起勇氣到當地小鎮（其實充其量就是個大村莊）的藥房買一盒杜蕾斯（Durex）保險套。替他結帳的女孩只比他大幾歲，他臉色發燙，鬼鬼祟祟地四處張望，深怕遇到學校老師。

令他沮喪的是，整個星期六早上都在下雨，而且他這才發現自己不知道麗奈特的電話號碼，甚至連她姓什麼也不知道，只知道「麗奈特」這個名字而已。到了下午三點，雨勢趨緩，變成夏季午後常見的毛毛雨。他刷了牙又刮了鬍子，身上散發鬚後水的味道。他把保險套放在制服外套口袋裡，穿越草坪走向灌木叢，因為興奮不已而全身顫抖。他把摺好的防水大衣夾在胳膊下，以免弄溼，心想待會他們可以躺在上面。

三點半過了，再來是四點、四點半，隨著時間一分一秒過去，他也越發絕望。到了五點，他已渾身溼透，只好一個人步履蹣跚走回校舍。如果明天天氣好轉，或許她就會來吧，他暗自希望著，整個心都揪在一起，難受不已。

星期日陽光燦爛，他又等了一整個下午，但她始終沒有出現，下個週末也沒有。

馬克思再次見到麗奈特是三週後的事。在那漫長難熬的三週裡，他滿腦子都是對她的幻想，他對她朝思暮想、魂牽夢縈，心思完全不在課業上。星期六早上，下課後，他換上短褲和T恤到鎮上閒逛，心裡抱著可能會巧遇她逛街的一線希望。

他終於看到她了！她在一間機車迷愛去的咖啡廳外面，他親眼看到她從機車後座跳了下來。和她在一起的男人是個刺青又蓄鬍的大塊頭，穿著鑲了黃銅飾釘的皮革裝束。

馬克思停了下來，看著她脫下安全帽並甩開長髮，宛如一個狂野自由的美麗靈魂。

「嗨，麗奈特！」他打招呼道。

她摟著大塊頭並吻了他，看都沒看馬克思一眼。接著兩人拿著安全帽大步走向咖啡廳。

「麗奈特！」他大喊。「嗨，麗奈特！」

他快步走向她，但她只狠狠瞪了他一眼，眼神中充滿輕蔑，就趾高氣揚地走掉了。

機車騎士停了下來，擋住他的去路，說：「有什麼問題嗎，胖子？」他舉起一個刺了青的拳頭，手指上戴了幾枚閃閃發亮的大戒指。「想挨揍嗎？」

「我、我只是想跟麗奈特打招呼而已！」

她停下來盯著他看，但隨即又轉過身去，一副不屑一顧的樣子。

馬克思眼睜睜看著他們手勾手進入咖啡廳。

但他一直都忘不了她。當然，他並不是時時刻刻都想著她，但在人生中的里程碑，例如他的兩次婚禮，他不得不承認自己確實都有想到她。他忍不住猜想，如果他娶的是麗奈特，他的人生會有怎樣的發展呢？從蓋伊醫院醫學院畢業後，他到布里斯托皇家醫院任職，在那裡認識了第一任妻子伊蓮，但那段婚姻簡直是場災難。婚後幾個月，他日以繼夜打拚事業，伊蓮卻在這時懷孕，讓他鬱悶不已，不過後來她流產了。在那之後，伊蓮情緒混亂，他又更加努力工作，兩人鬧得不可開交，最後以離婚收場。

在離婚訴訟進行期間，他看到了澤西總醫院的徵才消息，申請後也成功錄取了。在那裡工作時，他遇見了克萊兒，瞬間想起那個聽著傑森．多諾萬情歌的幸福夏日，回憶全都湧了上來。

娶了克萊兒填補了他心中的空缺。他們住在聖布雷拉德小丘山頂上，一幢眺望迷人海景的美麗房子。婚後前兩年，他們如膠似漆，親密到他喝醉時，甚至幾度有股衝動想告訴妻子自兒時便深藏內心的黑暗祕密，但他每次都忍住了。

雙胞胎出生後，他們的關係不可避免地發生了變化，有了第三胎後更是如此。和上一段婚姻不同的是，他已經準備好撫養小孩了。他終於有了家室，但他不喜歡自己在克萊兒心中被排到第四位的感覺。

雖然克萊兒大部分時間都待在家裡，照顧黏人的三歲雙胞胎瑞斯和愛蜜莉亞，九個月大的嬰兒科爾馬克（綽號是「愛吐鬼科科」）就更不用說了，但克萊兒並沒有喪失原本的幽默感。事後看來，照顧三個五歲以下的小孩壓力實在很大，難免也影響了他們的關係，他只希望隨著孩子們長大，情況會有所改善。但儘管他對未來有些擔憂，在外界看來，他還是一位自豪、快樂的父親。

他有許多朋友在孩子出生後，夫妻就漸行漸遠，他自己的父母也不是什麼好榜樣。多年來，他逐漸意識到，小孩根本不是維繫婚姻關係的紐帶，還很容易成為使其分崩離析的催化劑。然而，雖然父母責怪孩子，但他知道事實恰恰相反，就跟那首說父母搞砸小孩人生的詩[2]所說的一樣。

他和克萊兒能夠打破這個魔咒嗎？

照今天早上看來，情況並不樂觀。因為雙胞胎吵架害她分心，她不小心給科爾馬克喝了太燙

[2] 英國詩人菲利普．拉金（Philip Larkin）於一九七一年寫的詩〈此即是詩〉（This Be The Verse），是拉金最有名的詩之一，第一句「They fuck you up, your mum and dad」也是他最常被引用的詩句之一。

的牛奶。除此之外，她像連珠炮般地一直問馬克思問題，還不讓他出門。她和他一樣高，用肉身擋在他前面，一頭金色長髮翹得亂七八糟。

我們什麼時候要布置聖誕樹？

要邀請誰？

房子外面要掛哪些燈飾？

你什麼時候要給我你的聖誕禮物清單？還有我們要送雙胞胎一樣還是不同的禮物？我們要趕快去買，免得到時賣光了。

「我得走了……拜託，克萊兒，晚點再說好嗎？我星期五都要進手術室——我要動異位妊娠緊急手術——大家已經把一切準備好在等我了，他們知道我一定會準時動刀。」

「拜託，你總是有急事，晚點是什麼時候？晚點就是永遠不會發生！你的病人問你孩子的預產期是什麼時候，你會這樣回答他們嗎？晚點就會出生？」她搖搖頭，繼續說：「不會，你會說六月十一日或七月十六日，依我對你的了解，你可能還會說下午三點三十四分之類的呢。」

等他終於出門時，已經比預定時間晚了十一分鐘，而車程是十八分鐘，根本就趕不上。

孩子帶來的喜悅啊！他想到今天下午會在診間看到的那些孕婦，他會抹上凝膠，並拿超音波探頭在她們的大肚子上四處移動，再給她們看螢幕上的陰影輪廓，也就是她們體內的小生命。

他會看著她們幸福洋溢的臉龐，她們的人生即將徹底改變。

你們知道未來等著你們的會是什麼嗎？長達數個月的不眠之夜，有些人甚至將失去屬於自己的人生。你們知道未來幾年，自己要做出多少犧牲嗎？你們會養出能改變世界的天才，還是忘恩負義的小混蛋，只會把你們的人生搞得一團糟？這就是人生的賭注，你們究竟會生出好孩子，還是浪費資源的廢物？天性與養育，好父母與壞父母；飼養特定動物需要執照，但隨便一個不負責任的白痴都可以生小孩。

他知道自己應該樂觀一點，改變心態，但他沒辦法，他就是這麼想，而且這種感覺日益強烈。他幾乎無時無刻不在醫院工作，要隨時準備出診，週末也常加班。他有和一些寄宿學校時期的老朋友保持聯絡，其中一個人成為了超級有錢的對沖基金經理人，娶了同樣也是超級有錢的對沖基金經理人，底下還有一群白領員工，現在就是一個可以悠閒曬日光浴的享樂主義者。夫妻倆驕傲地自稱為TWAT，亦即只在星期二到星期四（Tuesdays, Wednesdays and Thursdays）工作的人，多麼美好的人生啊！

另一個老朋友擔任帆船教練，似乎也過得很愜意。馬克思很欣賞他雖然選擇了相對簡樸的生活，但仍不忘享受人生和家庭時光，到了四十五歲還會和妻子一起去自助旅行。

似乎有些日子，他就是會忍不住羨慕其他人的生活。

當然，他錢賺得也不少，也喜歡自己在醫院工作的職業光環，但他有時候還是會忍不住覺得自己做了錯誤的人生抉擇，包括職業，或許連科別也選錯了。有時他會為人們帶來幸福，但今天早上不會。他的第一個手術是要切除一名三十九歲女性剩下的輸卵管。她嘗試體外人工受孕，辛苦熬了九年，但她再也沒有機會自然懷孕了。她在一個半小時前出現症狀，他已經沒有時間耽擱了。

看到時間這麼晚，他不禁咒罵並加速，時速已超過維多利亞大道的六十五公里速限。他把棒球帽帽簷壓得很低，以擋住刺眼的陽光。在他的右手邊，聖奧賓灣的潮水退得很遠，看來是滿月；他的機運似乎也遙不可及。

他甩開這些負面情緒，按下手機的快速撥號按鈕打給助理艾琳，打算告訴她預計抵達時間。

他抬起頭，這才看到紅燈。

他正直直朝著紅燈衝過去。

前方一名穿著運動服，有一頭橙紅色頭髮的年輕女性正在過馬路。她停下來盯著他，眼神中充滿恐懼。

她動彈不得。

雙手緊緊抱著肚子。

靠靠靠。

他把剎車踏板踩到底。

車輪鎖死，車子開始打滑，向左滑，向右，再向左，摩擦地面的輪胎甚至開始冒煙。

天啊。

他直直衝向她，不再是駕駛，而是淪為一個無助的乘客。

4

十二月七日星期五

保時捷在喬琪面前十幾公分停了下來，真的只有十幾公分，車子再前進個一呎她就被撞死了。

她一時動彈不得，瞠目結舌，驚嚇到只能呆站在原地。在擋風玻璃後面，戴著棒球帽和太陽眼鏡的駕駛看起來也很震驚。她搖搖頭並攤開雙手，沒有出聲，只用嘴型氣憤地說：是怎樣？

他搖下車窗，稍微探出頭，定睛一看卻呆住了。

麗奈特。

這麼多年過去了，她真的是麗奈特嗎？

不可能，不會吧，不會嗎？

「現在是紅燈。」她用鋒利的語氣說道。「你是色盲嗎？」

「對不起。」他說。「我……」

她搖搖頭就跑走了。

馬克思目送她離開，一時反應不過來，過去的情緒全都湧了上來。

在他的想像中，三十年後的麗奈特正是這個樣子，花容月貌、嫵媚迷人，身材也保持得很好。

天啊，如果她真的是麗奈特，還被他撞死，那該有多諷刺啊？難不成真的是她？這難道是百萬分之一的巧合嗎？

還是命運？

他從沒試著去找麗奈特，畢竟他連對方姓什麼都不知道。而且他自己也很清楚，這充其量不過是青少年的單相思罷了。但這個女人讓他頓時想起了那個夏天、那個女孩，以及她觸碰他時，挑逗性十足、使慾望萌芽的那些時刻。他在腦海中回味了無數次，有時和克萊兒做愛時仍會想起，麗奈特承諾過但從未兌現的一切。

他身後有人按了喇叭，是一輛白色大廂型車。

已經綠燈了。

他舉手表達歉意，便繼續往前開，順便再瞥了那女人一眼。

他又忍不住再多看一眼，捨不得移開視線。

莫非真的是她？

他的胯下蠢蠢欲動，他勃起了。

5

十二月七日星期五

喬琪・麥克林終於重新啟動了手錶，但令她不快的是，手錶後來又不動了，例行晨跑的最後三公里沒有全部記錄到。而且她很肯定自己打破了之前的八公里紀錄，手錶卻在這個節骨眼壞了，沒記錄到時間。

算了。

她仍渾身顫抖。媽的，那個開保時捷的白痴。她又拍了拍肚子，體內剛剛萌芽的小生命現在才幾毫米大，但每天都在茁壯成長。

四十一歲的她很清楚自己的生理時鐘正在瘋狂滴答作響，好像在加速倒數一樣，這就是為何在求子多年後懷孕會讓她如此開心。她很晚才開始嘗試，因為她在三十三歲才在倫敦遇到真命天子，也就是她想和他生兒育女的男人。那個人是麥克・錢德勒，在一所校風不佳的綜合中學任教，她當時則是體育老師。試了幾年未果，婦科醫生才發現她有子宮後傾，但沒有動手術，因為他認為這並不會影響她懷孕。但之後的嘗試仍然一無所獲。後來麥克被診斷出少精子症，那個問題解決後，她又被發現有非受孕性宮頸黏液。

她曾經去漢普斯特德找一位和藹親切的年長婦科專家，這專家曾經幫助她的一位好友解決不孕問題。她躺在躺椅上，兩腳跨在腳架上，醫生用窺陰器替她檢查，一邊發出嘖嘖聲，她突然氣得脫口而出，說這世上怎麼有人有辦法懷孕。醫生用帶有濃重R音的蘇格蘭腔回答：「錢德勒太太，妳知道，這世界上的交配行為可是多得不得了呢。」她永遠不會忘記這句話。

接著她開始進行長達數年的不孕症治療。她把經期記錄在筆記型電腦和手機上，根據排卵試紙和應用程式計算出的日期做愛，再嘗試昂貴又痛苦的體外人工受精，兩人之間的愛也就這樣被消磨殆盡了。最後，雖然悲傷又痛苦萬分，他們還是離婚了。麥克很快就跟同校老師在一起，那個老師現在也懷孕了，而喬琪則恢復原本的姓氏。

突然一陣胃酸逆流後（最近常常這樣），她跑過舊站咖啡廳，穿過自行車道後左轉，沿著海灣跑向聖赫利爾。在她右手邊的沙灘上，有不少人在遛狗，有些狗沒繫牽繩，在退潮留下的大片溼沙地上自由跑跑跳跳。在更遠處，伊麗莎白城堡立於港口以東的岩石露頭之上，現在退潮就可以從連接大陸和潮汐島的堤道走過去。

為了擺脫離婚的創傷，她在小學老友露西的邀請下，來到澤西度過夏天。當時露西才剛跟姊姊搬到了島上，正在接受營養學家培訓。喬琪很喜歡她對營養學及重返學習的熱情。兩人都在三十幾歲時轉行，跨出了舒適圈，在人生的道路上是彼此的一大支柱。她們常常約，而且每次見面不到幾分鐘就會笑到流淚。她們五歲時被戲稱為「傻笑姐妹」，這個綽號後來就叫開了，她們很喜歡，也很珍惜。

喬琪來到島上後不久，和一位房地產仲介短暫交往了一段時間，最後還是不了了之。她還沒準備好回倫敦，而且也愛上了澤西的一切，包括相對平靜悠閒的生活步調、崎嶇的地貌和海灘，以及島上社區特有的安全感，因此她決定留下來。她取得了澤西島的居留資格，開始在這裡建立新生活，也轉行做私人教練，並把她開的公司命名為「Fit For Purpose」。

雖然她現在稱之為家的這座島嶼很小，只有一百八十八平方公里左右，感覺卻比實際上大得多。其中一位在澤西出生長大的客戶告訴她，退潮時陸地面積會增加三分之一，看到眼前的廣闊海灘，其實不難相信。

島上還有長達數百公里的街道和小巷，幾乎每個轉角處都能看到壯麗的海景。島上唯一的城鎮聖赫利爾，也就是她的目的地，有港口、行人專用路網以及各式各樣的商店，給人一種「麻雀雖小，五臟俱全」的感覺，幾乎可說是英國城市的精緻縮小版。

唯一格格不入的是聖赫利爾的主要地標，也就是一根焚化爐煙囪。她總是搞不懂為何島上居民如此熱衷於保護島嶼自然美景，卻從未採取任何措施來掩飾那根醜煙囪。但她還是很愛這個地方，尤其是這裡給她的安全感。犯罪率如此之低，就算晚上跑步也完全沒問題，而且她在這裡從不鎖車。

她跑向開了許多銀行的濱海大道，經過一間沒開的冰淇淋亭。冬天的太陽低掛在空中，她便用手擋住刺眼的陽光，沒注意到剛才那輛保時捷掉頭開過她身邊，開得很慢，但沒有慢到會讓人起疑的地步。

6

十二月七日星期五

坐在車內的馬克思感到心神不寧，而且他也硬了。

在他的左手邊，他剛才差點撞到的那個女人現在正往反方向跑，臉上一副破釜沉舟的神情。

麗奈特？

她身材苗條，穿著粉紅色上衣、亮藍色短褲和彈性襪。

他一邊開車，一邊偷偷拿起手機拍了張照，然後在腦中快速算了一下，猜測如果麗奈特還活著，現在到底會長什麼樣子。她還是像這位慢跑的女士一樣美麗嗎？還是她已經身材走樣，紋了身，和她那愛找麻煩的機車幫丈夫過著悲慘的日子？兩人的相似度實在是高得不可思議，雖然他知道實際上這女人幾乎不可能是麗奈特。

然而……？

儀表板上方白色圓形表盤的時鐘顯示八點四十二分，比他的手錶快了十六秒，不精確的時間讓他感到憤怒。這只手錶每晚都從美國科羅拉多州的原子鐘接收無線電信號，每天的時間都是精準到奈秒的。

他真的遲到了，但此時此刻他並不在乎。他一逮到機會就掉頭，在雙向分隔道路的另一側再瞥了她一眼，才繼續往前開。他想再見到她。這座島上的人口只有十萬七千人左右，常常會碰到認識或至少認得長相的人。他肯定會再見到她的。

他終於在澤西總醫院那老舊花崗岩建築後面的地下停車場停了車，急急忙忙趕往手術室，但心裡還在想著那個女人。

跑步啊。

他在念醫學院時開始跑步，減重有成後自己也成了厲害的跑者，常常在郡級越野賽中得名。他一直都很喜歡那種激烈競爭的快感，但自從他韌帶受傷就不再固定跑步，只有偶爾會慢跑，自那時到底過了多久了呢？三年嗎？天啊，不是，已經四年了。他忍不住摸自己的肚子。我要變成一個啤酒肚混蛋了，就像青少年時期被嘲笑是胖子一樣。

我必須重新養成固定跑步的習慣，制定健康訓練計畫，或許就能再見到她？

有三個年幼的孩子和一份費時費力的工作，他哪裡會有時間或精力跑步呢？但他必須這麼做。缺乏運動這件事已經對他的健康造成了影響。上次檢查時，醫生給他開了抗高血脂的他汀類藥物，說他體重過重，血壓太高，酒也喝得太多——而且他其實謊報了每星期的飲酒量，實際上至少應該是他聲稱的兩倍。噢，而且他還「忘了」告訴醫生自己又開始抽菸了，沒有抽很多，但醫生聽了肯定會不高興。

他知道自己不是病人的好榜樣，因為他叫所有人少喝酒並戒菸，自己卻沒做到，希望他們永遠不會發現。

或許他週末時可以試著跑遠一點的距離，來鍛鍊一下？幾個月前，克萊兒給他買了一只運動手錶當作生日禮物，但他只用了幾次。不知道這是不是在暗示他的身材已經走鐘，越來越大的肚子讓她沒了「性」趣？他在乎嗎？

而且雖然他有點胖，但他知道自己的外表和魅力還是在的。他的一些病人顯然很喜歡他，而且至少有兩位醫院的工作人員，不對，應該是三位對他有好感。

他大步走向醫院大門。他遲到了二十二分鐘，通常這會讓他很緊張，但現在他的腦中忙著構想一個計畫。

重新開始認真跑步，沒錯。

或許他之後就能在海濱大道再次見到那位紅髮女郎。

他並不知道，自己很快就會再見到她了。

7

十二月七日星期五

喬琪和房地產仲介分手後，她曾考慮離開澤西並回倫敦，但有兩件事情接連發生。第一件事是她的父親，也是她在英國唯一的近親，年僅六十五歲就心臟病發身亡。這對她來說是巨大的打擊，但她也很清楚，自己的父親一輩子從來沒有做過任何運動，身體非常不健康。

她很喜歡這座島，因此在辦完喪禮和處理完父親的後事之後，她決定留下來。父親的死促使她用自己的那一小份遺產和積蓄轉行成為私人教練，幫助人們強身健體，尤其是那些缺乏運動的人。她偶爾會到客戶家中上課，但大多數時間她會使用島上的健身房。她很喜歡用以前聽過的一句話告誡他們：很多人為了賺錢而犧牲了自己的健康，到最後卻得花錢買健康。

幾星期後，有個新客戶在某次聚會上把她介紹給羅傑．理查森。他離過婚，是個風度翩翩的前英國皇家空軍試飛員，現在則擔任飛行教官。兩人一拍即合，羅傑還邀請她一起喝一杯。再共進晚餐。

隔天，他讓她搭自己和另外六個人共同擁有的小型單引擎派珀飛機。他們飛過其他島嶼，繞過法國科唐坦半島和普洛戈核電廠，最後在迪納爾降落吃午餐。

兩星期後，她度過了人生中最棒的週末，隨之而來的美好時光更是數不勝數。

接著，有一次生理期沒來。

結果上星期二，她在藥房買的家用驗孕器材竟然檢驗出陽性！昨天醫生也證實她懷孕了，但令她驚訝的是，醫生使用的工具竟然和她自己買的差不多。他替她做了一些基本健康檢查，並請她星期一到他的醫療中心和助產士約談。

經過這麼多年的治療，她幾乎不敢相信自己終於懷孕了。她前一年曾跟癌症擦肩而過，雖然最後有驚無險，但她也因此對生孩子感到更加絕望。沒想到奇蹟卻發生了，令她喜出望外。

現在喬琪和羅傑一起住在聖奧賓一間眺望海景的舒適小公寓。甩掉不少爛桃花的露西目前單身，就住在附近，喬琪也交了許多其他可靠的好朋友。兩天前，羅傑向她求婚，她也答應了。她已經很久沒有對未來感到如此期待了。

抵達港池尾端後，她轉身頂著強勁的西風回家。她看了一眼手錶，幸好又開始運作了，但因為剛才故障，沒有記錄到她個人的最好成績，真令人氣惱。

現在是八點五十七分。

時間剛剛好，她可以回家沖澡，吃個早餐，再到健身房上早上第一堂教練課。

幸運的是，她其中一位固定上課的學生湯姆．沃捷剛好是聖勞倫斯貝爾皇家大飯店的老闆，而飯店冬天沒有營業，從九月底休息到四月初。湯姆好心提議在這段期間讓她使用飯店的健身房，順便請她幫忙照看飯店。週間有管理員會做一些清潔和維護工作，所以她其實不用做太多事。但就算飯店空蕩蕩的，管理工作對一個人來說也是項大工程，而且湯姆經常離島，不是去葡萄牙馬德拉探望年邁的母親，就是去他在法國梅里貝勒經營的滑雪飯店。這六個月，喬琪和她的客戶都可以免費使用整間健身房，不用花半毛錢。這樣能省下一大筆場地費，而且她只需要每星期幫管理員簡單檢查一下每間客房，確認沒有漏水等問題就好。

所以現在她可以為客戶提供種類繁多的健身房設備，事業也蒸蒸日上。然而有時候，尤其是天黑後的傍晚時分，她覺得靜悄悄的旅館有點令人毛骨悚然，而古怪的管理員更讓她感到不安。那地方讓她想到史蒂芬．金的小說《鬼店》❸中的全景飯店。

羅傑有來幫忙幾次，他笑她想像力太豐富，她自己也覺得很好笑。「妳會習慣的。」他說，而她確實也習慣了。而且澤西是個很安全的地方，她也不相信現實世界有鬼魂。

姑且不論有沒有鬼，現實生活已經有夠多事情要擔心了。她一邊跑，一邊又拍了拍肚子。「還好嗎，小不點？」她問道。

小不點還太小，沒辦法回答，但她想到它和自己一起跑步，就忍不住微笑。

她在教練培訓中學到，只要小心一點，到預產期之前，她都可以繼續跑步。她也在網路上搜尋資料，當然也查到了很多不同的意見。

好吧，她再和助產士討論看看好了。

---

❸《鬼店》（*The Shining*）是美國作家史蒂芬．金（Stephen King）所寫的恐怖小說。故事講述情緒化的作家傑克．托倫斯（Jack Torrance）因酗酒而丟了教職工作後，找到一份在冬天維護偏僻飯店的工作。他帶著妻子和兒子搬到全景飯店（Overlook Hotel），一連串的怪事和超自然現象卻漸漸使傑克陷入瘋狂。

明天就是週末了。她原本很期待和羅傑一起追最近幾部熱門影集，度過一段安靜的時光，但他們臨時受邀參加一個晚宴。主辦人是一位醫生，偶爾會搭羅傑的飛機出差，兩人也因此變得要好。雖然沒有航空經營許可證，嚴格來說私下載客是不合法的，但羅傑一方面是為了增加收入，另一方面是為了在島嶼起大霧（冬天經常發生），商務班機不飛時幫助有需要的人。他的經驗豐富，在大多數天候狀況下起飛都沒問題，而且他身為前英國皇家空軍試飛員的背景也讓客戶很放心。

羅傑懷抱著成為商用駕駛員的抱負，但除了一間不入流的渦輪螺旋槳航空公司的副機長職位外，五十二歲的他只找到了在澤西當飛行教官的工作。但他仍雄心勃勃，希望總有一天能開始自己的空中巴士事業。他現在正努力在當地拓展客源，尤其是醫療產業的客戶，因為他們很多人都會定期到南安普敦出差。

幾年前，羅傑和她一樣，因為求子多年未果而心力交瘁，最後那段婚姻也以離婚告終。喬琪非常喜歡羅傑，她雖然知道他是位優秀的飛行員，但每次他帶學生練習觸地重飛，或載客到英國本島或法國時，她還是忍不住擔心他的安危。

喬琪喜歡認識新朋友，但孕婦不能喝酒，而她不想在完全清醒的狀態下和一群人共度夜晚，而且大部分的人還是陌生人。但反正接下來幾個月她也不能喝酒，早點習慣也好吧，她有點沮喪地想。

起碼還有一個小小的好處：羅傑這三天都不用飛，所以一定會喝醉，但喬琪可以開車，至少能省下計程車錢。

8

十二月八日星期六

雙胞胎繞著廚房的桌子跑來跑去，讓克萊兒・瓦倫丁又好氣又好笑。接著他們跑到客廳，差點撞到她和丈夫昨晚為了今晚聚餐布置的聖誕樹。

「瑞斯！愛蜜莉亞！別這樣！媽咪在做事，好嗎？」

「耶——！」瑞斯大叫。

「耶——！」愛蜜莉亞大叫，一把抓起好幾張克萊兒擺好的白色名牌並拋到空中，好像這是一場天大的玩笑一樣。

「不要這樣！」克萊兒大喊，並轉向丈夫求救。

馬克思穿著運動服和運動鞋，站在廚房中島旁，桌上放著一根吃了一半的香蕉。他盯著牆上十九世紀的倫敦舒伯德[4]古董鐘，那個圓形木鐘現在慢了兩分鐘。

[4] 詹姆士舒伯德公司（James Shoolbred and Company）於一八二〇年代創立，以布店起家，後來開始自行設計、生產並販售高級傢俱，一八八〇年代更開了倫敦第一間大型百貨公司。於一九三一年停業。

他受不了時鐘不準，便拉一張椅子爬了上去，掀開玻璃蓋，並對照手錶的時間移動分針。

「馬克思，你可以幫我嗎？我們得安排座位。」她跪下來撿起名牌，並瞥了一眼上面的名字。「今晚有一位吃素、一位對花生過敏、一位有乳糖不耐症，還有一位我很確定是吃海鮮素的，所以我準備了鮭魚千層酥派作為備用。以前辦晚宴都不用顧慮那麼多，大家什麼都吃，那種美好的日子到哪去了？」

「都一去不復返了！」

她咧嘴一笑。馬克思環顧偌大的廚房和客廳地板，露出不悅的神情。玩具散落一地，還有科爾馬克的遊戲墊和圍欄，上方掛了一些玩具。科爾馬克正在餵一隻咆哮的綠色恐龍吃塑膠圓盤，恐龍頭上有一個閃爍的紅燈。

馬克思爬下椅子，卻發現瑞斯快要撞倒一個古董木架子。「瑞斯，不可以！」他大叫，跑過去及時阻止了他。馬克思走進客廳，走到克萊兒身邊，低頭看著名牌。

「你想坐在誰旁邊？」她問道。

他仔細研究長方形白紙上的名字。「不要麗茲・勞倫斯，她只會抱怨人生有多糟，只要聽她講話半小時，就會讓人想上吊自殺。」他看了看其他名字，說：「我喜歡麥特和艾倫，不介意跟他們坐。噢，但拜託不要上次那個女人，就是在艾德里奇家的酒會纏著我不放的那個。她把我困在角落，花了一小時的時間聊她過去五年來寫的一本關於醫生的小說，一章一章講劇情，有夠無聊。」

他看了一眼其他的名字，問道：「我們真的有邀請這些人嗎？」

「是你說為了禮尚往來，要邀請一些去年有請我們吃晚餐的人耶。不要這麼掃興嘛，你也喜歡佩德利一家啊。」

他點點頭。

「你為什麼心情這麼差？」

他瞥了一眼牆上的時鐘說：「它們為何總是不準？」

「拜託！」

「妳根本就不懂，對吧？」

「對啊。」她說。「我真的不懂。」

他搖搖頭，問道：「那妳想跟誰坐？」

「誰都可以！」她回答，態度有些強硬。「就算你不期待今晚的聚會，我也很期待，期待能有聊天的對象。整天被關在家裡，和小朋友一起咿咿呀呀，那種感覺你根本就不懂，對吧？我很期待能和大人好好聊個天。」

「什麼意思？妳每天都會和客戶通電話啊，而且能在家裡陪小孩，妳應該心存感激。妳明明就知道，在我小時候，我母親是個酒鬼，我父親也棄我們於不顧。妳以後回想起這段時光，一定會很懷念。和我相比，在孩子的成長過程中，妳能更常陪伴他們，和他們更親近，而且妳還可以一邊工作。我母親——」

「我知道你母親的事。」她打斷他。「我已經聽過很多遍了，我也一直告訴你：你不能讓過去的經驗決定你的一生。」接著她轉移話題，問道：「你分好酒了嗎？」

「弄好了。」他指著一排香檳酒杯答道，語氣還是有點不高興。「一來先喝香檳雞尾酒，讓大家先嗨起來，我現在就想喝一杯了。」

「羅傑的女友叫什麼名字？」她問道。

「不知道。」他回答。「噢，我忘了告訴妳，他有寄email說他女友不吃貝類。」

「該死，我們開胃菜要吃鮮蝦雞尾酒耶。」

「冰箱裡有一些鯖魚醬，是我上星期買的，或許她可以吃那個？」他說。他瞥了一眼靜音的電視，現在正在播一個烹飪節目。廚房中島上放了一只大型購物袋，他探頭看內容物，問道：「這是什麼？」

「是彩紙爆竹！到時要記得拿出來。」

他盯著她，好像她瘋了一樣，問道：「妳不是認真的吧？」

「什麼意思？」

「彩紙爆竹？我們不是在扮家家酒耶，克萊兒。」

「你忘了嗎？聖誕節快到了，除了這個，我還有幫大家準備聖誕拉炮，超高級的那種。你是怎麼了？你在手術室也戴聖誕帽啊。」

「那是手術帽。」他糾正她。「那不一樣。」

「所以你接生時是聖誕老人，回家就變成史古基❺了嗎？」

「哈哈，不好笑。」

「我知道你為何不喜歡這個主意，因為你討厭髒亂。但黛柏絲星期一會來，沒清理完的東西再請她幫忙就好。放鬆點，好好享受吧。對了，我需要你的幫忙，你可以去一趟超市買一些配鯖魚醬的法國麵包或脆薄吐司嗎？我們還需要幾樣東西——橄欖過期了，還要再買，還要一些蔬菜脆片。」

「我打算去跑步，跑完就去買。」

「跑步？你不是要帶孩子們去水樂園嗎？」

「要啊。」他說。「晚點再去。」他拍拍自己的肚子說：「我得甩掉一些脂肪。」

「看你之前的檢查報告，你確定現在跑步好嗎？你最近只慢跑幾次而已……而且大部分時間都在健走。」

「什麼意思？他叫我要多運動耶。」

克萊兒把頭髮往後甩，說：「從檢查報告看來，他應該是建議慢跑，不是跑步。」

「對啦對啦，別擔心，我還沒準備好要用助行架或電動代步車。我以為妳送我運動手錶就是

❺艾比尼澤・史古基（Ebenezer Scrooge）是查爾斯・狄更斯（Charles Dickens）小說《小氣財神》（*A Christmas Carol*）的主角。他原本是個討厭聖誕節的守財奴，但在聖誕幽靈的感化下痛改前非，決心做一個好人。如今「史古基」一詞已成為英語中吝嗇鬼的代名詞。

為了鼓勵我多跑步。」

「那是在你去檢查之前。」

「什麼意思？」

克萊兒發現女兒又要伸手抓名牌，急忙制止道：「愛蜜莉亞，不可以！」接著她對丈夫咧嘴一笑，說：「意思是我愛的男人和孩子們的父親身體狀況不好，是心臟病高危險群。如果你想認真開始跑步，就要小心一點，慢慢練習，或許從快走開始會比較好。」

十分鐘後，馬克思走出家門，在他們家陡峭的車道底部做動態伸展。他一邊甩動腿，一邊思考要送妻子什麼聖誕禮物。他幾乎沒時間去逛街，只能線上購物了。克萊兒前陣子就想要一條鑽石手鍊，也暗示過她想要之前在城裡珠寶店櫥窗看到的某一款，但那條手鍊實在是貴得離譜。他也得給她準備一些小禮物和卡片，還要幫孩子們買一些聖誕小禮物。

馬克思往聖布雷拉德灣健走，停在教堂旁邊進一步暖身。潮水退得比昨天更遠了。他開始慢跑到海濱大道，並向左轉。一個穿著運動短褲的蓄鬍男子輕輕鬆鬆超越了他，那男子的年紀至少和他一樣大，速度卻是他的兩倍左右。

他不服氣，便加快步伐，但幾乎馬上就感覺到右小腿肌有些疼痛。另一個男人已經離他有一段距離了，他沿著舊鐵軌往聖奧賓的方向跑，很快就不見蹤影了。馬克思勉強跑了幾百公尺後便上氣不接下氣，只好停下來，一跛一跛地走了幾公尺，調整呼吸。

天啊，我的身體狀況真差。

他又開始慢跑，兩個一邊跑步一邊聊天的男人超越了他，後來又有個女人推著嬰兒車跑了過去。

竟然被該死的嬰兒車超越，也太扯了！

接近聖奧賓時，他不理會小腿的刺痛感，又開始快跑，雖然他的身體叫他停下來用走的，他還是逼自己繼續前進，不能停下腳步。他才不要讓其他跑者看到他狼狽的模樣。

尤其是美麗動人的麗奈特！這座島很小，加上從他之前見過她的地方判斷，這很有可能是她的跑步路線之一。

他的步伐變慢了，但他仍頑強地繼續前進，不肯停下來。更多跑者超越了他，時不時也有人騎腳踏車經過。他的心臟快爆掉了。繼續跑！他跑到筋疲力盡，心情很沮喪，只好又停下來用走的。他看了看手錶，發現心率超過了180，又感到頭暈目眩，必須坐下來休息。

但那樣就等於認輸了。

他繼續前進，經過通往港口的岔路，沿著遊艇泊區走，有幾十艘船斜斜倒在泥地中。

他終於停下來喘氣，調整呼吸後又轉身跑了一會兒，再停下來用走的，心率又飆到了180以上。

他終於回到家，進門後便脫下運動鞋，將鞋帶整齊地塞進鞋子裡。客廳另一頭的克萊兒正在給雙胞胎吃早餐，科爾馬克則坐在高腳椅上，食物散落一地。牆上的電視正在播卡通節目。

「親愛的，跑得如何？」她問道。

他點點頭，幾乎說不出話來，而且熱得要命。他扶著欄杆爬上樓梯，走進房間後便撲倒在床上，閉上眼睛休息幾分鐘，感到欣慰不已。我的身體狀況真的很差，他心想。

等他恢復得差不多時，他一瘸一拐走進書房，將手錶連接到筆記型電腦來下載他的數據。跑步大師app跳了出來，他還不太熟悉這個應用程式，但它顯示了他的跑步時間，還有分段顯示每一段的時間，並和該區段的其他跑者進行比較。

雖然這不令人意外，但他看到自己無論是和同年齡組或其他年齡組相比，在每個區段都敬陪末座時，還是不禁感到灰心。出於好奇，他點了一下聖奧賓到聖赫利爾區段的第一名跑者。

他盯著目前紀錄保持人的照片，她比他快十三分鐘又二十五秒。

她看起來很像他昨天差點輾過去的跑者。

上面也顯示她的名稱：火箭女孩。

加上她的跑步時間。

他查看了她其他的跑步紀錄，很多紀錄的開始和結束地點都一樣，時間也是。

有可能是她嗎？有可能嗎？

開始和結束的地點是不是她家呢？

他幾乎可以肯定是如此。

9

十二月八日星期六

「你覺得如何？」喬琪問道。她穿著一件性感的黑色緊身洋裝，轉了一圈，並故意將右邊裙襬拉到大腿上方。

「我想把它脫下來。」

「你不喜歡嗎？」

「我太喜歡了。」羅傑笑道。他的身材高大魁梧，長相英俊粗獷，有一頭花白的短髮，似乎遇到什麼狀況都能應付自如，是能幫助他人建立信心的那種人。今晚，他穿著一件時髦的白襯衫配黑外套、深色斜紋布褲和平底便鞋。

「太花俏了嗎？」她皺眉問道。

「妳知道人們都怎麼形容洋裝嗎？」他一邊問，一邊走向酒櫃。

「不知道，是什麼？」

她只能眼巴巴看著他將一大口威士忌倒入杯子裡。

「男人最喜歡另一半穿的洋裝就是他最想脫掉的那件。」

他拿著杯子走到冰箱旁，在杯子裡放了幾顆冰塊。

喬琪露齒一笑，說：「是嗎？那你只能耐心等待了，待會不要喝太醉，才能和你的準新娘共度美好的夜晚！」

「好啊！」他朝她走了一步，開玩笑道：「或許我們現在可以速速來一發。」

「現在不給碰！我的妝都化好了，但我喜歡你的想法！」她微笑道。

「亨利．米勒❻好像說過什麼『骯髒的思想就是永恆的盛宴』❼！」

「他肯定就是在寫你吧！你今天一直引經據典呢。你是不是為了讓今晚那些上流社會人士留下深刻印象，所以才臨時抱佛腳的？」

他笑著說：「馬克思和他的妻子很親切。馬克思是一位備受尊敬的醫生，我載了他很多次，我們也有一起打過幾次高爾夫球。別談他們了，妳看起來真令人驚豔。雖然我之前也說過了，妳就算穿垃圾袋也很迷人。」

「我不覺得迷人，我超緊張的。我剛剛跟露西聊天，她說只要喝點香檳就沒事了。我等不及要告訴她寶寶的事了。如果現在能喝香檳，那該有多好。你真的覺得我們能和其他賓客打成一片嗎？」

「親愛的，如果他們不這麼認為，就不會邀請我們了，而且至少凱特也會去。」

「是喔？那他們幾星期前邀請其他賓客時，怎麼沒有邀我們，而是昨天晚上才臨時約的？」

羅傑昨晚接到了東道主的電話，說因為有一對夫婦得流感不克出席，問他們今晚有沒有空。

聚會主人和一些賓客都是醫生，有些也是羅傑的常客。他說服她說，他可以藉此機會建立人脈，為以後的空中巴士事業拓展客源，她自己也有機會認識一些潛在客戶。

「這樣把頭髮盤起來，可以嗎？」

他左右歪頭，故作認真打量她，接著抿嘴微笑，讚許道：「很可以。」

「等我的肚子變得像一顆防空氣球一樣大時，你還會愛我嗎？」

他走向她說：「當然，我會給妳一張飛行許可的。」

「討厭啦！」她吻了他。

他看了看手錶，並喝了一大口酒，說：「該出發了。」

「你保證我們不會待太晚？」

「妳穿那件洋裝，我怎麼能不保證呢？我已經迫不及待要回家脫下它了。」他吻了她的後頸，又喝了一大口威士忌。

「對啦對啦，親愛的！我是說真的，在不喝酒的情況下和一群上流社會的陌生人共進晚餐真

---

❻ 亨利・米勒（Henry Miller）是二十世紀最重要的美國文學大師之一，以大膽突破現有的文學形式而聞名，並開創了「半自傳體小說」，最著名的作品包括《北回歸線》（*Tropic of Cancer*）、《南回歸線》（*Tropic of Capricorn*）以及《殉色三部曲》（*The Rosy Crucifixion*）等。

❼ 原文「A dirty mind is a perpetual feast」應是源自於「A contented mind is a perpetual feast」，為知足常樂之意。不過亨利・米勒似乎沒有說過這句話。

的不容易，你可以理解吧？」

「多年來，我也常常因為工作需要不能在派對上喝酒，已經習慣了，沒事啦。」

「那你現在幹嘛喝那麼多威士忌？」

他聳肩道：「如果妳希望我今晚不要喝，我就不會再喝了，好嗎？」

她搖搖頭說：「不用啦，我希望你能好好享受。」

「然後妳要當烈士嗎？」

喬琪微笑道：「不，不是烈士，這次我當司機。但別忘了，現在沒喝的我以後都要討回來，知道嗎？」

「沒問題。」

兩人擊掌。

接著喬琪說：「現在告訴別人我懷孕的事還太早了，萬一……你懂的吧？」

沒說出口的話懸在兩人之間，對流產的恐懼無時無刻不縈繞在她心中。

「我什麼都不會說的。」

「那要怎麼解釋我不喝酒的原因？」

「這很簡單，妳要負責開車啊。」

「你真是個才子耶！」

他把手伸進一包堅果裡，掏出一把塞進嘴裡，說：「平庸之人目光短淺，佳人方有眼識才子。」

她不禁微笑，問道：「所以我只是『佳人』嗎？」

他放下酒杯，將她摟入懷中，凝視著她的臉，說：「妳是我一生的摯愛；為了看見妳，我每天早上總是迫不及待睜開眼睛；妳是我的全部，我愛妳。直到天荒地老、海枯石爛，甚至在那之後，我都會永遠愛妳，好嗎？」

她凝視著他的雙眼，不禁露齒一笑，說道：「好，我接受這個承諾。」他們盯著彼此幾秒，接著喬琪說道：「我也一樣，區區言語不足以表達我對你的愛，我已經等不及要跟你結婚了。」

他凝視著她的雙眼，說：「我也等不及了。」

他把剩下的威士忌一飲而盡，他們便拿了要送給聚會主人的禮物，沿著走廊走出後門，再走下兩段樓梯到停車場，並上了她那輛老舊的 VW Golf。

喬琪發動引擎時，一種無法解釋的不祥預感忽然向她襲來。她只知道一件事：雖然羅傑說那些人很親切，但如果她在微醺狀態下，他們肯定會顯得親切許多。可惜她無法喝酒。

10

十二月八日星期六

廚房的時鐘顯示七點半時（最多也只有幾奈秒的誤差），還穿著圍裙的克萊兒突然從廚房窗戶看到燈光。那是車道的感應燈，代表有人來了。

「真不敢相信。」馬克思說道，語氣有些驚慌失措。他正在為開胃菜——鮮蝦雞尾酒做最後的裝飾，卻不敢加快動作，深怕因此出差錯。在他們舉辦的晚宴，他總是非常注重細節，有時兩人甚至會因為他的完美主義差點大打出手。克萊兒常常在想，明明晚宴帶給馬克思那麼大的壓力，為何他還堅持一直舉辦。

她看著他在雞尾酒上面的檸檬切片旁撒了剛剛好的閃光鱘魚子醬❽，每杯六顆魚卵，檸檬片的大小和厚度也都一模一樣。她其實知道答案：他很享受盛大晚宴的排場以及隨之而來的社會地位，其實她也喜歡他一絲不苟的個性……大部分的時候啦。

馬克思穿過拱門走進餐廳，開始調整每個餐墊和名牌，使其完美對齊。他用智慧音響播放自己精心準備的古典音樂播放清單。在晚宴上放流行音樂實在太庸俗了，他心想。

「他們為何不能像正常人一樣遲到呢？」她喊道。

「或是像正常人一樣準時到？」他小聲嘟囔道，並舉起酒杯對著光線，用餐巾紙拭去一小塊汙漬。將酒杯放回原位後，他仔細折疊餐巾紙，又不放心再重新折了一次。他穿著他那件華麗的禮服外套，裡面縫有柔軟襯芯，外套上還繡了金色的百合花飾。「準時這個要求很過分嗎？」他又自言自語道。接著他檢查了每個香檳酒杯，杯底已事先放了待會調雞尾酒要用的一滴雅文邑白蘭地和一塊方糖。

克萊兒瞪著他說：「喂，我聽到了喔，牢騷大王。」她拿起一杯鮮蝦雞尾酒，威脅道：「要不要我把這個倒在你頭上？」

「冷靜點，放輕鬆，我去開門、掛外套、接待客人。」就跟往常一樣，他心想。

他們的第一組客人是檢察官理查．佩德利和他的演員妻子阿莉克絲。兩人開心接下了香檳雞尾酒，馬克思一倒完他們的酒，門鈴就又響了。

馬克思又衝回前廳。經過那排貼了標籤的掛衣鉤時，他發現愛蜜莉亞的帽T掛在克萊兒的掛衣鉤上。他先把帽T掛到正確的位置才開了門。站在門外的是乳房外科顧問醫師麥特．史蒂芬森和他的丈夫艾倫。就在他帶兩人走進客廳，並把他們介紹給理查和阿莉克絲認識時，門鈴又響了。

---

❽ 閃光鱘魚子醬（Sevruga caviar）是最昂貴的魚子醬之一，僅次於大白鱘魚子醬（Beluga caviar）和奧西特拉鱘魚子醬（Oscietra caviar）。

克萊兒還沒有出來迎賓。

馬克思對客人說聲失陪後，便探頭進廚房。

「該死的爐子故障了，東西都沒在煮！你能去應門嗎？」她懇求道。

馬克思拿著一大瓶香檳，大步穿越前廳，打開前門。

然後他就愣住了。

酒瓶幾乎從他手中滑落。

他的飛行員朋友羅傑・理查森站在門口，緊緊裹著大衣，手上閃閃發亮的禮品袋中裝了一瓶酒。他的女伴一手捧著一大束鮮花，另一手拿著一盒巧克力。

她跟他差點撞到的女人長得一模一樣。

也是在跑步大師app上徹底擊敗他的第一名跑者。

是她嗎？

羅傑說：「馬克思，雖然現在講有點早，不過祝你聖誕快樂！」

「你也是！」

「這位是我的未婚妻喬琪！」

他盯著她看幾秒鐘，理解狀況後才做出反應。

喬琪。

是她，肯定是她。

原來她的名字叫喬琪，她和麗奈特的相似度實在高得驚人。

「呃，喬琪，很高興認識妳。」他說，並輕輕吻了她的雙頰，同時偷偷聞她的味道。她聞起來……極其性感。

「我也是，馬克思，我從阿傑那裡聽說了好多關於你的事！」她回答。

他喜歡她的聲音，還有她的香水，但最喜歡的是她的笑容。他十分震驚，但又感到全身發麻。她認出他了嗎？他不這麼認為，而且保時捷停在車庫裡，她也不可能看到。

克萊兒終於出來了，而且已經脫下圍裙，他們又開始一輪親臉頰和互相介紹。

「好美的花束！」她讚美道，一如往常地扮演迷人的女主人。「很高興認識妳，喬琪！還有我最喜歡的巧克力！謝謝你們。」

馬克思掛好他們的大衣後，便牽著喬琪的手，帶他們去認識佩德利和史蒂芬森兩家人。

「你們家真美。」她環顧四周，讚嘆道。

喬琪妳也美極了！

他介紹賓客，給羅傑一杯香檳雞尾酒，喬琪一杯氣泡水後，便走進餐廳，照鏡子檢查儀容，並匆忙改了座位安排。他把喬琪安排在自己旁邊。

11

十二月八日星期六

克萊兒和馬克思原本預計八點半時坐下來吃飯，但等克萊兒確定砂鍋羊肉煮熟時，已經過了九點。到那時，馬克思早已不知道他為客人倒了幾杯香檳雞尾酒，自己為了冷靜下來又喝了幾杯。廚房垃圾桶周圍放了一大堆空的保羅傑香檳酒瓶，還有一瓶空的雅文邑白蘭地。客人們似乎都很合得來，喬琪和一名叫做凱特·克勞的女士聊得不亦樂乎。

他引導大家進餐廳時，發現自己腳步有點不穩。他請客人按照名牌找到自己的座位，並說水都可以自由取用。他拿起一大瓶默爾索葡萄酒。

「親愛的，你可以幫我一起送上開胃菜嗎？」克萊兒邊問邊走出廚房，手裡端著一盤裝在水晶高腳杯中的鮮蝦雞尾酒。

「馬上來，『親愛的』，我只是想確保我們的客人不會脫水！」他沒想到自己會那麼大聲，言詞也比想像中尖刻，全場瞬間陷入尷尬的沉默。

凱特·克勞走進廚房說：「克萊兒，我幫妳。」凱特是馬克思在醫院的同事，自從他搬到島上以來，兩對夫妻就是好朋友。他們剛認識就一拍即合，甚至成了彼此小孩的教父教母，可惜凱特的丈夫今天不克出席。

客人們紛紛走進餐廳，找到自己的名牌後坐下，馬克思則親自引導喬琪到她的座位。完成為所有賓客倒酒（除了只喝水的喬琪）的任務後，馬克思拿起手機，請大家舉杯拍團體照。他的左邊坐了阿莉克絲・佩德利，但他所有的注意力都放在右邊的客人身上。

「我們有見過面嗎？」馬克思問喬琪。

「應該沒有吧。」

太好了，他心裡鬆了一口氣。她不記得我差點撞到她的事！

「妳跟羅傑有訂下日期了嗎？決定好之後記得告訴我們，我們才能請保姆！」他說，顯得有些厚臉皮。「我妻子還要買一頂帽子呢[9]！」

「要看你們有沒有受邀啊！」她微笑回答。

阿莉克絲和鄰座的麥特・史蒂芬森開始聊天。喬琪的另一邊坐著一位活潑但自負的皮膚科醫生。他穿著一件粉紅色背心，忙著向隔壁的艾倫誇誇其談，倒楣的艾倫似乎感到無聊。

「喬琪，妳不喝酒嗎？」馬克思問道。

「因為我今天要負責開車。」

[9] 以前，英國皇家禮儀規定婦女出席公共場合必須戴帽子，覆蓋頭髮，現在雖無正式規定，但一些英國女性仍會遵循傳統，在婚禮戴帽子或頭飾，因此「買帽子」也成了英國的婚禮梗之一。

「真可惜，今晚有很多很棒的酒呢。你們可以把車子留在這裡，搭計程車回家，也有那種會開你們的車載你們回去的服務，我有他們的名片。」

「謝謝你。」她說。「但我喝水就好。」接著她壓低聲音說：「而且我有在服用抗生素。」

「好吧。」他舉起酒杯說：「乾杯！」

「乾杯！」她回答。「很高興終於見到你了，羅傑這幾個月常常提起你的事。」他們四目相接，馬克思感覺到自己和她有某種難以言喻的深刻連結。這個女人有種說不出的魅力。

「希望他沒有洩漏我的祕密。」他說。

「什麼樣的祕密呢？」她微笑問道。

他目不轉睛地盯著她，說：「祕密講了還是祕密嗎？」

她看他的眼神，讓他覺得自己好像是房間裡唯一的男人。

天啊，她真美。

餐桌另一頭，有個男人大聲說：「馬克思，你不覺得嗎？」

「不好意思，我沒聽到。」他回答。

「生小孩就像魔法一樣，對吧？」

「是嗎？你可以來看看剖腹產，然後告訴我哪裡有魔法。」馬克思反駁道。「送子鳥才叫魔法，一群穿著綠色手術服，手套沾滿血的人，像技師拿著猴子扳手一樣在女人的體內翻來翻去，哪裡神奇了？」

「馬克思，我們在吃東西耶！」克萊兒訓斥道，並對旁邊的賓客翻了白眼。

他沒有理會她，繼續說道：「羅比．威廉斯❿還是誰說得對，看著妻子生小孩就像看著最喜歡的酒吧被燒掉一樣。」

有幾名賓客哈哈大笑。

馬克思轉向喬琪，小聲說道：「妳讓我想起以前認識的人，是我在高中時期迷戀的女孩。我當時只是一個滿臉青春痘的小胖弟，而她在和機車幫的交往。」

「她叫什麼名字？」喬琪問道。

「麗奈特。妳真的跟她好像。」

「真的嗎？」

「真的啊，那應該是我的單相思初體驗吧……以前的浪漫主義詩人是不是都這樣講？」

她看著他的樣子……她感覺到那股吸引力了嗎？肯定察覺到了吧，想必她也感覺到了他對她美貌的反應。她看著他的樣子就跟麗奈特第一次看見他時一樣，那無比性感的嘴巴以及雙唇的曲線都和麗奈特一模一樣。是他想太多，還是她在勾引他？

「羅傑說你是產科醫生，你當初為何會選擇這行呢？」

❿羅比．威廉斯（Robbie Williams）是一名英國歌手、詞曲作家、音樂家及唱片製作人，曾擔任接招合唱團（Take That）的舞者兼歌手，多次贏得全英音樂獎（BRIT Awards）。

她的眼睛真的閃閃發亮。她到底在想什麼呢？他心想，但他絕對不能告訴對方自己在想什麼。他對她有覬覦之心。

「我的確是產科專業的，但主要工作是婦科腫瘤學。」

「那是什麼？」

「我專攻婦科相關癌症。」他傾身靠近她，說：「主要是卵巢癌和子宮頸癌。」

「很困難嗎？」她問道。「我是說，因為你必須告訴人們壞消息。」

「對啊，那是困難的部分。但當我為這個世界帶來新生命時，那就是純粹的喜悅了。生死都掌握在我手中，其實有點像神呢。」

她露齒一笑，用手碰了他的手臂一下，傾身說：「是喔？」

餐桌的另一頭，羅傑一如往常是眾人的焦點，而有好幾位客人很專心聽他講故事，其中大多數都是女性。

馬克思享受著這個親密的時刻，微笑道：「喬琪，妳看起來是個常運動的人。」

「我是私人教練。」她一邊往後靠，一邊回答。

「啊，這樣啊，我最近也重新開始跑步了。」

「是喔？」

「我在大學時期還滿厲害的，減掉了嬰兒肥，也把身材練好。我喜歡跑越野賽，但後來工作太忙就沒跑步了。妳多常跑步啊？」

「如果可以的話，每天都會跑。」她回答。「我十月時才參加了澤西馬拉松。」

「哇，很厲害耶，那妳平常都去哪裡跑步啊？」

「我們住在博蒙特，我會從那裡出發，沿著維多利亞大道跑。」

「那條路線很美呢。」他說，一邊心想，*我還知道妳從家裡出發的確切路線喔！*

「是啊，只是維多利亞大道車子通常很多。」她微笑道。

*還有開保時捷又不看路的白痴嗎？*他在醉醺醺的狀態下差點脫口而出。

她穿運動服時，身材看起來就很好了，但現在穿著一件性感的黑色緊身洋裝又更是如此，身材好到——

「如果你需要私人教練，我很樂意幫你上幾堂課。」她提議道。

這番話激起了他的性慾。他盯著她，問道：「真的嗎？」

「對啊。」

「當然好啊。幾年前，我被診斷出患有第二型糖尿病，運動好像是最好的解決辦法。」

「好像是。那你的狀況還好嗎？」

她似乎很關心他，這點讓他感到高興，他便微笑道：「當初被診斷出來時，我本以為人生就到此為止了，但現在我好像根本沒得糖尿病一樣。事實上，我正在幫《刺胳針》⓫期刊寫一篇文

⓫《刺胳針》（*The Lancet*）是世界上最悠久及最受重視的同行評審醫學期刊之一，也是一般公認的國際四大醫學期刊之一。由英國外科醫生湯姆．魏克萊（Thomas Wakley）於一八二三年創立，以外科用具「手術刀」（Lancet）的名稱來為這份刊物命名。

章，說明得了第二型糖尿病的好處。」

「是喔？有好處嗎？」

「有啊，因為如果你好好照顧自己，其實就等於沒生病一樣。所以除非你蠢到無可救藥，糖尿病會逼你比以前更加照顧自己。不過我還是需要減掉幾公斤啦。」

他的腦筋急速轉動，他知道自己是被酒精醺糊塗的。他說太多話了，得稍微注意言行。

突然，他聽到克萊兒在餐桌另一頭喊他的名字：「馬克思。」她顯然不認同他剛才的話。「拉娜完全同意我的看法，以你的年齡和體重來說，不應該突然開始瘋狂跑步，必須慢慢練習。」

坐在克萊兒斜對面的拉娜．奈拉是一位心臟病專家。

馬克思舉杯說：「謝謝妳，親愛的，來乾杯吧。我會努力不要在晚宴結束前死掉的！」

客人不知道該不該笑，因此全場陷入尷尬的沉默，後來大家才繼續聊天。

他轉向喬琪，低聲說：「或許我親愛的老婆是對的。妳是教練，在妳看來，我看起來很不健康嗎？」

「你想聽客人的回答還是專家的回答？」

「專家的。」

「這個嘛，就像你說的，你可以稍微減重。如果你想要的話，我可以幫你，我在健身房有開一對一課程。」

「妳有健身房？」

「在貝爾皇家大飯店。」

「飯店冬天有開嗎？」

「飯店本身沒開，但我幫管理員照看飯店，所以他們讓我使用健身房。我負責檢查房間，同時也是主鑰匙持有人，以防發生警報，不過是沒發生過啦。」

「聽起來很棒。」他對她微笑道。噢耶！

「我給你我的電話號碼。」她微笑道。她突然身體前傾，嚇了他一跳。有一瞬間，他還以為她要吻他，但她只是幫他撥掉他外套領子上的麵包屑。「除非我有其他客戶，不然平日晚上六點半到七點半，我在健身房都會有公開課程，可以直接來上課。星期四我也有專門的跑步訓練課程，你覺得會有幫助嗎？」

「或許我可以上那堂課。」

兩人交換手機號碼時，馬克思看著餐桌另一頭的羅傑，那位飛行員仍是全場焦點，周圍所有客人的注意力都放在他身上。

拜託，他只是個該死的飛行員！他心想。他不過是個計程車司機罷了，只是車子有長翅膀而已。

馬克思完全不理會左邊的阿莉克絲，繼續跟喬琪聊天。他只有起身給賓客倒白酒、紅酒和年份波特酒⓬，搭配他的壓箱寶，也就是他引以為傲的起司拼盤。

喬琪仔細研究他端到她面前的各式起司。

⓬ 年份波特酒（Vintage Port）完全由某一豐收年的葡萄進行釀製，只有約兩成波特酒是年份波特酒。

「布里起司味道絕妙。」他說。「卡芒貝爾起司也很讚，那個起司專家真的不是蓋的。」

「我不吃布里起司，謝謝，我——」她突然打住，最後只切了一小片切達起司，又拿了幾根芹菜條。

拼盤傳給左邊的阿莉克絲．佩德利後，他轉回去面向喬琪，露出會意的微笑。「不吃貝類、不喝酒、不吃軟質乳酪？還服用『抗生素』？」他搖搖手指，問道：「妳該不會有祕密沒告訴我吧？」

她馬上臉紅。

「別擔心，我會守口如瓶。」他眨眨眼睛並拍拍肚子，用古怪的神情看著她。

他因為知道真相而感到得意。

大家吃完起司後，克萊兒端上咖啡，馬克思則為大家倒白蘭地，自己也喝了一大杯。他坐回座位上後，又開始和喬琪聊天，並把他的手放在她的手臂上。她馬上抽回手，起身打了個哈欠說：「抱歉掃了大家的興，但我們恐怕得先走了。」

喬琪繞過餐桌到克萊兒面前。「真的很謝謝兩位的招待。」她說。「今晚很愉快，時間過得真快，竟然已經這麼晚了！你們都是很棒的主人，妳丈夫談吐也很風趣。」

克萊兒對她微笑，說：「看你們滿聊得來的。或許聖誕節之後，我們可以一起喝一杯或吃點東西，我也想多跟你們聊聊天，認識一下。」

馬克思陪喬琪和羅傑走到前門，他看著喬琪上車，注意到羅傑的手放在她的背上。

你配不上她，老兄，他心想。她跟你完全不是同一個等級的。

12

十二月八日星期六

客人都離開後，克萊兒對馬克思說：「你和喬琪似乎滿合得來的。」她的語氣只帶有一絲嫉妒。

「她人很好，而且我也要對她好一點，因為她懷孕了，可能會是我未來的病人啊。」馬克思說，同時意識到自己的語氣不太真誠。他倒滿一杯白蘭地，在沙發上重重坐下，但他其實並沒有打算這麼用力；有一些酒濺到他的手上，高希霸雪茄的菸灰也不小心被他抖掉了。

克萊兒常常在想，她的丈夫到底在想什麼，他似乎有著她完全不知道的另一面。是不是所有人都這樣——面對世界，甚至是最親近的人，我們是不是都會將自己的一部分隱藏起來？的確，他對一些事情過分講究，尤其是「時間」，搞不好他甚至患有自閉症，但他是個好父親。她知道他度過了很糟糕的童年，他父親是個殘暴的好色之徒，很討厭馬克思，也在他很小的時後就拋棄了他，他酗酒的母親也總是讓他感到丟臉和沮喪。儘管他缺乏興趣和天賦，她仍執意要讓他成為鋼琴家，常常在晚上把他拖下床，要他下樓為她帶回家做愛的男人彈奏小平台鋼琴，因此他有時舉止古怪也是情有可原。

他們剛結婚時，在一次晚宴過後大吵一架，他在那之後消失了兩天。過了這麼多年，她還是不知道他當時去了哪裡，幸好也只發生過那麼一次，她為了維持家庭和睦也從未提起那件事，並且很努力想要忘記。而且她如果捫心自問，也知道自己不是什麼天使嬌妻。她在開會時也多次和其他男人調情，但僅此而已。她已經下定決心要維繫這段婚姻，到目前為止也都成功抵擋了誘惑，因為她愛他。

她拿著一杯貝禮詩奶酒，坐在他旁邊，說道：「哇，晚宴竟然圓滿成功了，真不容易！」

他打了個哈欠，看了看手錶，說：「我的天啊，已經快兩點了，我們明天肯定會累死。」

她摟住他說：「放輕鬆，瓦倫丁先生，我喜歡大家都回家後，我們可以放鬆的時光。人們不是說人生沒有彩排嗎？要享受每個當下。」

他喝了一大口白蘭地，接著拿起已經溼透的雪茄，那截雪茄和此時的他一樣，已經巔峰不再。他重新點燃雪茄並吐出一口煙，說道：「等活力充沛的瑞斯和愛蜜莉亞在幾小時後把我們叫醒，開始要東要西時，我再提醒妳這句話。」他又打了個哈欠，說：「天啊，我超想睡覺。」

「或許明天可以睡個懶覺。」她似乎在暗示些什麼。「就像孩子們出生前那樣。」

「那些日子已經回不去了。」他說完，又喝了更多酒。「我的天啊，我真的好累，我需要重新審視自己的人生。」

「你這話是什麼意思？」克萊兒問道，丈夫的那句話讓她感到不安。

「我們怎麼會落到這步田地？」

「哪有什麼田地？馬克思，我愛我們的生活，難道你不愛嗎？」

「有時我不知道自己的真實感受到底是什麼，可能已經胖到無感了吧。謝謝妳還告訴所有賓客這件事喔，說我胖，去慢跑太蠢了，讓我心裡很好受呢。」

「我沒有那樣說，我是說以你的年齡來說，不應該突然開始瘋狂跑步，必須慢慢練習。我不希望你受傷，所以就想既然你不聽我的話，而在場剛好有澤西最頂尖的心臟病專家之一，或許可以問問她的意見。」克萊兒反駁道。

「是喔？」他又倒了一大杯白蘭地，說：「那我就告訴妳，聽了拉娜．奈拉的意見後，我要怎麼做。看好了，我明天早上要再去跑步，去他媽的鬼意見。」

13

十二月八日星期六

「妳和馬克思好像很投緣。」羅傑下車時說，有些口齒不清。

「投緣？沒有啦，我們還算聊得來，他滿會撩的。」

「真的嗎？妳說馬克思？半斤八兩吧？」他笑道。

「什麼意思？」

「拜託，親愛的，妳自己也超會撩的好嗎！」

「哪有！」

「哪沒有？」他瞟了她一眼，咧嘴笑道。

「我右邊的男生一直不跟我聊天，就算有也只是一直講自己的事，但他似乎對其他賓客更感興趣。馬克思旁邊的女士人很好，好像叫阿莉克絲，是位演員。但馬克思……我一開始覺得他很有趣，但後來覺得他有點色瞇瞇的。」

羅傑又咧嘴一笑，但沒有說話。

「怎樣？」她問道。

「沒事。」

「告訴我啦！」

他們走上樓梯到二樓的公寓，他聳肩道：「男人似乎都難以招架妳的魅力，看看我就知道了！」

她輕輕揍了他的手臂一拳，說：「但你不只是長得帥，還魅力十足。」

羅傑癱坐在客廳的沙發上，打了個哈欠，說：「結果咧，現在妳身懷六甲，跟定我了！」

白天從大片窗戶望出去，聖奧賓堡和整個海灣一覽無遺。現在，他們只能看到街上和海濱大道上閃爍的路燈，以及更遠處漆黑的大海。

「跟定你？正合我意！」她給他一個飛吻，接著皺眉道：「話說馬克思問了我一些很奇怪的問題。噢，而且他還猜到我懷孕了，可能因為他是醫生吧。」

「妳是懷孕了啊！」

「是啦！但他怎麼會知道？」

「他很聰明。首先，妳不喝酒。」

她點點頭說：「我告訴他我有在服用抗生素，但他是在我拒絕吃軟質乳酪時才發現的。」

「那也算是一個線索吧。」他說。

「或許吧。」

「那他問了哪些奇怪的問題？」

「這個嘛，他問我有沒有怨恨過一個人……恨到想要殺掉對方。」

羅傑搖搖頭，想知道接下來發生什麼事。「那妳怎麼回答？」

「我問他有沒有過這種經驗，那時他看我的眼神非常奇怪，我甚至一度以為他要承認自己犯下了什麼可怕的罪行。然後他說他恨他母親。」她說完便陷入沉默。

「然後呢？」

「他突然改變話題，之後就一直在講他知道我懷孕的事情。我是說，他不是愛德華多那種怪。」

「愛德華多是……飯店管理員嗎？」

「對啊，不一樣。比起詭異，不如說是奇特吧，老實說我覺得他當時已經喝得酩酊大醉了。克萊兒提議說我們四個可以一起吃個晚餐。我們之後也會需要家裡有小小孩的朋友！」

「對啊，他確實很奇特，但他是個心胸寬廣的好人。為了朋友，他就算赴湯蹈火也在所不惜，而且他在醫院也備受尊敬，或許妳應該找他當妳的產科醫生。」

「我的天啊，不用了，我已經有凱特．克勞了，但我可能會幫他上教練課。他說他最近又開始跑步，一直在問我公園跑跑多快，感覺他好像想打破我的紀錄！」

「我覺得那就是他的個性，他很爭強好勝，而且非常注重守時。但今晚可能看不出來，我們那麼晚吃飯，我都快餓扁了。」

「我也是！噢，他也想知道我們兩個是怎麼認識的，還有我最喜歡哪首歌。」

「那妳最喜歡哪首歌呢，我親愛的新娘？」

「就是我告訴他的，范．莫里森⓭的〈眾人仰慕的女王〉，也就是我們第一支舞要跳的歌。」羅傑望著她，眼神中充滿愛意，說：「每次聽到時都讓我感觸良多。那是我們第一次跳舞的歌，也是我向妳求婚時播放的歌。如果開車時聽廣播剛好聽到這首歌，我就會很開心。」他一隻手摟住她，另外一隻手輕拍她的肚子，說：「親愛的，我明白妳的意思，但要檢查我們家小不點的狀況，馬克思是島上的最佳人選，尤其是妳之前還跟癌症擦肩而過。」

「不用了，謝謝。」她斷然拒絕。「我要凱特。」

她差點脫口而出說馬克思讓她感到不舒服，最後卻沒說出口。她也說不出到底哪裡不對勁，但那種感覺有點像在看著一片風光旖旎的平靜海面，卻突然發現沙灘上插著紅旗一樣。

⓭范．莫里森（Van Morrison）是北愛爾蘭創作歌手和音樂家，在一九六〇年代中期作為他們樂團（Them）的主唱成名。曾獲六項葛萊美獎，一九九三年更被選入搖滾名人堂。〈眾人仰慕的女王〉（Queen of the Slipstream）是他於一九八八年發行的情歌。

14

十二月九日星期日

他們昨晚在賓客抵達前，才把家裡打掃得一塵不染，但今天孩子們只花了幾小時的時間，就把玩具丟得到處都是，客廳又變回垃圾場了。瑞斯開著一輛黃色玩具拖拉機，愛蜜莉亞則坐在地上跟洋娃娃開茶會，還弄得凌亂不堪。旁邊的科爾馬克坐在遊戲墊上，胡亂敲打上面有動物符號的玩具按鍵。

星期天早上，馬克思通常會和老夥伴尼克．羅賓遜一起打高爾夫球，但今天他以閃到腰為藉口放對方鴿子。其實他是想去跑步，他告訴克萊兒是為了醒酒，但還有其他原因。

現在他躺在沙發上，因為左腳大拇趾在跑步時長了一顆水泡，讓他疼痛不已，所以左腳泡在一盆溫鹽水裡。他旁邊放了一大盤花生，他的手和嘴巴也從沒停下來過。他的大腿上放著紐約紀念斯隆—凱特琳癌症中心[14]一名外科醫生的醫學論文，那名醫生發現了子宮頸癌新的早期手術治療方法，而且成功率很高。

但馬克思一直把論文放下來看手機，看他昨晚為賓客拍的照片，不過他只對一個人感興趣。

喬琪。

他放大照片，盯著她，久久不能移開視線。天啊，她真的跟麗奈特好像。

克萊兒蜷縮在他對面的沙發上，閱讀報紙的星期日副刊。電視上播著橄欖球比賽，但馬克思只有時不時瞄一眼，他的注意力全放在手機上。他點了幾個線上跑步社團的相關貼文，那是他的新嗜好。

他的右小腿很痛，是自作自受嗎？他想打破昨天跑三英里的紀錄時拉傷了小腿肌，不過確切來說是3.1英里。現在時代已經不一樣了，他找到的新跑步社團都是以公里為單位計算距離，而五公里差不多等於3.1英里。回程他幾乎都是一瘸一拐的，還從後門溜進家裡，以免克萊兒看到又要囉嗦個不停。她後來還是注意到他腳痛，但只是投以一個悲傷、會意的眼神。

「瑞斯！小心！」她大喊。小男孩一頭撞上了一個大理石底座，上面放了約翰．哈里森[15]的半身像，他是發明航海天文鐘的人。那是克萊兒去年在古董市集買給馬克思的聖誕節禮物。她從椅子上一躍而起，及時扶住了半身像。

「馬克思，我覺得這個不要放在客廳比較好。」她說，並坐回沙發上。「放在你的書房就安全多了。」

---

[14] 紀念斯隆—凱特琳癌症中心（Memorial Sloan Kettering Cancer Center）是美國紐約市的癌症治療和研究機構，成立於一八八四年，舊稱為紐約市腫瘤醫院（New York Cancer Hospital）。

[15] 約翰．哈里森（John Harrison）是一位自學有成的英國鐘錶匠，他所發明的航海天文鐘能夠精確定位海上船舶，使大航海時代發生了革命性的巨變。

「我待會再搬。」他回答，幾乎沒有把視線從手機上移開。

「你那麼認真在看什麼啊？」

「減肥網站。」他隨口胡謅道。

「這畫面可經典了。」她咧嘴一笑道。「你想減肥，但你腳泡在鹽水裡，還一邊大啖花生！」

「哼。」他又塞了一把花生到嘴裡，注意力回到手機上。他開啟跑步大師app，搜尋「火箭女孩」。

她有534位追蹤者。他不夠了解社群媒體應用程式，不知道對方會不會知道自己的帳號被查看，但為了不被病人認出來，他也沒有使用真名和職銜，所以他在跑步大師上的身分是「跑步男孩醫生」。他的手指懸在追蹤按鈕上方，最後卻決定作罷，以免她注意到。他可不想讓喬琪認為他在跟蹤騷擾她。

他看了她的活動紀錄，發現她今天也有去跑步，比他早一小時，而且速度又名列前茅。和昨天一樣，他們今天的路線也有部分重疊。他接著查看自己的數據，發現自己在每個區段還是敬陪末座。他檢視聖奧賓到聖赫利爾區段的時間，發現自己今天是倒數第二名，但最後一名實在跑太慢，也沒給他多少信心。

他登出跑步大師後，便開始在社群媒體搜尋她的名字。他在Instagram找到了喬琪，她有2300位追蹤者，從照片看來，似乎每天都會放跑步前和跑步後伸展的照片，並附上簡短的運動小撇步。她在Twitter上有1553位追蹤者，Facebook上則有4784位，都是同樣的內容，偶爾還有她和羅傑出遊的照片。她的個人簡介清楚列出了她未來要參加的比賽，以及個人的最佳紀錄。

喬琪，妳的行為模式還滿固定的。同樣的時間、同樣的日子，路線也很相似。要找到一大堆關於妳的資訊其實不難。像今天，妳早上八點半出門，跑到鎮上，繞了聖奧賓灣，再沿著舊鐵軌跑回家。就像上星期日、上上星期，還有我第一次看到妳的時候一樣。我想用不著多久時間，我就能在妳跑步時找到妳。妳在Instagram上的名稱和在跑步大師及Twitter上使用的名稱一樣，在其他社群媒體肯定也是吧。妳分享太多資訊了！我怎麼會知道這些事情？我根本不用當偵探，對吧？我知道妳接下來要去哪裡比賽，還有妳的最佳紀錄，妳的運動服都攤開來給我看，連號碼布都有。好看的照片、美好的時光、幸福的家庭。

他試圖把注意力放回橄欖球比賽上。通常這種精采的比賽會讓他看得入迷，但現在他的心思根本不在這裡，他也不在乎哪一隊獲勝。他覺得自己需要喝一杯。他看了看手錶，發現才下午四點二十分。昨晚聚會還剩下超過半瓶的頂級香貝丹葡萄酒，再多放一天可能就沒那麼好喝了。

他起身，小心翼翼地把左腳移出水盆，一跛一跛走到廚房，從杯架取下一個玻璃杯。他把酒倒滿一整杯，回到客廳，把酒杯放到面前的茶几上，又坐了下來，把腳放回水盆裡，頓時又舒服多了。

「那杯熱量大概兩百卡喔。」克萊兒抬起頭，故意說道。

「是喔，但我剛剛走過去也消耗了幾卡。」他回答，又把注意力放回手機上的喬琪·麥克林，但他看的不是她的跑步紀錄，而是她的照片。他放大照片。

又放大了一些。

他盯著她的臉好一段時間，酒一口接一口，手指又懸在「追蹤」按鈕上。他在猶豫，是否應該這麼做？她會發現是他嗎？他也在思考……

喬琪，雖然妳現在是第一名，但我知道妳懷孕了。幾個月後，妳就沒辦法跑那麼快了，而且到時我會瘦很多，體能也會好很多！

酒精讓他沖昏頭了，讓他感覺自信滿滿、無所不能且勢在必得。

他抬頭看了克萊兒一眼，她很專心在用筆記型電腦。他按下按鈕。

跑步男孩醫生正在追蹤火箭女孩。

15

十二月九日星期日

羅傑幾乎一整天都躺在沙發上，這並不尋常，喬琪心想。週末休假時，他通常都會去騎腳踏車兩到三小時，但今天，他正在經歷地獄級宿醉，穿著最破舊的套頭衫和運動褲，沒有刮鬍子，光腳躺在沙發上，周圍散落著報紙。

他面前的茶几上放著一杯水、一杯溫熱的茶和已開封的普拿疼。他的眼睛幾乎都是閉著的，只有偶爾看一眼電視上播的橄欖球比賽。他只有在幾小時前離開沙發，盡責地做他每星期日都會做的招牌菜，也就是煙燻鮭魚炒蛋早午餐。喬琪總是說他做的炒蛋是世界上最美味的，但今天的食物都讓他感到有些反胃。

喬琪坐在他對面的扶手椅上，閱讀一本詳述懷孕每週變化的書，卻在這時突然笑了。

「怎麼了？」他問道。「什麼事這麼好笑？」

「你啊！」她說，並拿起手機，幫他拍了張照片。「想像一下，如果你的學生或下一位乘客看到現在的你，他們會不會嚇出一身冷汗！」她又咯咯笑了起來，又拍了一張照片。

「太好了，至少妳在享受我的宿醉，因為我可一點也不享受！」

「親愛的，你昨晚的確喝了不少酒。」

「他們的酒真的很不賴。」

「有波特酒……噢，還有干邑白蘭地。」她提醒他。「而且還是特別的上等白蘭地，對吧？」

他做了個鬼臉，說：「妳知道那種感覺嗎？就是腦子裡有個聲音告訴妳，如果再多喝一杯白蘭地，隔天早上感覺會比沒喝那杯好？」

她又咧嘴一笑，說：「希望等到星期二早上要飛的時候，就已經完全好了。」

他看了一眼手錶，伸手拿了兩顆普拿疼，配水喝下肚，說：「這是我人生中最糟糕的宿醉。」

「往好處想，至少你昨晚過得比我開心很多！」

「嗯……」他用懊悔的眼神看著她。

「我才不會同情你呢！」

「連一點點都沒有嗎？」

她放下書和手機，走過去窩在他身旁，一手摟著他，並親吻他的臉頰，說：「我可憐的勇士頭痛痛，讓我幫你呼呼吧。」她吻了他兩次，問道：「有比較好嗎？」

「有。」

她又吻了他一次，便回到自己的座位上。外面已經天黑了，看不見大海，雨水打在大片窗戶上。「你晚餐想吃什麼？」她問道。

「想吃妳。」他回答。

「以你現在這種狀況？」

「或許一些療癒身心的食物吧，那鮪魚烤馬鈴薯，或是烤吐司配豆子呢？我可以做。」

她搖搖頭說：「你好好休息吧，我等一下會準備點吃的。」

她坐回位子上，拿起手機看明天第一個客戶傳的訊息。對方想問能不能改上課時間，她回覆說可以。她快速瀏覽了幾封未讀信件，但沒什麼重要訊息，只有一位常客要取消星期二早上十一點的團體課。

她又繼續看書，幾分鐘後突然說：「你知道我的身體正忙著為接下來幾個月做準備嗎？」

「什麼？」

「書裡寫的。」她看著自己的肚子說：「哈囉，忙碌的身體！」

「不是會有一些症狀嗎？」

她輕拍打開的那頁，說：「晨吐、乳房脹痛和抽筋。」

「妳有這些症狀嗎？」

「還有胃食道逆流。」

「聽起來很可怕。」

「對啊，而且常常發生。」

「那飢餓感呢？孕婦是不是也很容易餓？」

她點點頭，看起來有點心虛，說：「對啊。你的阿姨不是有給我們醃洋蔥嗎？她說聖誕節時就差不多可以吃了。」

他點點頭說：「我很期待吃醃洋蔥配優質的切達起司，可以做農夫午餐[16]。」

「這個嘛，那個計畫可能有點問題，你可以原諒我嗎？」

「原諒妳什麼？」

「我，呃……今天稍早把整罐醃洋蔥都吃光了。」

這次換他捧腹大笑了。「既然妳吃了那麼多洋蔥，肯定有口臭，那我從星期二開始一整週都不在家，或許是好事吧！」

「你應該要更愛我才對吧！」

電視螢幕上，持球的右翼鋒正衝向邊線，但羅傑已經完全沒在看比賽了。「我不可能比現在更愛妳。」他說。「不可能。」

「你的嘴巴真甜！」她給他一個飛吻。

「我是說真的。」

我、愛、你，她說，但沒有發出聲音。

我、也、愛、妳，他也用口型默示道。

她給他一個飛吻後，又看了一眼手機，發現有一封新郵件。

您在跑步大師有新的追蹤者。

她點開應用程式，發現有二十三個新的追蹤要求，這讓她很開心。這些人都有機會成為她的

YouTube粉絲，幫助她完成把YouTube頻道轉為商業用途的抱負——在懷孕期間和產後都能維持健康體態！Fit For Purpose！

「嘿，親愛的，我多了二十三位跑步大師追蹤者了。」她說。「很棒吧？」

但羅傑沒有回應，因為他又睡著了，還打呼。

五百五十七位追蹤者，她心想。超棒的！

她放下手機，坐在那裡看著羅傑，頓時有種深深的滿足感。

她又拿起手機，快速瀏覽追蹤者名稱，但她其實並不在意他們是誰，只有注意到其中有一位跑步教練、一位手療師，以及一位醫生。

太棒了，她心想。有這些專業人士在追蹤她，有助於建立她的信譽。

⑯ 農夫午餐（Ploughman's lunch）是一種午間吃的冷盤，包括麵包、起司和洋蔥，通常會在酒吧供應，配啤酒一起食用。

16

十二月十七日星期一

時間是敵人。

馬克思．瓦倫丁的母親總是遲到，她總是害他站在校門外，在寒風中瑟瑟發抖，或是在雨中淋成落湯雞，只能眼睜睜看著其他學生被家長接回家。

「我被敵人打敗了！」等她終於開車過來時，她總會這麼說，而且毫無歉意。「再不上車會得重感冒的。」

每天早上，他吃完早餐，穿上外套，把作業和便當放進書包，準備好去上學時，他總會站在靠近前門的門廳，等待樓上浴室開門的聲音，內心焦慮不安，因為又要遲到被罵了。

日復一日，他的手錶總會告訴他，距離朝會開始只剩下十五分鐘，而他也心知肚明，就算竭盡全力，甚至是超速且沒等到任何紅綠燈，他的母親載他去學校最少也要二十分鐘。

門終於「喀」的一聲開了，他母親從樓上喊道：「敵人怎麼樣了？」

「十二分鐘，媽，我們要遲到了，而且會遲到很久。」

而且每天都這樣。

面對老師們的怒火，他早就沒藉口可用了。輪胎被刺破、狗吃了老鼠藥、妹妹切蘋果時差點切斷手指、祖母送醫急救，當然還有「我爸離開我們了」。

沒說出口的話其實最令人心痛：*我爸選擇帶走妹妹。*

而不是我。

那是他妹妹克勞汀失蹤事件的一年後。她當年六歲，最後的目擊地點是校門外，她揹著書包等母親接她回家，母親卻把這件事忘得一乾二淨。

她的失蹤掀起了多麼大的風暴啊！直到她被發現為止——其實也只是一天後的事！馬克思引誘妹妹進入附近樹林裡的一口枯井，並騙她說這是惡作劇。但他隨即把繩子拉上來，不理會她驚恐的尖叫聲，把她留在井裡過夜。這都是為了給母親一個教訓，要她不要再遲到。結果卻適得其反，警察和幾十位自願幫忙的民眾徹夜搜尋，當他終於透露妹妹的下落，她已經深受創傷。他受到警察的嚴厲訓誡，被父親痛打一頓，而且妹妹再也不敢靠近他，不過妹妹怕他，對他來說也沒差。

在他的童年回憶和舊照片中，他那喜怒無常、酗酒成性的母親安潔拉，其實曾是一位美麗迷人的女子，直到他父親、事業失敗和酗酒毀了她。在青少年時期，她曾夢想成為知名演員。由於忙著準備布萊頓小劇場（Brighton's Little Theatre）業餘戲劇演出的角色，她無法做全職工作，只好在空閒時間當鋼琴家教，勉強維持生計。

她和馬克思的父親羅伯特在劇場相遇，他看了她在《誰怕吳爾芙》⑰的演出後便對她十分著迷，她還開玩笑說他變成後台出入口的常客，每天晚上都送她一大束花。但兩人一結婚，羅伯特就越來越善妒，要她退出演藝圈，待在家裡陪他。

他也如願以償。她和一位備受尊敬的倫敦戲劇經紀人簽約，卻搞砸了對方給她的兩次機會，那也是她能突破事業瓶頸，成為專業演員的機會。第一次是經紀人替她簽到了《溫夫人的扇子》⑱巡迴演出的女主角溫夫人的角色，她卻因為慣性遲到且屢次錯過彩排而被開除。第二次是一部斥資上億，由約翰．史勒辛格⑲執導的電影，她拿到了不錯的角色，卻睡過頭又看錯拍攝通告，跑錯地方，而且還發生了兩次。

她的經紀人因此開除了她。

在那之後，由於被關在家裡很無聊，丈夫又常常在外面偷情，加上無法發揮所長而心生不滿，她回到了業餘劇場，直到布萊頓小劇場也受不了她靠不住的態度而解僱了她。馬克思不久後就出生了，克勞汀則是在三年後出生。從他有記憶以來，父親就經常不在家，在家時也總是在和母親吵架。由於自己的職涯發展一敗塗地，馬克思的母親一心想把他變成音樂神童，最後成為知名鋼琴家。雖然他並非毫無才能，卻對彈鋼琴沒什麼興趣。他比較喜歡窩在房間裡，但又不敢違逆發酒瘋的母親。她逼他連續練琴好幾小時，拿著尺站在他旁邊，節拍器滴答作響，他一旦彈錯就敲他的指關節，一邊大喊：「拍子，馬克思，注意拍子、拍子、拍子！」

他父親越來越少待在家，住在倫敦的公寓或是海外的房子長達數星期，到處拈花惹草，至少他母親是這麼認為的。

在他十歲以前，和父親幾乎沒什麼交集，唯一的印象是那個男人似乎總是在對他和他母親發火。在他父親眼裡，馬克思無論做什麼都不對，不然就是不夠好。就算他在學校運動場上進球或達陣得分，或是在考試中取得好成績，父親都從來沒有誇獎過他。克勞汀就不一樣了，她顯然是父親的掌上明珠，從來不會做錯任何事。偶爾她調皮搗蛋時，父親總是把錯怪到馬克思頭上。

他對父親最鮮明的記憶是他看著兒子時，眼神中幾乎總是充滿厭惡與怨恨，彷彿他對兒子完全不屑一顧，但馬克思只是渴望能得到父親的認可罷了。

在馬克思的十歲生日前不久，他的父親帶著克勞汀離開了。他還聽到父親對母親說，他要帶走他的「小公主」，把這個一事無成的白痴男孩丟給同樣沒用的母親照顧。

他們離開後，馬克思的母親醉醺醺地告訴他，那兩人走得好，可喜可賀。從那時起，她原本有勉強控制住的酗酒行為終於變得一發不可收拾，她也有一段時間變得欲求不滿。

馬克思常常被喝醉的母親拖下床，為一個接著一個她的「男性朋友」彈鋼琴，漏彈某個音還

[17]《誰怕吳爾芙》（*Who's Afraid of Virginia Woolf*），美國劇作家愛德華・阿爾比（Edward Albee）的戲劇作品，講述一對中年夫婦錯綜複雜的婚姻關係。

[18]《溫夫人的扇子》（*Lady Windermere's Fan*）是奧斯卡・王爾德（Oscar Wilde）於一八九三年出版的一部四幕喜劇，諷刺維多利亞時期的婚姻道德。

[19]約翰・史勒辛格（John Schlesinger）是英國電影和舞台劇的導演和演員，曾憑《午夜牛郎》（*Midnight Cowboy*）獲得一九六九年第四十二屆奧斯卡金像獎最佳導演。

會被斥責。有一次他走進客廳，還撞見母親躺在沙發上，有個男人把頭埋在她的裙子底下。

他感到尷尬不已，趕緊離開，卻聽到母親大笑道：「千萬別生小孩，他們會搞砸你的人生，讓你再也不能享樂。」

在他十二歲那年，母親的行為越發失常，把還沒捻熄的菸放在菸灰缸裡、把平底鍋放在爐子上乾燒，甚至會倒在地上不醒人事，馬克思也常常需要照顧她。直到有一天，他回家時看到母親用誇張字跡寫的紙條，警告他不要上樓，但要他打電話叫救護車。

她喝了一整罐漂白劑，在醫院裡搶救三天後死亡，終於從痛苦中解脫。

母親死後，馬克思暫時被交給年邁又無趣的外公外婆照顧。在父親帶著克勞汀離開後的兩年半裡，馬克思沒有跟他和妹妹說過半句話。在母親的喪禮，兩人幾乎完全不理他，也一直保持距離。馬克思當時很努力想重建與他們的關係，但兩人都冷冷地拒絕了他，一個字也沒說。

為了不讓他成為岳父岳母的負擔，馬克思的父親出錢讓他去讀寄宿學校。馬克思就算放假也不回外公外婆家，而是選擇待在學校埋首苦讀。這也是為了達成他的目標：他下定決心要取得好成績，考上一所頂尖的醫學院，或許到時音訊全無的父親終於會以他為榮。他一考上蓋伊醫院醫學院就搬出去住。其中一位老師很欣賞他修長的手指，還說：「這雙手很適合做外科手術。」

比起母親說「他的手很適合彈鋼琴」，他更喜歡這種說法。

馬克思感到自豪，便寫信給父親說他考上醫學院了。三星期後，他收到一位律師簡短生硬的回信，說兩個月前，他的父親在西班牙馬貝拉（Marbella）的網球場上心臟病發身亡。

這星期一早上，因為馬克思接下來一整天都很忙，所以他七點十五分就出門了，這樣他就能在八點半開會前，在辦公室處理電子郵件和文書工作。車上的廣播和往常一樣轉到了澤西廣播電台（Radio Jersey），讓他能邊開車邊聽當地新聞。今天的主持人是阿希莉・特雷西，他特別喜歡她的聲音。

但馬克思幾乎沒在聽，只顧著左右張望。他仔細研究了她過去幾個月在跑步大師app的活動紀錄，知道她平常跑步最有可能出沒的時間和地點。但他一整週和週末都沒看到喬琪・麥克林，他雖然不想那麼在意，這點卻讓他感到焦急。他這幾天有跑步，希望能碰巧遇到她，但到目前為止還沒成功過。

他反覆查看自己的跑步時間和跑步社團貼文，這是他每天早上做的第一件事，也是睡前做的最後一件事。他也不斷去看手機裡喬琪的照片，幾天前的晚上，他放大她的照片時，還差點被克萊兒看到，真是好險。

他越發疑惑，不知道自己為何那麼在意她，也試圖將她拋諸腦後，但無論怎麼做，他似乎醒著的每分每秒都在想著她。他一直叫自己停下來，也意識到這種痴迷已經到了危險的地步，但他停不下來。

喬琪讓他感到興奮，克萊兒就沒有。他們已經很少做愛了，即使做了也是迅速解決、敷衍了事，單純滿足生理需求而已。

我們上次玩得開心是什麼時候？上次一時興起做某件事是何時呢？我們對彼此的感覺有辦法

回到孩子們出生前嗎？我們上次做愛是什麼時候？我上次發自內心想和克萊兒做愛是什麼時候？

他不記得上次像那樣被女人激起性慾是什麼時候。他在晚宴上喝太多了，但他和喬琪聊得很愉快，而且她還想訓練他！

和喬琪・麥克林搞外遇？我敢嗎？

她敢嗎？

我知道自己不該這麼做，對吧？

但我必須這麼做。

追逐的快感真是太棒了！

等等，可是，她懷孕了。

放下吧，馬克思・瓦倫丁，回到你安全又無聊的舊生活吧。認命吧，這想法太荒唐了。你平常就會一直和女同事和朋友調情，也從沒想要更進一步，這次又有什麼不同呢？

他突然感覺到一股能量湧入身心。這幾個月來，他感到筋疲力盡、身心交瘁、勞累過度。他的朋友似乎都過得很不錯，他和克萊兒以前也是，那他現在為何愚蠢到甚至會去想另一個女人呢？是什麼改變了？

或許是在雙胞胎瑞斯和愛蜜莉亞出生那天，一切就變了。從那天起，他被孩子們取代，不再是克萊兒一生的摯愛。三年後科爾馬克出生，又加劇了這種感覺。「拋棄」就是他人生故事的寫照，從出生到現在，他該死的人生就是不斷被別人拋棄，或許等孩子們長大，他們也會拋棄他。

接近之前差點撞到喬琪的地方時，他放慢速度，更仔細環顧四周，甚至沒注意到後方車輛憤怒的喇叭聲。

完全沒有她的蹤影。

阿希莉．特雷西說的話使他回過神來：「今天是星期一！來聽聽范男人[20]的歌，帶著好心情開工吧。史上最偉大的歌曲之一！」

音樂開始播放。

妳是眾人仰慕的女王……

那首歌攫住了馬克思的內心，他一邊開車，一邊隨著音樂搖頭晃腦。對，沒錯，為我仰慕的女王……

喬琪在那個星期六晚上告訴他，這是她和羅傑的歌，不僅是他們的定情曲，還是他們在婚禮上要跳的第一首歌。

多奇妙啊，喬琪，這首歌竟然在我想著妳的時候出現，雖然我常常都在想妳的事情。

歌曲結束後幾分鐘，他繼續大聲唱歌，走分流道路，避開尖峰時段的車潮，經過寵物食品店，繞過醫院北門，左邊寬闊的綠地是鎮上無家可歸的醉鬼聚集之處。

---

[20] 范男人（Van the Man）是范．莫里森的暱稱之一。

駛入停車場時，他還在唱歌。

妳會不會對這個祕密守口如瓶？

妳是否還會是只屬於我的玫瑰？

他微笑著將車子熄火。

他看了一眼手錶。

時間比他原本預計的還要晚。

但他不在乎，還是繼續微笑。

為我仰慕的女王。

而且她接受他在跑步大師的追蹤請求了！

她知道是我嗎？他心想。這是否進一步表明了她對我有興趣？就像上次給我手機號碼，還邀請我去上課一樣？

下車前，他又看了一下手機裡的跑步大師app，但讓他失望的是，她今天沒有新增任何紀錄，沒有晨跑。

為什麼呢？

嘿，今天才剛開始呢。

他踏著輕快的步伐走進葛妮絲．惠林[21]翼樓的入口，已經很久沒有這種輕鬆愉快的心情了。

一位加護病房的年輕護理師德蕾莎．亞當斯正在食堂點咖啡，馬克思對她微笑。

「嗨，德蕾莎！要甩掉丈夫時記得告訴我喔！」

她拍拍大肚子說：「你看不出來嗎，馬克思？還要一段時間，你就繼續做夢吧！而且你能不能駕馭我還說不準呢！」

「噢，好可惜……」

「我還以為你喜歡小寶寶。」

「是啊，除了他們妨礙到我們倆的時候！」

「好啦好啦，繼續做你的夢吧，待會見。」

「妳知道我會在哪。」

「你真是無可救藥！」

「而妳超正，叫亞當斯先生好好珍惜妳啊！」

他一邊微笑一邊走上樓梯，又開始哼歌。

喬琪．麥克林，妳可能還不知道，但妳會成為我的女王。

一定會！

㉑葛妮絲．惠林（Gwyneth Huelin）是澤西第一位女性參議員，擔任公共衛生委員會主席長達十八年，在此期間奠定了現代醫院和衛生工作的基礎。

17

十二月十七日星期一

幾分鐘後，馬克思走進他那乾淨整潔的小辦公室並環顧四周，覺得不甚滿意，因為清潔人員又亂動他的東西。

他很肯定他們是為了證明自己來過才這麼做的，這讓他十分火大。

他坐在辦公桌前，小心翼翼地調整電腦螢幕、鍵盤、電話、滑鼠墊和原子筆的位置，並起身擺好架子上放歪的資料夾，再檢查牆上的圓形掛鐘，發現它快了一分鐘。調整完時間後，他又坐下來檢查辦公室裡的其他東西，注意到清潔人員忘了帶走放在書架上的一罐傢俱上光漆和一條抹布。

他把兩樣東西都丟到垃圾桶裡。

終於滿意後，他敲打鍵盤喚醒電腦，輸入他設定的新密碼「Georgie4Me」，開始處理週末收到的信件，包括其他醫生的病人轉診、研討會的演講邀請、婦產科聖誕酒會的通知，還有星期五下午顧問醫師會議的通知，這星期的主題是異常與發病率。

他查看今天的行程，整個早上都要開會，下午則要進手術室。有幾個剖腹產，接下來是相對簡單的早期子宮頸癌手術，如果剖腹產的過程出現任何併發症（有時難免會發生），這個手術就會改期。下一個手術他一點也不期待。

病人大概三十出頭，人很好，他幾個月前才為她動過邊緣性卵巢癌的手術，現在癌症復發了，是高度侵襲性的腫瘤，而且癌細胞正在轉移。令人難過的是，她懷孕了。他必須拿掉胎兒，幾星期後還要為她動大手術。即便如此，預後也不會好到哪裡去。人生無常，有時是如此殘忍和不公平。

他今天是負責待命的產科醫生，代表他必須待到晚上九點，隔天早上八點前也要隨時準備出診。但他在看行程時，心思卻又回到了喬琪和跑步上面。

他必須裝備齊全，才能再次成為能比賽的跑者。他打開Google，輸入「最佳速度型跑鞋」，心想就像汽車需要好輪胎才能發揮最佳性能一樣，他也需要一雙好的跑鞋才能提升表現。接著，他搜尋幾個跑步網站來升級裝備，買了一整輛購物車的商品。然後他搜尋「澤西私人教練」，前幾個結果就有「澤西教練喬琪．麥克林」。

她真的是不斷出現在他的生活中呢。

他繼續查，查到了一排圖片，看到其中有喬琪的照片，便點圖放大。她的照片馬上填滿了整個螢幕，她穿著修身的運動服，一頭紅髮紮了起來，臉上掛著不畏挑戰的笑容。

底下的圖片說明寫著：

FIT FOR PURPOSE讓你建立自信，充滿目標！貝爾皇家大飯店；免費評估；一對一或團體

課程，歡迎來電或寄信了解詳情。

頓時，他的一天感覺好多了，他覺得自己充滿了目標！

雖然會議主題很嚴肅，但他大搖大擺走進樓下的會議室時，臉上卻掛著笑容。他們要和雪菲爾（Sheffield）子宮頸癌篩檢中心的細胞病理學家開視訊會議，討論如何治療三名罹患子宮頸癌前病變或子宮頸癌的澤西病人。

參加者有另外兩位婦科和產科醫生、兩位病理學家和一位醫學生。

「馬克思，你今天早上看起來很開心呢。」同為產科醫生的凱特．克勞說道。「上星期那瓶美味的白葡萄酒是什麼啊？」

「那是勃艮第默爾索白葡萄酒，我是從戈里一間很棒的酒窖買來的。週末過得如何？」

「不錯啊，星期六我幾乎在陪查理——他去比橄欖球比賽，我就負責當啦啦隊。然後星期日我當司機，載他去最好的朋友家參加派對，再接他回來，而且他們家還住在島嶼的另一頭！」

馬克思知道她十分溺愛她的獨生子，也是他的教子。「甜蜜的負荷，對吧？」他挑眉道。

凱特對他咧嘴一笑，說：「沒錯。」

「真不敢相信我的藍眼小教子已經九歲了！」馬克思說。

「二月就要滿十歲嘍。」

會議開始了，但那之後半小時，馬克思幾乎半個字都沒聽進去。他的心思在別處，在想跑步的事，還有要怎麼快速練好身材。

他在想喬琪・麥克林的事。

他又偷偷看了桌面下的手機，看她的照片。他裁剪並儲存了晚宴上他最喜歡的照片，也就是她對他微笑的那張。

他現在就在看那張照片，她對他微笑的模樣讓他感到興奮。他知道這樣不對，但他越來越渴望得到她，她讓他魂牽夢縈。天啊，他多麼希望她心裡也有他……不對，與其說是心裡，不如說他希望可以直接進到她體內。想到這裡，他就開始勃起。

他知道自己是有選擇的，他可以住手，也應該住手。這種事很少會有幸福快樂的結局，而且還有很多阻礙：克萊兒、他們的小孩、羅傑、喬琪肚子裡的小孩。他為何不能就此罷手呢？

但喬琪也想要，從她看他的眼神，他就知道她也願意。已經厭倦她的飛行員未婚夫了嗎？還是渴望刺激感？他感覺到了，她在對他放電。

無論他多麼努力將她拋諸腦後，她又會更強勢地回到他的腦海裡，而且身上的衣服越來越少。

18

十二月十七日星期一

星期一下午兩點半，是羅傑口中的「牙醫時間」。他總是會說：「牙醫牙痛——不能自拔。」雖然是很庸俗的趣味歇後語，但總會把喬琪逗笑。喬琪坐在小樹林醫療中心（Little Grove Medical Centre）候診室的椅子上，內心感到緊張又侷促不安。其他的候診病人除了一位安撫哭鬧小孩的母親外，大多是老人。有些人看雜誌，有些看著牆上電視播放的遊戲節目《倒數計時》，大家都一言不發，僵坐在那裡等待叫號。

感覺所有人都像是舞台上的演員，布幕升起時一動也不動地坐著，等待開始演戲的提示。

她剛才從桌上拿起一本叫做《Lux》的精美刊物，她試圖將注意力放在一篇關於生活風格和室內設計的文章，但她仍一心想著助產士會跟她說什麼。回想起上週她的全科醫師道爾醫生提到的高齡產婦風險，她就焦慮到讀不下去。他提到的風險之多，讓她感覺自己好像在踩地雷一樣。但他也告訴她不要擔心。

她怎能不擔心？

她的夢想終於成真了，但以她的年紀來說，隨時都有可能出差錯。

等她聽到廣播叫到自己的名字時，彷彿已經過了一輩子。

「喬琪娜．麥克林小姐，請找弗萊徹助產士。」

弗萊徹助產士？弗萊徹不是在《飛越杜鵑窩》[22]那部電影飾演恐怖護士拉契特的演員嗎？

她闔上雜誌，跳了起來並沿著走廊走，經過幾扇關著的門，終於抵達上面寫著「露易絲．弗萊徹」的門。

連名字也一樣！

她敲了敲門，聽到一個女人的聲音說：「請進！」

那位三十出頭、身材矮胖的黑髮女人和拉契特護士一點也不像。她帶著親切的微笑向喬琪打招呼，並招呼她在狹小的房間裡坐下來，瞬間讓她放心不少。喬琪注意到她桌上寫字夾板的紙張，最上面用大字打了她的名字，下面則密密麻麻寫滿了一整頁。

「所以，喬琪娜，這樣稱呼妳可以嗎？」

「叫我喬琪就好。」

「喬琪，好！我是露易絲。妳感覺如何？」

「不知道，有點緊張吧，也有點擔心。」

[22]《飛越杜鵑窩》（*One Flew Over the Cuckoo's Nest*）是一九七五年上映的美國電影，講述一個為了逃避服刑而裝瘋賣傻的「正常人」被送進精神病院裡的故事。電影改編自肯．克西（Ken Kesey）的同名小說，曾獲一九七五年第四十八屆奧斯卡最佳影片、最佳男主角、最佳女主角、最佳導演和最佳改編劇本五項至尊大獎。

露易絲．弗萊徹笑著說：「別擔心，這是妳生命中非常激勵人心的時刻，擁抱它吧！」

「我也想啊，但是……」

「妳擔心的是什麼呢？」

「應該是我的年紀吧。」

「很多比妳年長不少的女性也生下了健康漂亮的寶寶。風險當然是有，但每個年齡層都有風險，所以我們就樂觀一點，好嗎？」

喬琪微笑道：「謝謝妳。」

助產士看著她的筆記幾秒鐘後，又抬頭問道：「妳今年四十一歲？」

她點點頭說：「這應該是最後機會了。」

「我不會這麼說，妳還有幾年呢，但沒錯，四十一歲的確算是相對高齡。我不想讓妳擔心，但還是得提醒妳，就統計數據而言，懷孕併發症的風險在三十五歲以上會呈指數增長。」

「什麼樣的併發症？」

「這個嘛，我不想把一切都講得太理想。妳必須知道自己確實面臨幾個風險：流產、高血壓、子癇前症和妊娠期糖尿病。由於妳是高齡產婦，發生遺傳問題的機率也較高。」

「好極了。」喬琪掩飾不了語氣中的一絲辛酸。「我覺得，我不知道……」

「大多數和妳同齡的人都生出了完全健康的寶寶，但我還是必須盡我的職責，說明風險確實存在。」露易絲．弗萊徹說。

「有一些檢查可以做，對吧？」

「是的，但沒有百分之百準確的檢查。孕期十二週時，醫院會進行一系列基本檢查，包括照超音波計算預產期，以及驗血。驗血會檢查21號染色體，也就是唐氏症候群，以及18號染色體──愛德華氏症候群──還有13號染色體，也就是巴陶氏症候群，會導致畸形，存活率不高。這些測試的準確率約為百分之八十五，但如果妳願意花錢，可以自費三百五十英鎊進行非侵入性胎兒染色體檢測，這樣上述三個染色體的風險評估準確率就有百分之九十九。」

「那我就自費檢查。」她說。

弗萊徹點點頭，表示贊同道：「這是明智的決定。」她遞給喬琪一本A4大小、綠白相間的小冊子，上面寫著「懷孕筆記」。「這是妳的懷孕計畫書，我們要填一些資料，之後每次檢查都要帶這本。」

喬琪翻了幾頁，看起來滿詳盡的。

「妳有想過要在哪裡生嗎？」

她搖搖頭說：「沒有，還沒，我現在還覺得有點……震驚，沒想到這一切竟然是真的。我是說……又驚又喜，因為我本來已經幾乎放棄生小孩的希望了。」

接下來二十分鐘，助產士詳細記錄喬琪的病史，也替她驗血、驗尿和量血壓。

結束後，她詢問喬琪目前的精神狀況。她向護理師保證說自己的心理健康沒問題，她最擔心的是自己的事業，她還能繼續跑步、上教練課和跟客戶一起運動多久？

對方向她保證，只要沒有其他產科問題，自己也想做的話，持續到產前幾週都沒問題。她詢問喬琪最後一次經期是哪一天開始，以計算預產期，並說：「我估計妳懷孕十一週了，以妳的年紀，我們希望能密切觀察寶寶的成長狀況和妳的血壓。如果沒有其他問題，希望妳能在預產期前後進行自然分娩。」

助產士查閱圖表。「那麼預產期就是七月二十二日星期一。」她微笑道。「真是完美的日子，記得有一首詩說：『星期一的孩子臉兒俏』[23]嗎？」

「這說法我喜歡！」

助產士又一臉嚴肅，說道：「以妳的年齡和病史來看，除了一般的產前診所，我會建議再找一位產科醫生替妳進行第一孕期的檢查，當然我也會在場。」

「好，就照妳說的做吧。」喬琪回答。

「我推薦的顧問醫師是島上最頂尖的，他做事非常仔細，我的兩個小孩都是他接生的，這就足以說明我對他的評價！」

「聽起來讓人很放心。」

「他叫做瓦倫丁醫生，那我——」

「馬克思．瓦倫丁？」喬琪打斷她。

「對。」助產士猶豫了一下，用奇怪的眼神看著她，問道：「有什麼問題嗎？」

「呃，有。」她遲疑了一下，不知道自己是不是想太多。「我在聚會上見過他……我只是覺得讓他當我的產科醫生感覺怪怪的。」

助產士思考了一下。「他是個很棒的顧問醫師，病人也很崇拜他。老實說，妳最後一定會跟產科醫生變很熟！」她微笑道。

喬琪笑道：「真有趣，我的未婚夫也這麼說！」

「哈！喬琪，如果妳想要別人也沒問題。有一位和善的女顧問醫師，妳們應該會很合得來。她跟妳一樣熱愛跑步，她也會參加鐵人三項，我覺得妳們兩個會一拍即合。她叫凱特·克勞，妳覺得如何？」

「噢對，我知道，我知道，我和凱特是朋友，我正打算找她。太好了！讓她當我的產科醫生我很放心。」

㉓引自童謠〈星期一的孩子〉（Monday's Child），可以透過孩子哪一天出生來預言其性格和未來，也用來教小朋友背一星期七天。

19

十二月十七日星期一

是雙胞胎！

又有兩個小傢伙等著進入這個世界，加入產後病房的其他新生兒，以及他們筋疲力盡的母親和苦惱發愁的父親。新生命在他的手中，這是多麼了不起的禮物啊！新手父母還無法理解這些寶寶會如何永遠改變他們的人生。太美妙了！

他記得一位年輕的母親，在費盡千辛萬苦生下小孩的幾天後，躺在床上抱著嬰兒，抬頭看著他說：「想到這個小東西在未來會幫我推輪椅，就覺得很奇妙。」

每個人第一次成為父母的反應都大不相同，馬克思．瓦倫丁心想。他和專科住院醫生巴納比．卡迪甘和醫學生羅伯特．瑞斯邁站在一間小更衣室裡。卡迪甘是一位近三十歲的矮子，總是會惹毛他。瑞斯邁則是一位蓄鬍的羅馬尼亞年輕人，他很認真，目前跟在馬克思身邊學習，之後再換凱特．克勞指導。馬克思認為他會成為一位優秀的醫生。

「你不覺得剖腹產太便宜孕婦了嗎？」卡迪甘突然問他。他很愛問問題，但有一半的問題都讓馬克思覺得對方在審問他，想方設法讓他說錯話。

「如果是臀位就不能這麼說了，以前臀位分娩是有可能致命的。」

「但那不就是重點嗎？」卡迪甘追問道。「就是所謂的天擇？那個母親遲早會從基因庫被淘汰掉的。」

馬克思穿上藍色的手術褲和手術服，把腳塞進白色手術鞋，狠狠瞪了卡迪甘一眼，說：「巴納比，我不是為了該死的基因庫才宣示醫師誓詞的，我從醫是為了幫助別人，如果你不明白這點，那你就選錯職業了。」

他吃了一顆薄荷糖，並戴上手術帽，上面很應景地印了雪景、聖誕老人和馴鹿的圖案。他有很多一模一樣的聖誕手術帽，每逢十二月就會戴，藉此增添節日氣氛，也能把病人逗笑。他們好像都會注意到這頂帽子，很適合用來破冰。

瑞斯邁稍早跟馬克思說，他想專攻產科是因為病人大多是開心、興奮的。「你也是這種感覺嗎，瓦倫丁醫生？」瑞斯邁問他。

「對啊，我愛小寶寶！」

當他走向手術室，另外兩人跟在他身後時，他又再一次問自己，為何我要當產科醫生？

在過去，他很清楚知道答案，但那是在他自己有小孩之前。那種看到新生命充滿希望與期待的興奮感，他也喜歡父母把他當神一樣崇拜，他最愛扮演上帝的感覺了。但也不僅僅是這樣，對吧？如果真的要誠實面對自己的感受，他最愛的不是跟女人的親密感嗎？能夠看到他心目中女性的「聖杯」，能夠體驗那個觸感、味道，那是……

力量的感覺。

但有時他看到幸福的夫妻，孕婦肚子大到快要爆掉時，他還是會良心不安，很想警告他們，告訴他們自己的孩子對他的人生帶來了什麼樣的變化。你們真的想知道未來等著你們的是什麼嗎？

他走進繁忙的手術室，其他人都穿著跟他相仿的手術服，只是戴著普通的藍色或綠色手術帽。孩子的父親也穿著手術服待在角落，看得出來相當緊張。他的病人是一位人很好的愛爾蘭女人，正坐在鋪了白布的手術台上，深色長髮放了下來。麻醉師拿著皮下注射針頭，透過病人背後的無菌透明塑膠布替她進行腰椎麻醉。

馬克思抬頭看牆上的四個時鐘，發現最左邊的指針式時鐘慢了，讓他感到不悅。旁邊的兩個數位時鐘和一個類比計時器都顯示為零。他走向一位實習小兒科護理師，她是一位年輕的蘇格蘭女孩，正在跟同事聊天。他對她說：「可以請妳趕快去找技師來，在我們開始之前調整那個時鐘嗎？」

她抬頭看牆上的時鐘。「醫生，我想那應該只慢了幾分鐘。」她回答。「時間基本上沒差多少。」

他態度大變，讓她嚇了一跳。「是慢了幾分鐘，但我希望它是準的。」他厲聲說，並帶她去沒人的刷手區。

他看了她的名牌說：「妳叫安妮是嗎？」

她點點頭。

「妳在念護理學校嗎？」

「對，南安普敦大學。」

「妳想成為小兒科護理師嗎？」

「是的。」

他微笑，她瞬間放鬆了下來，以為他已經罵完了。

他用平靜的語氣說道：「妳想進入護理最關鍵的領域之一，但妳卻不在意時鐘慢了將近三分鐘？年輕人，在手術室裡，十秒是可以定生死的。」他身體前傾，說道：「如果妳想進我的手術室、我的產科、我的醫院，時間點就是一切。明白了嗎？我們有共識嗎？」

她點點頭。

「那妳可以去找技師來嗎？時間一調好就開始進行手術，在調好之前，我絕不動刀。」

她匆匆走出手術室後，他看著掛圖上的流程表，計算每階段的所需時間，總共需要四十五分鐘。緊張的準父親坐在手術室另一頭，馬克思對他點頭釋出善意，暗自心想，祝你好運，老兄。

他又看了一遍流程圖。

ITT－進手術室

KTS－動刀

KTU－開子宮

TOB－TW1－雙胞胎一號出生

TOB－TW2－雙胞胎二號出生

SEX－TW1－確認一號性別

SEX－TW2－確認二號性別

胎盤

他走進水槽區，仔細洗手並擦乾雙手，接著刷手護理師幫他戴上手套。

回到手術室的開刀區時，他的病人已經躺了下來，雙腳穿著白色彈性襪，全身覆蓋著白布，只有大肚子裸露出來。一名護理師正在安撫她，而剛調完時鐘的技師則開始調整手術燈。她面前擋了一塊藍色塑膠布，讓坐在旁邊的丈夫可以跟她說話，但他看不到她的身體，也看不到待會開膛破肚的慘狀。

一名護理師用消毒劑擦拭孕婦的大肚子，接著放上有開口的綠色簾子。音樂突然從喇叭響起，是老鷹樂團的〈平靜輕鬆的感覺〉[24]。

馬克思平常動手術時都會放音樂，不過聽到這次的選曲就氣得轉向住院醫生，質問道：「巴納比，這首歌是誰選的？」

卡迪甘偷偷指了指病人的丈夫，說：「是父親選的。」

馬克思壓低聲音說：「我需要合適的音樂，你懂我的意思嗎？有范．莫里森的歌嗎？」

「但馬克思，老鷹樂團是他特別指定的，你要我怎麼跟父親說？他對孩子出生時的音樂清單很挑剔。」

「告訴他，我把這些小屁孩從他老婆的子宮拉出來的那一刻，他的人生樂章就會畫下句點！」

馬克思看到卡迪甘震驚的神情，便說：「那是事實，你以後就知道了，老實接受吧。」接著他微笑道：「但既然那可憐的傢伙想聽老鷹樂團，那就隨他去吧。開始吧！」

㉔ 老鷹樂團（The Eagles）是二十世紀七〇年代早期成立的美國搖滾樂團，〈平靜輕鬆的感覺〉（Peaceful Easy Feeling）是其首張專輯《Eagles》的第三支單曲，由傑克・鄧普欽（Jack Tempchin）所作。

20

十二月十八日星期二

健身房天花板的喇叭放著喬治・艾茲拉的〈副駕駛座〉[25]，這是喬琪上教練課時目前最喜歡的歌，聽了心情會很愉快，所以一聽到歌詞，她就不小心分心了幾秒鐘。

有座高山……

現在她和肚子裡的寶寶一起在爬這座高山。

她在健身房掛了聖誕燈，還買了假的小聖誕樹，稍微緩和了一下這裡毫無生氣的孤獨氛圍。最先進的健身器材靜靜坐落在四周，有跑步機、橢圓機、多功能健身器、瑜伽墊、壺鈴、啞鈴、槓片和大腿推蹬訓練機。

她有點頭暈，跟助產士說的一樣，而且她還想吃更多醃洋蔥，今天稍早甚至去農產品店買了幾罐。羅傑傳訊息說他晚上要做一道摩洛哥料理，她不忍心告訴他自己今晚只想吃起司和醃菜三明治。懷孕之後，她的胃口和喜好都突然改變了。

她將注意力放回今晚最後一位客戶。牆上的時鐘顯示現在是晚上七點二十分，只剩下十分鐘了。「你的心率怎麼樣？」她問道。

麥可．朗克蘭是一位六十多歲但不服老的銀行家，目前已再婚三、四次，經常向喬琪暗示自己不在乎婚姻忠貞這種事。他做每一組練習都十分賣力，連四十幾歲的人可能都比不上他的熱忱。她從他身上感覺到一種破釜沉舟的決心，這讓她很擔心，因為她很怕他會猝死。健身房的急救設備有心臟電擊器，幸好她到目前為止都不需要使用。

他看了一眼Fitbit智慧手錶，宣布道：「一百六十三。」還一副驕傲的樣子。

以他的年齡來說，這樣的心率有點高，讓她感到擔心，於是她問道：「要不要休息一下？」

「不要，就這樣一鼓作氣！」

「好，那最後十分鐘就再做一組，但慢慢來就好。」她在牆上裝了三個裡面有綠沙的大玻璃沙漏，分別是一分鐘、三分鐘和五分鐘的沙漏，她把中間三分鐘的歸零，說：「三分鐘划船，三分鐘飛輪，最後三分鐘用橢圓機收操，好嗎？」

「放馬過來吧！」

她為他設定較小的阻力，但他完全不管，拚盡全力去做。他在划船機上奮力划動，滿頭大汗

㉕ 喬治．艾茲拉（George Ezra）是英國創作歌手，以民謠、藍調、搖滾等音樂類型為主。〈副駕駛座〉（Shotgun）是他首次登上英國單曲排行榜的歌，講述他坐車出遊的心情和見聞。

又氣喘如牛，臉部表情扭曲，似乎已經痛下決心。喬琪背對著俯瞰停車場的一排窗戶，咬了一口能量棒，視線從他的臉上移動到沙漏裡最後幾粒綠沙。

「很好！」她說。「做得好！進步很多喔！」

「真的嗎？」他喘息道，累得臉色發紫。

「真的！來做下一組吧！」

她等他坐上飛輪車，再將沙漏倒過來，說：「好，三分鐘，目標是一小時24公里！」

他開始瘋狂踩踏板，她則不安地看著顯示面板的數字從每小時24公里飆到32公里，到達37公里的巔峰後又降回30公里。

除了健身房和管理室，這棟建在山頂的兩層樓建築其他房間都一片漆黑，並且除了有人來維修時，到明年四月都會是如此。管理員愛德華多．岡薩爾維斯是來自馬德拉的葡萄牙人，他大概四十歲左右，話不多，似乎總是穿著同一件褲子到處走動，那褲子骯髒不堪，且因為拖到地上而有磨損跡象。他每次都在她意想不到的時候突然出現。飯店老闆湯姆．沃捷給了喬琪萬能鑰匙，讓她使用健身房的交換條件是請她在這段期間擔任代理經理。她只需要和愛德華多合作，定期檢查飯店房間，確保管線沒有破裂漏水，也沒有不良分子來搞破壞。

她白天偶爾會檢查每個房間，已經覺得夠毛骨悚然了，晚上當然完全不想檢查飯店的任何一個角落，雖然有時候還是逼不得已必須這麼做。

她打算等朗克蘭一走就關燈鎖門，趕緊離開。

他開始做最後一組練習時，她拿起手機，發現羅傑傳了訊息。

我在超市覓食，要什麼嗎？愛妳。<3

她一邊留意客戶的狀況，一邊打出回覆。

醃洋蔥、熟成切達起司，還有你！<3

她放下手機時，臉上還掛著微笑。

21

十二月十八日星期二

馬克思．瓦倫丁穿著運動服，戴著手套和毛帽，決定去看看喬琪．麥克林之前說的公開健身課程，並考慮要不要加入。他頂著狂風，站在燈火通明的健身房外面，從窗戶望進去，但因為外面很暗，裡面的人是看不到他的。他不敢打斷進行中的課程，但又不知道如果此時被她看到了，她會作何感想。

他能感受到寒風吹襲，剛剛跑過來時流的汗也讓他全身發冷，但他毫不在意。他對沙漏十分著迷，想知道她為何不使用自己手機的馬錶，而是選擇這麼原始的工具，或許是為了給客戶跟時間賽跑的視覺刺激？

男人開始使用橢圓機，隨著沙漏裡的沙不斷流逝，他的動作也變慢了。最後，做了幾次伸展後，他終於完成練習了。他點頭道謝，灌了一杯水，並穿上羊毛上衣。他們似乎各自查看了自己的手機，之後男人從健身房後面的一扇門離開了。

喬琪的衣服完美展現了她的好身材，她到處走動，跪下來關聖誕燈。馬克思喜歡她把頭髮夾起來的方式，後面還留了短馬尾。

有扇門開了，她的客戶走出飯店。

這正是他進去打招呼的絕佳機會，但他卻有所顧慮。時機不對，他汗流浹背，現在不是時候。下次見到她時，他想讓她對自己刮目相看。他趕緊跑到停車場後面的灌木叢中，躲在一棵利蘭地樹後面。他知道這樣很荒謬，只能祈禱沒人看見他，不然他該如何解釋呢？那男人微微駝背，在停車場走了一小段距離，經過一排帶輪垃圾桶和一個裝滿瓦礫的大垃圾桶，上車後發動引擎，卻一直坐在那裡排放廢氣，浪費時間滑手機，最後才終於開走。

喬琪，這地方晚上真可怕，妳一個人待在這裡真的很勇敢。妳不應該做這種事，妳的未婚夫不應該讓妳在懷孕時這麼拚命工作，下次見到他時我應該提醒提醒他。

當他站在那裡看著她，他又不禁想到她和麗奈特有多像，他看得目不轉睛。

也不禁開始思考。

當初失去的可能性。

未來擁有的可能性。

妳和我和妳的小胚胎，現在還只有幾公分大呢。

22

十二月十九日星期三

「據我估算，這個澤西小豆芽目前大概三公分大。」凱特．克勞用她的約克郡口音爽朗地說。喬琪．麥克林斜倚在醫院診間的沙發上。凱特．克勞是一位四十歲出頭的產科醫生，身材苗條、精力充沛且積極正向。她將都卜勒超音波探頭在朋友腹部上膠的區域來回移動。可以聽到持續的轟鳴聲，伴隨著快速的心跳聲「咚咚咚咚咚」，以及突然出現的摩擦聲。

「真是太令人興奮了，喬琪，我為你們兩個感到開心，你們有個非常活潑好動的寶寶！」

「真的嗎？」

「沒錯，雖然妳現在還感覺不到，但它一直在動呢。」

同樣坐在診間裡的助產士對喬琪露出令人安心的微笑。羅傑則坐在凱特桌子旁的椅子上，看起來既開心又擔心。

「心跳很好，大概一百五十下。」克勞醫生宣布道。

助產士遞給喬琪超音波照片，她和羅傑馬上來研究，兩人都難掩興奮之情。

「真神奇，這個小傢伙竟然可以發出這麼大的聲音！」喬琪說。

凱特再次對她微笑，並關掉儀器說：「好，可以坐下來了。」

凱特坐回桌子前，再次仔細翻閱喬琪的懷孕筆記，問道：「妳上次量血壓是什麼時候？」

「星期一在我那邊有量。」助產士回答。「收縮壓125，舒張壓74。」

凱特點點頭說：「那再量一次吧。」

這次收縮壓是141，舒張壓是86。

喬琪對血壓數值有概念，知道141偏高，算是高血壓。「這會有問題嗎？」她問道，也注意到羅傑擔心的神情。

凱特沒有露出緊張不安的神色，安撫道：「有時光是看醫生血壓就會升高，就算我們很熟，光是待在診間可能也會有影響。」她轉向助產士說：「請妳一星期後再量，我們會密切觀察。」

「沒問題。」

克勞盯著螢幕上喬琪的病歷，說：「所以十八個月前，妳做了定期子宮頸抹片檢查，發現有異常，之後做了陰道鏡檢查和組織切片檢查，結果顯示為高危險型HPV和一期子宮頸癌前病變，一年後要再檢查，有做了嗎？」

「有，結果和之前一樣。」喬琪說。

產科醫生點點頭說：「好的，很好。但我還是必須說，如果妳有任何陰道出血的狀況，無論是性行為過後或任何時候，請馬上來找我，不要因為我們是朋友就不好意思說。」

「好的，但我的狀況不需要擔心嗎？」

她搖搖頭，微笑道：「如果我擔心肯定會馬上告訴妳，但我相信妳完全沒問題！就算有出血也不要驚慌，有很多可能的原因會導致出血。」

喬琪穿上牛仔褲，繫上腰帶並坐回未婚夫旁邊。羅傑握住她的手並捏了捏，讓她感到安心。

「聽到寶寶的心跳聲好酷！」她說。

「超棒的！」羅傑同意道。

「好，還有幾個問題，雖然有些我可能已經知道答案了，但我們還是全部確認一遍。妳在第一孕期有噁心或嘔吐的症狀嗎？」

「有噁心但沒有嘔吐。」喬琪看了羅傑一眼，說：「然後我好像開始有輕微的打呼症狀。」

「輕微？」羅傑用開玩笑的語氣調侃道：「不如說像有人在吹小號吧。」

「這個嘛，懷孕恐怕會影響鼻腔的黏液分泌，之後會恢復的。妳有正常飲食嗎？」

「有，我現在都少量多餐，大概每一兩個小時就會吃一點東西，不過我的胃口和喜好改變了。」

「這很正常，之後也會恢復。少量多餐也很好，比起之前可能會一次暴飲暴食好。我知道妳不抽菸，最近應該沒有突然開始抽菸吧？」

「沒有。」

「妳有在吃維他命嗎？」

「有。」

「我知道妳有在運動，所以那部分應該不用擔心，只要沒有不舒服，繼續這種程度的鍛鍊也沒問題。妳之前說想要順產，所以我會推薦去上催眠生產課程，到時能幫助妳放鬆。」

「好。」

產科醫生轉向螢幕開始打字，做了一些紀錄，之後轉回來看喬琪和羅傑，說：「好，計畫如下：請在二十八週，也就是第二孕期快結束時回來看我，我會用陰道鏡檢查妳的子宮頸，看是不是還是一期子宮頸癌前病變。在那之前，妳會定期找助產士報到，而且我們兩個平常也會見面！」她對喬琪微笑。

「你們說不想知道寶寶的性別，完全沒問題。你們選擇不要用非侵入性胎兒染色體檢測來確認性別，但如果你們改變心意，我們或許能在二十週左右判定性別。有時照起來很明顯，但沒辦法百分之百確定。隨時都可以改變心意，再告訴我就好。」

喬琪看了羅傑一眼，又轉回去問凱特：「根據妳的經驗，會建議怎麼做呢？」

「這完全是個人的決定耶，喬琪。舉例來說，知道性別就可以開始考慮寶寶房間的顏色、衣服之類的，當然還有名字。」

「那我們討論過後再跟妳說。」

「你們知道嗎？我們可以把結果放在密封的信封裡給你們，這樣你們改變主意的話就可以隨時打開，準確性也算高。還有羅傑，或許你可以參加我們的準爸爸計畫，我之後會給你計畫手冊。你們兩個也可以上幾個網站看看，其中一個叫做『好孕大作戰』。有問題隨時都可以問我，我是你們的產科醫生，但也是你們的朋友，隨時都可以打電話給我。」

幾分鐘後，兩人擁抱凱特．克勞，一再向助產士道謝，之後羅傑幫喬琪開門，兩人走出診間。

兩人走向出口時，穿著藍色手術服的馬克思．瓦倫丁剛好從走廊另一頭看到他們。他忍不住跟在他們後面，保持一段安全距離，經過乾洗手機、布告欄和產前護理站，護理站外面的欄杆掛了一排感謝卡片。

那對開心的準夫妻在電梯前停了下來。他遠遠地看著他們牽著手深情對望，喬琪對羅傑耳語些什麼，他便吻了她。

他們看起來很興奮，讓馬克思回想起克萊兒第一次懷孕的時候，那真是美好時光啊。喬琪看起來容光煥發，像花朵一樣綻放，懷孕反而更能展現出她的魅力，羅傑真是個無比幸運的男人。

這個想法不斷侵蝕馬克思的內心，讓他痛苦不已。

23

十二月十九日星期三

電梯門關上時，馬克思．瓦倫丁訓斥自己。

你必須停下來，現在立刻馬上。

太荒謬了！

醒醒吧！

他親眼見證過外遇是如何破壞他父母的婚姻，也記得自己很久以前曾經發誓絕不要步上他們的後塵。

不要讓歷史重演，珍惜你所擁有的，你的妻子和三個年幼的孩子都需要你。現在不是考慮走上歧途的時候，想想如果真的發生了，大家會有多麼悲傷，而且也可能會毀了你的整個事業。他又默唸一遍心法：成功不是得到你想要的，而是享受你擁有的。

他把喬琪．麥克林拋諸腦後，專注於接下來一天在手術室的忙碌行程。第一個病患是一位迷人的澤西女人，她那三歲大的兒子是他用剖腹產接生的。那是她的第一個孩子，而她跟他說自己想要有個大家庭。但在那之後，這個不幸的女人因為嚴重的子宮內膜異位症而持續陰道出血，而子宮切除術是唯一的解決辦法。他很同情她。

人生真受罪。

在瑪琳娜之後，要為另一個患有嚴重子癇前症的女士進行引產。還有一個三十出頭的女人有可能是臀位分娩，如果掃描時還是臀位，他會試著用外轉術把胎兒轉成頭朝下，但如果不管用的話還是得剖腹產。

手術名單並不長，如果沒有併發症，應該不會花太多時間。

這樣他可能天還沒黑就能回家了，剛好有時間去跑步，可以早點跑，或許還能順道去健身房看喬琪一眼，然後鼓起勇氣走進去。

或是在跑步大師app查看她的活動紀錄就好？還有到跑步社團頁面看昨晚他錯過的比賽結果。這念頭讓他心情大好，所以雖然他不喜歡聽重金屬樂，但今天他沒有對手術團隊的選曲提出異議。

以身犯險……[26]

他把手伸出來給刷手護理師，又開始想喬琪的事。妳和我？以身犯險？

[26] 引自工業樂團Mentallo and the Fixer的歌曲〈Riding the Razor's Edge〉。

24

十二月十九日星期三

三小時後，馬克思動完手術，換回顧問醫師的西裝和領帶，識別證用紅色掛帶掛在脖子上。已經下午三點了，他感到飢腸轆轆，便在食堂買了一個起司火腿三明治、一條特趣（Twix）巧克力棒和一瓶水，拿上樓到辦公室。他的桌上有一疊信，是助理艾琳放在那裡給他簽名的。

他小心翼翼地把外套掛在門後的掛鉤上，把那疊信移開，便拆開三明治的塑膠包裝。他將三明治放到盤子上並切成四塊，但這時他的住院醫生卻來詢問關於一個孕婦的問題，打斷了他的午餐時光。五年來，這位病人和她的伴侶一直試圖透過體外人工受精懷孕，現在她懷了三胞胎，已經二十一週了。馬克思看了她的病歷，同意半小時後到產前病房看她。

「希望你不介意我打擾你吃午餐。」卡迪甘繼續說，讓馬克思感到煩躁，他只想繼續吃三明治。「那個瑞斯邁是不是對病人的狀況有點太投入了啊？他總是埋首讀書，都不太跟我講話，你有這種感覺嗎？我都要產生某種情結了！」

「我覺得他沒問題啊，而且這是你第二次提起這件事了，你對他有什麼不滿？」馬克思問道。

「喔，沒有啦，只是他都會聽你的話，卻好像常常沒聽到或不尊重我說的話。可能只是個性不合吧，而且他覺得我的圖表不好笑。」

兩人都走到辦公室另一頭，其中一面牆的高處裝了架子，上面擺了一排整齊的文件夾和重要的醫學參考書。另一面牆上掛著白板，上面用彩色磁鐵貼了幾張公告，下面則有一些病人寫的感謝卡。

右手邊有一個圖表，是卡迪甘幾年前參加研討會時，一位發表親職論文的紐約精神科醫生給他的。圖表記錄了一對夫妻的感情曲線，從初次見面開始，隨著兩人墜入愛河而急遽上升，在結婚那天達到巔峰。幸福指數在婚後一段時間仍維持在頂端，直到第一個小孩出生為止。

然後就墜入谷底了，而且一直停在那裡，婚後二十年才又大幅上升。

那位精神科醫生用歡樂的語氣說，自從第一個小孩出生後，幸福就從夫妻的生活中消失了，直到所有小孩長大離家，幸福才重新回歸。在那期間當然也會有快樂的時候，就是孩子看著父母的眼睛說：「爹地媽咪，我愛你們。」在那一刻，父母會完全忘記自己的人生變得多糟，又感到心花怒放。雖然這說法很憤世嫉俗，但卡迪甘很愛那種諷刺意味，偶爾還樂於對準父母開這個玩笑。他把這張圖表作為禮物釘在馬克思的牆上，他其實也覺得滿好笑的。

卡迪甘離開後，馬克思把午餐吃完。他把椅子推回辦公桌，並將他修長的手指（酒醉的母親口中的「鋼琴家的手指」）放在鍵盤上，登入他的電腦。有幾封信必須立即回覆，他便著手處理。

他猶豫了。

他思考了一下，還是很猶豫。

我應該做這種事嗎？

他腦內的老大說：當然啊！你必須這麼做，他們是你的朋友。

有時無論他喜歡與否，老大都會控制他的行動。

但他在思考，深怕會留下數據軌跡。前陣子，他看到凱特．克勞輸入密碼，還提醒她不要用出生年月日這麼好猜的密碼。不知道她有沒有變更密碼，如果她忘了，那就太幸運了。

她還真的忘了。

他輸入密碼，進入系統，只花了幾秒鐘就找到喬琪娜．麥克林的病歷了。他看了喬琪的預產期、血壓、服用的補充劑和其他所有資料。

我只是在為你們的幸福盡一份心力，畢竟三個臭皮匠，勝過一個諸葛亮嘛！

他的腦中閃過無數個念頭，各種想法都有。

他叫自己住手，夠了，快登出，忘了這件事，放下吧。

但老大斥責他，嘲諷他。

你做不到，對吧，馬克思？

25

十二月十九日星期三

離開醫院後，羅傑匆匆趕往機場，上客戶在白天最後一小時預約的課。喬琪則前往健身房，接下來四小時都排滿了課。她感到興奮難耐，很想把好消息告訴大家。

到目前為止，她和羅傑只告訴他們親近的家人和朋友，以免……

兩人都沒說，但雙方都心知肚明：*流產*。

凱特．克勞今天告訴他們，很多夫妻都會在第一次照超音波前保密，但如果現在他們想在屋頂上大喊這個消息，又有何不可？當然還是有風險，但第二孕期每過一週，風險就越低。

他們也必須決定要不要知道寶寶的性別。或許凱特是對的，知道性別就能好好布置嬰兒房，也有更多時間取名。

她喜歡信封這個做法，心想下次一定要記得跟凱特要。

她離開大路，開上飯店狹窄陡峭的蜿蜒車道。兩側都是高大的灌木叢，即便在陽光明媚的日子也無法擺脫陰森晦暗的感覺。與其說是通往島上最熱門的飯店，更像是前往某個令人毛骨悚然的小屋。

登上山頂，往聖赫利爾的方向看，可以看到聖奧賓灣的壯麗景色。飯店後面停車場的景色就不怎麼樣了，除了有帶輪垃圾桶儲藏處，還有堆滿建築物瓦礫的大垃圾桶，整個冬天都靜靜坐落在那裡，彷彿被人遺忘了一樣。但現在她毫不在意，因為她的心情非常好。而且十二月二十一日，也就是一年中白天最短的一天就快到了。在那之後，天黑的時間就會逐漸變晚，這地方也會稍微不那麼荒涼了。

她進入冷得要命的健身房，打開燈和暖氣，接著開始放音樂。天花板的喇叭開始大聲播放阿姆的〈直到我粉身碎骨〉[27]。她一時興起，翻轉了一分鐘、三分鐘和五分鐘的沙漏，便走進後面的房間換上運動服。距離第一堂課還有半小時，她便盡責地開始檢查那層樓的客房。

她一間一間打開客房和套房的門，所有房間都鋪著單調乏味的紫褐色地毯，床上鋪了洗得褪色的燭芯紗床單，還有燙褲機，似乎都快不堪使用了。她試圖想像自己和羅傑會在什麼情況下入住，卻完全想不到。這裡感覺就像一個老式的海濱度假酒店，而島上還有很多其他優質的飯店可以選擇。她打開211號房時，被咳嗽聲嚇了一跳，她還以為這裡只有她一個人。在昏暗的房間裡，她看到骨瘦如柴的愛德華多站在臥室門口盯著她看。

「愛德華多，原來你還沒走。」

[27] 阿姆（Eminem），原名馬紹爾．布魯斯．馬瑟斯三世（Marshall Bruce Mathers III），是美國著名饒舌歌手、詞曲作家、唱片製作人、演員及電影製作人。〈直到我粉身碎骨〉（Till I Collapse）是二〇〇二年的專輯《The Eminem Show》裡的歌曲，曾在二〇一一年的美國科幻動作片《鋼鐵擂台》（*Real Steel*）中被使用過。

「我現在走，喬琪娜小姐。這週末妳和我一起在島上慢跑嗎？」他用濃重的葡萄牙口音開玩笑道。

「愛德華多，再問幾次都一樣：不要，但感謝邀請。」

「妳很快！妳知道嗎？妳前幾次真的很快，我看到妳的時間。」

「你看到了我的時間？你怎麼知道我的紀錄？」

「我追蹤妳。」

「真的嗎？」

他拿起手機輕拍幾下，說：「我追蹤妳的路線！妳都跑短的，妳應該跑長的，跟我一樣，跑超級馬拉松！」

她勉強擠出一絲微笑，說：「很好啊，但我還是跑短距離的就好。你一個人跑那麼長的距離，都在想些什麼啊？你有時候是不是一天會跑超過三十公里？」

「我喜歡親近大自然，親近上帝，有時間整理腦袋的思緒。」

「你有一起跑步的夥伴嗎？你的太太喜歡跑步嗎？」

「沒有夥伴，沒有太太，婚姻行不通，女人很善變。」

「哇，真是驚人的發言！」

他拍拍自己的腦袋說：「他們會告訴我事情。」

「誰會告訴你事情？」

他露出了奇怪的笑容，說：「他們。」

愛德華多不尋常的話語又有點嚇到她了，而且他常常這樣。

「好喔，我要繼續檢查了，明天見吧。」她說。「我今晚還有十間客房要檢查。」

他為人不錯，但天啊，他讓她感到不安，她心想。待在黑暗中已經夠詭異了。

二戰後的一九五〇年代，在經歷德軍佔領的嚴酷歲月之後，澤西的居民終於恢復正常生活，這座島嶼也再度成為英國人最愛，也是最經典的海灘度假和蜜月勝地。但到了一九六〇年代，前往布拉瓦海岸（Costa Brava）和歐陸其他地方的旅行團和便宜機票改變了這一切，澤西也隨之改變，成為了重要的金融中心，飯店也為了配合國際商業人士的需求而被迫轉型。

但在喬琪看來，這間飯店似乎仍停留在過去。不過至少健身房已經現代化了，而所有客房都會在今年冬天翻新，雖然目前還不見動工跡象。

她檢查了四分之三的房間，透過後窗看到第一位客戶到了，時間是五點零五分，對方遲到了幾分鐘。她是一位銀行家，喬琪本想告訴她自己懷孕了，因為她們平常相處得不錯，而且老實說，她想向全世界宣布這個大好消息。但那女人今天有些神經質，開始滔滔不絕說著她那三個年幼孩子的其中之一有多麼聰明早熟（她顯然寵壞他們了），又長篇大論抱怨一位老師試圖向她九歲的女兒解釋性別中立的概念，把她搞得一頭霧水。明天她要一腳踹開校長室的門，讓那個瘦巴巴的窩囊廢自己變得「性別中立」，她威脅道。

她的下一位客戶提早了幾分鐘到達。他是一位建築師，過去兩年和妻子一直在嘗試體外人工受精，或許現在也不適合告訴他這個消息。固定約七點的客戶從事金融服務業，她傳訊息說自己還在開會，趕不過來，不好意思要臨時取消。

建築師離開後，下一堂課取消剛好讓她有時間完成每週檢查客房的工作。外面已經天黑了，而雖然她拿著強力手電筒，也開了每盞燈，昏暗的長廊和靜悄悄的兩排門仍讓她感到不安。雖然很荒謬，但她特別怕237號房的門，因為在《鬼店》中全景飯店的237號房，有個全身布滿黏液的女屍從浴缸裡爬出來。但這間飯店的237號房只是一間普通的蜜月套房罷了。

她用房卡打開了門，聽到「滴滴……答答……滴答……」的聲音在房間內迴盪。就像電影中那個全身溼漉漉的女人一樣。

她突然很害怕，便停下腳步。她該叫愛德華多來嗎？但時間早就過七點了，他應該已經回家了。她馬上開燈，四處張望，緊張得心臟都快跳出來了。

天啊，我太神經質了！

她在一本關於母性的書裡讀到，懷孕會讓人容易緊張，這是為了讓母親能保護自己的孩子，是遺傳演化的一部分。是不是因為這樣，她最近才這麼神經緊繃？

滴滴……答答……滴答……

在一片寂靜中，聲音顯得大聲許多，是從臥室裡的浴室傳來的。她穿過房間，站在半開的門前。

滴滴……答答……滴答……

又更大聲了，肯定是從浴室裡傳來的。她鼓起勇氣，把門整個拉開，開燈後走進去，就馬上看到問題所在。碩大的水滴從凸起的一塊天花板落到磁磚地板上，可能是上面漏水或管線破裂吧。

她趕去愛德華多的辦公室，但雜亂不堪的小房間一片漆黑，正如她所想，他已經下班了。牆上的軟木公布欄釘了各種店家和維修人員的電話號碼，還有二十四小時的服務熱線。她打給水電行，接聽的女人說她會派人過去，一小時內到。

她寄信給湯姆．沃捷，告知他漏水的狀況，並回到樓下的健身房。

走近健身房時，她聽到了黑眼豆豆的〈我有預感〉[28]。

她也有預感，但不是好的預感，事情不太對勁。

健身房裡一片漆黑，但她離開前，燈明明就是全開的。

她停下腳步。燈怎麼會是暗的？保險絲熔斷了嗎？但音樂還在播放耶。她不禁皺眉，打開手電筒並向前踏出一步，照亮健身房的各個角落，光線掃過跑步機、橢圓機、啞鈴和槓片。

她的眼角餘光瞥見某個東西在動，有個身影從黑暗中走了出來。

[28] 黑眼豆豆（The Black Eyed Peas）是來自美國洛杉磯的嘻哈流行音樂團體，曾以歌曲〈我有預感〉（I Gotta Feeling）榮獲二〇一〇年葛萊美獎的最佳流行組合或團體獎。

26

十二月十九日星期三

在手電筒搖晃的燈光下，她看到一個馬戲團小丑微笑著向她走來。他戴著一頂尖帽，穿著圓點花紋燈籠褲，畫了臉彩，還塗了厚厚一層口紅，雙手各拿了一個小啞鈴。

她向後退了一步，試圖尖叫求救，卻嚇得發不出聲音。

她又往後退了一步。

「喬琪娜小姐，不要害怕，笑吧！我逗妳笑！」

聽起來像是愛德華多的聲音。

她用手電筒照他的臉，他便抬起手遮住眼睛。「愛德華多？」

「是的，喬琪娜小姐，是我，愛德華多！」

她稍微放下手電筒，說：「天啊，你差點嚇死我耶。」

愛德華多的副業是為小朋友表演，他通常都會穿小丑服，不過她個人認為小丑很邪惡。

他上下抬舉雙手，好像在舉重一樣。「我健身房的小丑！」他說。「我健身小丑！我想讓妳開心！」

「把我嚇得半死叫讓我開心？」

「我想給妳驚喜！我穿這個衣服為慈善跑步，人們很喜歡！我今晚想給妳驚喜！」

「那你成功了。」

她照亮牆壁，找到開關並將所有燈都打開。

「妳這週看起來不開心。」他說。「我想讓妳開心，讓妳笑。」他聽起來似乎很受傷、失望，小丑的厚唇因為沮喪而嘴角下垂。

她盯著他，看著他那身有點亂糟糟（老實說還有汗臭味）的小丑服、他臉上的白色底膏，以及厚厚的一抹口紅，不禁同情這位奇怪、孤單的男人。「你做這些都是為了讓我笑嗎？」她問道。

「我喜歡看人們開心。」他簡單地回答，然後做出了誇張的傷心小丑表情。

後方傳來馬桶沖水的聲音，嚇了她一跳。

「好吧，愛德華多，謝謝你的好意，但我的客戶好像來了。」

「開賓士的男人？五分鐘前，他在更衣室。」

「好。你很適合當小丑。」

「下一次，我逗妳笑，好嗎？」

「那樣肯定比嚇我好！對了，237號房有漏水，我叫了水電工，但或許可以在地板上鋪幾條毛巾。」

愛德華多放下啞鈴，揮手鞠躬，好像在馬戲場一樣，便匆匆離開健身房，她出於禮貌為他鼓掌。上本週第二堂課的麥可．朗克蘭大步走出更衣室，又穿著名師設計的高級運動服。他對她投以奇怪的眼神，好像在問她為何鼓掌一樣。

「管理員。」她簡短解釋道。

「妳都會為他鼓掌？」

「你進來時沒看到他嗎？他扮成小丑。」

「沒有。」他搖搖頭說。「但我一整天都在跟小丑打交道。準備好要開始了嗎？」

「好！我們先用橢圓機熱身五分鐘。」

他乖乖站上橢圓機，小心翼翼地踩好位置，喬琪則將五分鐘的沙漏歸零。

他開始一邊滑步，一邊用手推動，喬琪則調整了強度。

朗克蘭氣喘如牛，她站在一公尺遠的地方，就能聞到那男人身上的酒味。

「今天中午去吃大餐嗎？」她問道。

「對啊，在綠島餐廳，妳去過嗎？」

「我和羅傑都很愛。」

他繼續暖身，鼓起雙頰，大口吐氣說：「牡蠣和烤龍蝦，超棒的。」

「除非你是牡蠣或龍蝦。」她戲弄道。

「我相信牠們知道自己被好好享用，所以死而無憾。」他說。

「你喝的酒裡面的葡萄也是嗎？」

「當然。」

「你真的覺得自己吃完午餐配酒再來運動會變健康嗎？」她露齒一笑以緩和語氣，但不確定對方是不是聽出了她的不悅。而且你應該開車來嗎？她差點脫口而出。

他看著她，似乎感到有點抱歉，解釋道：「因為有英國的客戶來訪，我必須招待他們。他們每次都堅持去綠島餐廳，還一定要喝一兩杯，我自己只喝了一小杯。」

「好，接下來要做滑雪機、大腿推蹬訓練機和划船機，每組一分鐘。那客戶喜歡嗎？」

「應該吧。」他氣喘吁吁，拖著腳步走向滑雪機，好像被判死刑的罪犯一樣。

喬琪教他正確的握法，叫他彎曲膝蓋開始訓練。她將第一個沙漏倒過來，但他遲疑了一下，說道：「喬琪，妳今天的衣服真好看。」

「謝謝讚美。」她禮貌地回答，一邊看著沙子緩緩流下。

「哪天上完課要不要一起喝一杯？」

「好主意，我的未婚夫也很期待見到你。」

他還來不及回答，她的電話就響了。她一把抓起手機看螢幕，發現是馬克思・瓦倫丁打來的。她很好奇他為何打電話來，但她的原則是不在上課時接電話，就讓它轉到語音信箱。

27

十二月十九日星期三

馬克思．瓦倫丁穿著運動服站在健身房外面，隱身於黑暗中，手裡拿著手機，透過窗戶看著喬琪。被拒絕的難受感扎入他的肚子，他開始聽她語音信箱的錄音，又隨即掛斷電話。

喬琪，妳之前在晚宴邀請我來上妳的運動課，我是想詢問能不能加入。我怕妳正在上一對一的課程，不敢打擾，所以才打電話的。

妳為什麼不接？

他很清楚被拒絕的感覺。他看到了她臉上的不屑，對她來說，他什麼都不是。他心裡很難受，轉身準備慢跑回海濱大道，往聖布雷拉德灣和家的方向跑。他心裡想著喬琪，接著想到了一個辦法，沒錯，就這麼做。他停了下來，立刻轉身回到健身房。就是現在，他稍微喘口氣後，便敲了敲健身房的門，帶著自信的步伐走了進去。

喬琪抬起頭，這出乎她的意料，但不用和客戶獨處，也讓她鬆了一口氣。「嗅，嗨，馬克思！你看起來蓄勢待發！」她說。

「嗅，抱歉，妳似乎在忙，我剛剛有打電話給妳。」

她一臉無辜，說道：「真的嗎？抱歉，我這堂課還剩十分鐘，如果你想要等——」

他對她撒的小謊感到惱火，便盯著她的眼睛說：「沒關係，我跑回家一樣能運動。我再打給妳。」

她微笑道：「沒問題。」

他停頓了一下，似乎有些尷尬，好像想說什麼又改變心意。他最後什麼都沒說就離開了，轉門把的動作有些笨拙，還差點被台階絆倒。

朗克蘭似乎明白了什麼，刻意和她對上視線，說：「抱歉當了電燈泡！」

「什麼？」

「妳和胖胖先生啊。」

「電燈泡？」她追問道。

現在正在播放體育課英雄樂團的〈餅乾罐〉㉙，朗克蘭默唸著充滿挑逗意味的歌詞：我的手離不開餅乾罐，又對她投以會意的眼神。

「幹嘛？」她質問道。

「他對妳有意思。」

「不可能。」

他挑眉。

㉙體育課英雄樂團（Gym Class Heroes）是一九九七年於美國紐約州傑尼瓦市成立的說唱搖滾樂團，〈餅乾罐〉（Cookie Jar）是其和 The-Dream（本名為特留斯．楊戴爾．納什）合唱的作品，以餅乾罐為比喻，講述在一段感情關係中，男人所受到的各種誘惑。

28

十二月二十一日星期五

「柑橘醬?」羅傑坐在沙發上，依偎在喬琪身邊，問道：「真的假的?妳不是很討厭柑橘醬嗎?」

「我知道，好奇怪，好像我的味蕾顛倒了，或是變得一團亂，也可能是我的大腦被搞糊塗了!」

「顯然是個男孩!」

她斜眼看他，問道：「男孩?怎麼說?」

他拍拍胸膛，咧嘴笑著說：「他有我的記憶遺傳，在告訴妳：『媽咪，拜託給我吃柑橘醬。』」

「亂講!」她輕輕揍了他一拳，說：「既然你這麼聰明，那你就說說看，如果我們的寶寶這麼幸運，遺傳到你所有的聰明基因，但都沒遺傳到我的，那為什麼他會讓我討厭你最喜歡的食物呢?」

她和羅傑以前很愛外帶泰式咖哩回家邊吃邊看Netflix，這原本也是他們今晚的計畫，但她現在想到泰式料理就反胃。

「說得好！所以妳晚餐只想吃柑橘醬嗎？」

「配吐司。」

「妳早餐才吃耶！」

午餐和傍晚上課前的下午茶也是，喬琪心想，但沒說出口。

「所以妳的醃洋蔥熱潮過了嗎？」

「對啊！」

「我前幾天才幫妳買了六罐，是妳叫我買的耶。」

她想到那幾罐醃洋蔥就想吐，抗議道：「我才不要吃！」

「好吧。」他說完便將遙控器遞給她。「妳來找要看什麼，我幫妳做柑橘醬吐司。」

「要塗很厚喔。」她說。「親愛的，你不用跟我一起吃啦。」

「我本來就沒打算吃，但我不是對柑橘醬有意見啦。我在冰箱裡找點東西吃就好。」

她握住他的手，問道：「你不介意嗎？」

他吻了她，說：「我的天使，我們的寶寶說想吃柑橘醬吐司，這樣妳和寶寶都能吃到！」

「你想知道嗎？」她緊握著他的手，突然問道。

「知道什麼？」

「寶寶的性別。」

羅傑聳肩道：「妳覺得呢？我們只要打開凱特．克勞寄給我們的信封就好。」

喬琪透過沒有窗簾的大窗戶，凝視著沿路駛過的車輛，以及更遠處漆黑的大海。她覺得如何呢？老實說，她不確定，她真的不確定。

她現在唯一能確定的是，自己懷孕內心有多麼感激。經過這麼多年的絕望，她的美夢終於成真了，雖然在滿二十週之前，她還是會很緊張焦慮。她按照凱特的建議，查了幾個相關網站，其中最容易上手的是「好孕大作戰」，上面寫說她的賀爾蒙會在二十週左右穩定下來。

「凱特說知道性別可以幫助我們做後續安排，我們也要開始想名字了。」

「或許吧。」喬琪說。「但如果開始想名字，感覺好像在冒不必要的險，你知道的，萬一出……差錯的話。」

「滿二十週就過危險期了。」

她點點頭說：「我想我只是……有點害怕。」

「害怕？」

「這些年來，我一直努力想要懷孕，現在夢想突然成真了，但十二週還很早，還有很多地方可能會出差錯。我……我真的好怕。」

他擁抱她，並親吻她的鼻尖，說：「不會出差錯的，我們的寶寶絕對是全世界最健康、最棒的寶寶。」

她也回應他的擁抱，說：「可能是我的賀爾蒙在作怪吧。我也想這麼相信，但……我不知道……我總感覺有黑影潛伏在外面。」

「黑影？什麼意思？」

她想了一下才回答：「可能是因為事情順利到令人難以置信，感覺很不真實。這聽起來可能很蠢，但在小時候，每當有好事發生或將要發生時，我都會很害怕自己會突然生重病死掉。」

「是因為妳妹妹嗎？」

她閉上眼睛，回想妹妹慘死的那一天。喬琪的父母打算在她十歲生日那天，帶她和麗芙去迪士尼樂園慶祝。麗芙比她小一歲，兩人關係十分親密，是最好的朋友。在喬琪生日前一週，麗芙幫母親跑腿，從他們的鄉村小屋騎腳踏車到當地農產品店買蛋。一名貨車司機因為陽光刺眼，沒看到她，直接從後面把她撞飛，她一頭撞上樹幹，當場死亡。

「嗯，可能吧。在那之後，我對很多事都不敢抱持期待。」

羅傑輕輕吻了她的臉頰，說：「可憐的寶貝，我完全無法想像妳當時的感受，而且後來妳爸又突然過世，會有這種感覺很正常。」

「讓我覺得一旦我得到了什麼美好的事物，很快就會被奪走。我知道聽起來很蠢，但……」

她陷入沉默。在那一刻，她感覺非常脆弱，她從來沒有感覺這麼脆弱過。

「我們的寶寶不會有事的，不會有壞事發生，我會確保這點，好嗎？」

她將頭靠在他的胸前，感受他的溫暖，他的力量。「你讓我有安全感。」她低聲說。

他撫摸她的頭髮和臉頰。「我也一樣。妳是個堅強的女人。」他回答。「我在背後支持妳，我們會一起完成這趟旅程。我愛妳。」

「我也愛你。抱歉，我平常不是這樣的。我知道這聽起來很荒唐，但自從我知道自己懷孕後，我就很擔心你開飛機會出事。你每次駕駛那台脆弱的小機器飛上去時，我都很擔心。」

「別擔心，那架飛機很棒，安全紀錄也好到沒話說，掛在空中都不會掉下來呢！」

「不是你的問題，我知道你是一個行事謹慎的優秀飛行員。我是想到……我不知道……你的學生可能會做蠢事之類的。」

「我有雙重控制，如果有人亂來，我會馬上接手，妳真的不用擔心。」

「我知道。」她對他抿嘴微笑，說：「但還是會忍不住擔心。」

他將手往下移到她的肚子上，掀起她的套頭衫和底下的T恤，露出她的肚皮，並傾身吻了她的肚子。「嗨，小不點！」他說。「你好啊，喜歡吃柑橘醬的小不點！」

他起身，讓她的肚子裸露在外，準備親吻她的雙唇，卻突然僵住。

「怎麼了？」喬琪感覺到事情不對勁，便問道。

「妳看！」

「看什麼？」

「妳的肚子。」

她往下看，問道：「我變胖了嗎？」

他搖搖頭，皺眉道：「我看到妳的肚子上有個綠點。」

「有個什麼？」

「一個綠色的點點，在妳的肚子上跳動。」

她以為他在開玩笑，便說：「喔，綠點是嗎？所以我懷的不是男孩，而是火星人？」

他對她微笑，但仍露出不安的神色。

「露西總是說，如果我們覺得火星人是小綠人，不知道火星人怎麼叫我們？噢，對了，我有跟你說嗎？我告訴她孩子的事時，她超驚喜的，馬上就想好一大堆名字了！」

「親愛的，我是說真的，剛剛妳的肚子上有個綠點。」

她轉頭看他，在那一瞬間，看到他的額頭上有個綠點，但點點馬上就消失了。「這——」

「什麼？」

她背脊發涼。

她放開羅傑，跳了起來跑到窗邊。她望向窗外，卻只看見夜晚的街燈、車燈和一片漆黑的海洋。

外面有人拿著雷射筆嗎？是什麼小屁孩在惡作劇嗎？

還是真的有人想拿雷射筆攻擊他們？攻擊她的小孩？是個瘋子嗎？

那天晚上她幾乎沒睡，一直在思考、擔心，惡夢接踵而來。

在其中一個惡夢裡，她看到麗芙騎著腳踏車離開鄉村小屋，腳踏車彎曲的把手前面有個購物籃。麗芙轉身揮手道別時，喬琪看到她的額頭上有個綠點。

29

一月九日星期三

一個綠點在一張子宮頸的黑白投影幕圖片上跳動，主持人則站在投影幕前的講台上。產科顧問醫師研討會每兩個月舉辦一次，這次在南安普敦醫院的演講廳舉行，有來自海峽群島、南安普敦和當地醫療中心的三十五名產科顧問醫師參加，站在台上的則是南安普敦醫院的主任。

投影片跳到了下一張，上面寫著「FRCOG[30]馬克思·瓦倫丁」。

「今天，我們很榮幸邀請到在婦產科領域備受尊敬的外科醫生，也就是來自澤西的婦科腫瘤顧問醫師馬克思·瓦倫丁來談談子宮頸癌檢測和手術治療的最新發展。」

隨著台下的掌聲，瓦倫丁拿著筆記上台，和主任握手致謝，並站上講台。他查看手錶和牆上時鐘的時間，將筆記攤開在木製講桌上，並按下簡報筆的按鈕，回到子宮頸照片那頁。

「各位先生女士，我今天要來談談如何用子宮頸癌篩檢來偵測人類乳突病毒以預防子宮頸癌，還有呼籲大家不要吸菸，因為吸菸會增加罹患子宮頸癌的風險。我身後這張照片就是未能早期發現所導致的悲劇，在此要感謝這位女士的丈夫同意讓我在演講中使用這張照片。令人遺憾的是，這位女士在拍攝後七個月就過世了。如果在她第一孕期的檢查後有進行早期治療的話，她就不會死了。」

他從胸前口袋掏出一支雷射筆，打開後瞄準畫面，子宮頸底部馬上出現了一個跳動的綠點。

「這個肉眼幾乎看不到的小陰影就是早期的腫瘤，顧問醫師沒發現也是無可厚非。到了第二孕期的檢查時，腫瘤已經轉移並擴散到她的淋巴結以及全身各處。若有及早發現，就能拿掉胎兒並開始進行預防性治療，這樣幾乎肯定能挽救她的生命。」

他喝了一口水，環視著觀眾。他特別在找一張臉，想知道即便她在醫院工作繁忙，是否還是能來參加研討會。他終於找到凱特，她看起來全神貫注，好極了。

㉚ FRCOG為「Fellow of the Royal College of Obstetricians and Gynaecologists」（皇家婦產科學院成員）的縮寫。皇家婦產科學院是一家位於英國倫敦的專業協會，在一百多個國家／地區擁有一萬六千多名成員。

30

一月十日星期四

喬琪驚醒，心中充滿了恐懼和驚慌。她嚇出了一身冷汗，連枕頭都溼透了。當然，和羅傑年邁的父母一起度過聖誕假期，要離開澤西島和暫停她的工作，多少都會給她壓力，但她因此忘了其他令人焦慮的事情。她也忘了奇怪的小綠點，但那個綠點又在她的夢中出現，瘋狂跳動，嚇得她頭暈目眩。她已經記不清夢中的任何細節，但顯然她的潛意識在擔心孩子的事。這個小生命在她體內成長，對外面的世界一無所知，完全依賴她。它還好嗎？它在做什麼？在動、睡覺還是張著眼睛靜靜躺在那裡？寶寶的眼睛在子宮裡是睜開還是閉上的？

她真希望自己能感覺到它在動，確認它還活著。

身邊的羅傑睡得很熟，她很羨慕他能這樣無憂無慮地沉睡。他只要頭一碰到枕頭就會不醒人事，而她自從懷孕之後就常常半夜醒來，有時是尿急，有時是太焦慮擔心，彷彿肩負著世界的重擔。

時鐘顯示現在是凌晨兩點十五分。

她悄悄下床，躡手躡腳走進浴室，回來時已毫無睡意。

而且很害怕。

她回想起十二月那個漆黑的夜晚，思緒越發清晰。

有人在他們家外面，拿著雷射筆站在黑暗中。

到底為什麼會有人拿雷射筆指著她和羅傑？

是誰想要告訴她什麼訊息嗎？一個警告？

是誰？對方又為何這麼做？

有人想傷害她的寶寶嗎？

那個人知道她的工作地點嗎？還有她的住處？是其中一位客戶嗎？她實在無法想像他們之中會有人站在刺骨的寒風中，拿雷射筆照進他們家客廳的窗戶。

她是不是反應過度了？或許真的只是小孩子在惡作劇，跟她當初想的一樣，肯定是這樣的。

她閉上眼睛，試圖入睡，但她太緊繃了。她反覆查看時鐘：2:45、3:05、3:17、3:22。算了。她又悄悄下床，拿起手機打開手電筒 app，取下掛在門上的睡袍，穿上後便溜出房間。她輕輕闔上門，走進客廳，打開檯燈並坐在沙發上。

她盯著手機。

她檢查自己所有的社群媒體帳號，包括 Twitter、Facebook 和 Instagram。她檢視了所有追蹤者，以及過去幾星期有和她互動的人，雖然有幾個怪人，但看不出來有誰在亂用雷射筆。

她又突然想吃柑橘醬，便走進開放式廚房，考慮要不要烤吐司，但又擔心羅傑聞到味道會醒來，而且他一大早就要上飛行課。於是她在一片麵包上塗奶油，再塗上厚厚一層她目前最愛的厚切柑橘醬，在早餐吧大快朵頤。

吃完後，她又坐回沙發上，心想是不是漏掉了哪個app，她遺漏了什麼呢？她仔細檢查每個應用程式，很多她從來沒開啟過，也應該要刪除。接著她開啟跑步大師，開始瀏覽追蹤者。

這個應用程式讓追蹤者可以選擇要公開或隱藏活動紀錄，大部分的人都設定為公開，代表她能根據性別和年齡區間比較自己跟他們每個區段的跑步時間。

起碼這比躺在床上數羊還有效。

幾小時後，羅傑走進客廳準備做早餐時，發現她在沙發上睡著了，手機掉在地板上。

31

一月十一日星期五

馬克思剛完成一個複雜的剖腹產手術，在四點半過後離開手術室。他感到筋疲力盡，也有點擔心病人可能有內出血。

他跟巴納比．卡迪甘和羅伯特．瑞斯邁一起走進更衣室。他告訴兩人自己的擔憂，並脫下工作服，丟進洗衣籃。瑞斯邁和往常一樣，如連珠炮般地向兩人提問。馬克思很尊重這位羅馬尼亞醫學生對知識的渴望，但他的堅持不懈似乎又惹惱卡迪甘了。馬克思很驚訝卡迪甘竟然這麼容易就被瑞斯邁的好奇心所激怒，他必須留意他們兩人，以免事情愈演愈烈。突然，兩個年輕人開始推來推去，大吼大叫。

「喂，喂，發生了什麼事？快住手。」他一邊說，一邊舉起手站到兩人之間。「你們又不是小孩子！」

兩人繃著臉，一句話也沒說，換完衣服就離開了，留下馬克思一個人在更衣室。他站在鏡子前打領帶，直到領結和兩邊領帶長度都剛剛好為止。他在塞短的那邊領帶時，突然想到一件事：他已經至少一個小時沒有想喬琪．麥克林的事了，或許還更久。

他一回到辦公室就登入電腦，和往常一樣查看Facebook上的澤西醫院論壇專頁，看到一名加護病房護理師又在抱怨醫院食堂的美乃滋。他不禁微笑，心想這根本是雞毛蒜皮的小事。上Facebook時，他總是會忍不住偷看喬琪的頁面，她發了一篇附照片的新貼文。

明天要參加公園跑，這是我的運動服。「裝備齊全，白浪費錢！」哈哈，開玩笑啦！我要參加公園跑，想不想跑跑看五公里呢？何不試著挑戰自己？如果你想找跑步教練，就算沒有跑步習慣，我也能幫你！歡迎私訊我或是造訪我的「Fit For Purpose」網站（連結請見個人檔案）。

照片是她的招牌亮粉紅色和藍色運動服，平鋪在木頭地板上，看得出來有精心構圖。馬克思咧嘴一笑。對耶，還有星期六早上的公園跑！現在很流行呢。

到時見！

32

一月十二日星期六

她肯定有來，但她在哪呢？

馬克思站在狂風暴雨中，和一大群鬧哄哄的跑者在昆納韋運動中心（Quennevais Sports Centre）外等待，身體都快凍僵了。他四處張望，想找穿著鮮豔運動服的喬琪。他應該能找到她，但他擔心她會改穿其他能遮風擋雨的衣服。澤西的冬天有時天氣就是這麼糟。

有人用擴音器喊出指示，說公園跑將在五分鐘後開始。人們在原地跑步取暖，一邊聊之後要參加的比賽；一個女人在嘈雜的人聲中大聲講電話，問朋友在哪裡。觀眾則被身穿螢光外套的志工集合起來，站在旁邊。

喬琪，妳在哪裡？妳有來嗎？還是覺得天氣太糟所以打消念頭了？希望沒有！

他在人群間推擠，在數百名各年齡層的參賽者間四處尋覓。他經過一隻狂吠的拉布拉多貴賓狗和牠的女主人，以及一個牽著兩隻怪模怪樣的雜種狗的男人。

喬琪？

突然，她就出現在他的正前方，背對著他，他差點撞上她。

她正在擺弄自己的運動手錶。

他在她看見自己之前，偷偷用手機拍了一張照片，接著才向前走一步。「嗨！」他打招呼道。

在吵雜的人群中，她似乎沒有聽到他的聲音。

他碰了碰她的肩膀。「喬琪！」他提高音量。「好巧啊！」

她轉身看他，似乎一時沒認出他來。

他稍微拉起棒球帽帽簷。「我是馬克思。」他說。「馬克思．瓦倫丁！」

「喔，嗨，最近好嗎？我還以為你會打電話給我。」她說，反應相當平靜。

「抱歉，最近有點忙。」他回答。他知道這樣很小心眼，但他覺得自己反將了對方一軍。

「沒關係，反正我現在課表也幾乎排滿了。」

馬克思原本希望她會更熱情一點。

「很好啊。」接著他問道：「妳也要跑公園跑嗎？」但他馬上就意識到這是個多麼愚蠢的問題。

「沒有，我只是喜歡站在狂風暴雨中物色男人的美腿。」她對他微笑，並用誇張的動作假裝欣賞他的雙腿。

至少他那件時髦的慢跑褲遮住了他骨節突出的膝蓋，馬克思心想。

「你該不會也要跑吧？」她問道，假裝很吃驚的樣子。

他也對她微笑，和她四目相接幾秒鐘。他感到興奮，他的機會來了！「跑完要不要一起喝杯咖啡？」他問道。

她的臉色一沉，剛剛那個心心相印的魔幻時刻轉瞬即逝。她別開視線，看著地上說：「我早上其實滿忙的，可能只能快速喝一杯。」

「好啊！」

她遲疑了一下，補充道：「我無意冒犯，但如果我比你早抵達終點，我也不想在這種天氣等太久。」

馬克思有種被輕視的感覺。「嗯，當然。羅傑最近如何？我這星期都沒聽到他的消息。」

「他很好！非常好！還是一樣忙。他現在工作堆積如山，好像突然有很多人想學開飛機，但他很好，謝謝關心。」

他從她的眼神就能看出，她被未婚夫迷得神魂顛倒。

「很好。」他說。「好極了，那……叫他要保持聯絡，我們還要約吃飯呢。」

「我會的。」她說，但似乎心不在焉，四處張望，好像在找人一樣。「我跑完會等十分鐘，好嗎？我會在終點線附近等。」

「沒問題！」

她突然轉身向別人搭話：「嗨，克里斯！」那個男人大概三十出頭，身材高大壯碩，穿著專業跑者的運動服，簡直就像個鋼鐵人。

「嘿，喬琪！」

馬克思看著兩人親吻臉頰，看來是老朋友，似乎很開心能見到彼此。

「妳的目標是多久？」鋼鐵人問道。

「這種天氣跑二十四分鐘以內就很不錯了。你呢？」

「這個嘛，我上星期也有跑，跑了十九分鐘四十七秒。」

「哇！很厲害耶！」

「謝啦，我上星期沒看到妳。」

「我有個客戶因為受傷要退課了，所以我和他約見面。」

馬克思站著不動，觀察並聆聽他們聊天。兩人的舉止過分親暱，喬琪把手放在他的手臂上，馬克思沒聽到對方說什麼，但喬琪開玩笑似地戳了戳他的胸膛。

他盯著那兩人，怒火中燒。喬琪似乎完全忘了他的存在，或是故意不理他。

他隨便做了幾下熱身伸展。

擴音器傳出了一個有回音的女聲：「各位公園跑者，歡迎你們！有從外地來參加的朋友嗎？」

有幾個人舉手。

「歡迎你們！」主持人說。

有少數幾個人跟著拍手。

「有第一次參加澤西公園跑的新朋友嗎？」

馬克思根本懶得舉手。

有幾個人大喊：「有！」又有人跟著鼓掌。

說明完路線後，她說：「這是戴夫．伍茲福德的第一百次公園跑，今天也是克里斯．多瑞的生日！」

又一陣零星的歡呼聲和掌聲。

「別忘了讓這次活動順利舉行的辛苦志工們，也歡迎各位加入我們的行列，盡一份心力！」接著她大喊：「計時員準備好了嗎？三，二，一，開跑！」

大家出發了。

鋼鐵人往前衝，喬琪緊追在後，在較慢的跑者間穿梭，馬克思也努力追趕，在人群中橫衝直撞，心想一定要跟上她的步伐。但才過了幾分鐘，她已經遙遙領先，他在茫茫人海中已經快看不到她的粉紅色帽子了。他加快速度，側腹馬上開始刺痛，但他不予理會，仍繼續加速，刺痛感也越來越嚴重。

幹。

他們要開始爬坡了。

他盡了全力，但他已經氣喘吁吁且刺痛難耐，而且小腿肌又開始一陣劇痛。他必須停下來，但現在可是分秒必爭，因為喬琪說她只能等十分鐘。他看了一眼手錶；他剛才聽到她跟鋼鐵人說希望能在二十四分鐘內跑完，他試圖計算自己現在落後了多少。他絕對不能停下來，必須忍耐疼痛繼續跑。

一句激勵人心的話從他記憶深處的黑暗角落蹦了出來：要通過地獄般的困境，就是堅持前進。

他一邊試圖回想這句話是誰說的，一邊繼續踉蹌前行，和喬琪一起喝咖啡是他唯一的動力。他的眼前變得一片模糊，人們從他身邊跑過，撞到他的手臂，有些人出聲道歉。

「喂！」有個穿著寬鬆螢光短褲，戴著藍芽耳機，身形瘦高的男人差點撞倒他，他出聲抗議。

他又跑了幾步，一邊喃喃自語：「地獄般的困境，前進前進。」他停了下來，試圖彎腰碰腳趾，拉筋緩解疼痛，但幾秒鐘後，有人從後面撞到他，害他向前撲倒，在滿地泥濘跌了個狗吃屎。那男人停下來扶他起來，道歉說：「對不起！是我的錯，我剛剛沒注意看路。你還好嗎，老兄？」

他悶悶不樂地勉強起身，舉步維艱，頂著滂沱大雨，低著頭爬上山坡，人們從他身邊不斷跑過。他過了峰頂後才繼續跑步，那時幾乎所有人都已經超越他了，後面只剩下幾個健走的老人，以及一位意志堅定、推著嬰兒車參賽的女人，但她快追上他了。嬰兒車上面蓋了一層皺巴巴的透明防雨罩，裡面的嬰兒看起來活像是超市裡冷藏區的即時餐，他心想。微波五分鐘！

當他一瘸一拐跑過終點線時，已經過了三十八分鐘了。他按下跑錶的計時器，幾乎沒注意到志工和觀眾熱情的掌聲。這個紀錄還不錯，但他本希望能跑更快，更接近喬琪的紀錄。

他滿身大汗，又被淋成落湯雞，雙手幾乎凍僵了。他環顧四周，尋找喬琪的粉紅色帽子。她還在嗎？她說她只能等十分鐘，但有誠意的話應該可以再等久一點吧。如果是鋼鐵人她就會等，對吧？

或許她去廁所了，他決定抱持這個希望再等一下。五分鐘、十分鐘過了，滂沱大雨絲毫沒有停止的跡象，剩下幾個人也很快就走得差不多了。

過了十五分鐘，他終於確信她早就走了。

她是不是跟鋼鐵人一起走了呢？

然後把我留在這裡淋雨？

謝嘍，喬琪。

33

一月十二日星期六

喬琪站在淋浴間，蓮蓬頭的熱水逐漸暖和她的身體，讓她心懷感激。她對今天的紀錄很滿意，五公里跑了二十三分鐘又三秒，在天氣這麼差的情況下，還比上星期快了八秒，而且體內還有個小乘客呢！

由於天氣和能見度差，羅傑也取消了預定的飛行課，代表他們一整天都會在一起，這讓她很高興，多少也鬆了一口氣。他提議在聖歐恩（St Ouen）沙丘旁的 El Tico 餐酒館吃午餐，而她已經決定要吃什麼了：美式鬆餅佐香草馬斯卡彭鮮奶油和楓糖漿。

吃完午餐，他們要去電影院看電影，而傍晚她會做鮭魚酪梨沙拉，羅傑在她去跑步時已經買好食材了。

當然，今天不能像以前的週末一樣和他小酌一杯了。

但也不用禁酒一輩子嘛。

對吧，小不點先生？

還是小不點小姐？

你爸爸和我不在意，無論你是男生還是女生，我們都會永遠愛你。
媽媽呼叫小不點，有聽到嗎？完畢。

34

一月十二日星期六

「你跌倒了嗎？」克萊兒問道，似乎很擔心。

馬克思一跛一跛走進廚房，一邊滴水且渾身溼透。「跌倒？」

「你的臉上沾了泥巴。」

我的臉都不知道丟到哪裡去了。

「路跑如何？還好嗎？」

「以第一次來說還可以吧。」他四處張望，問道：「小寶貝們呢？」

雙胞胎緊挨著彼此坐在沙發上，全神貫注看卡通，科爾馬克則在遊戲墊上爬來爬去，彷彿一名下定決心出任務的探險家。馬克思坐在雙胞胎旁邊，輪流給他們搔癢，讓兩個小孩子咯咯笑不停，但他的注意力卻放在克萊兒身上。她看起來筋疲力盡，而且還穿著橡膠洞洞鞋。她說那是全世界穿起來最舒服的鞋子，他則認為那是全世界最不性感的鞋子。

她過去總是很注重外表，但孩子們出生後就不那麼在意了。以前有時候兩人待在家，也沒有要出門，剛好有人來訪，她沒塗口紅絕不應門。現在這件事可能沒那麼重要了吧，還是他已經沒那麼重要了？他在心裡不斷拿喬琪和妻子比較，喬琪連上教練課穿運動服時都很好看。

他的手機跳出了新郵件通知，是noreply@parkrun.com自動發送的信件。

馬克思你好：

#174活動澤西公園跑賽結果：你以00:38:20完賽。

他盯著那幾行字，對自己的表現感到既憤怒又羞愧。

三十八分鐘又二十秒，應該要跑更快的。

幹。很多跑者都會看排名互相比較成績，但喬琪根本不可能往下滑到他的成績。

希望如此。

「你出門時，尼克有打電話來。」克萊兒說的是他一起打高爾夫球的夥伴尼克・羅賓遜。

「他要提醒你明天是月例賽。」

「我以為我有跟他說，我要瘦身，所以暫時不打高爾夫球了。」

她看著他溼透的運動服、亂蓬蓬的頭髮和因為運動而發紫的臉頰，咧嘴一笑道：「換作是我就會回去打高爾夫球，比較適合你。」

從她的語氣就知道她在諷刺他。「哈哈，不好笑。」

「我們來規劃今天的行程吧。」她說。

「我得去醫院。」

「但你明明說你這週末放假。」她抗議道，接著壓低聲音說：「而且我們答應瑞斯和愛蜜莉亞要帶他們去動物園。」

「突然有急事，醫院需要我……剛剛接到電話說要動緊急手術。」他從口袋裡掏出手機，拿起來給她看，好像要證明自己沒說謊一樣。

「好吧。」她說，顯然很沮喪。

他對她的語氣不予理會，他現在真的沒時間吵架。

「那你什麼時候回來？」

「不知道，妳以為我想在手術室度過星期六嗎？」

她似乎稍微能夠理解了，便摟住他的脖子，她身上有面霜和洋蔥的味道。「我當然知道你不想，只是他們會很失望。」她說。

*童年不就是一而再再而三被父母辜負期待，對父母感到失望嗎？每個孩子不都有讓他們失望的父母嗎？*他心想。「還是妳帶他們去，我如果早點結束再去找你們？」他說。

「好吧。」她說。「是可以，只是如果我們全家能一起做些什麼也滿不錯的。但每次都沒辦法，對吧？雖然很難，但我們兩個都要更努力排出能好好和家人相處的時間。」

「希望我能早點結束。」他說完便上樓洗澡。他站上體重機，但令人惱怒的是，經過這幾星期的努力，他不但沒有減重，甚至還胖了快一公斤。

三十分鐘後，他洗完澡，換了一套衣服下樓，感覺神清氣爽。電視還開著，現在正播放著烹飪節目，但客廳裡半個人也沒有。廚房中島上放著一張紙條。

我們動物園見，如果你來得及的話！<3

他為自己煮了粥，邊吃邊看《澤西晚報》（*Jersey Evening Post*），他對這陣子新醫院建設地點的爭議特別感興趣，不知道有沒有解決的一天。接著他開始翻閱《泰晤士報》（*The Times*）。

半小時後，馬克思開車去醫院。雖然無論是平日或假日，都會有人生病受傷，但這裡在週末總是比較安靜，代表他比較不會被打擾，這樣很好。

在確認凱特．克勞今天沒有值班後，他走進辦公室，關上門，坐在辦公桌前並登入電腦。他看也沒看從昨天到今天湧入的大量電子郵件，就直接上公園跑官方網站查詢喬琪．麥克林的紀錄。

結果出現時，他不禁皺眉。

二十三分鐘又三秒，比他快十五分鐘。

開跑前，他有聽到她說要挑戰二十四分鐘內完賽。

或許她根本就不打算等他一起去喝咖啡，還是他想太多了？

喬琪，妳看好了，我會變快的！我會越來越接近妳的。

他最近在手機建立了一個「跑步」相簿，裡面都是跑步訓練、運動、伸展和練習動作的截圖。他點開這些照片，發現幾乎全部都是身材超好的年輕女性，不禁莞爾一笑。或許他應該要來改變這種不平衡的狀況。最近的照片是他第一次見到喬琪時，拍下她在海濱大道跑步的照片。接下來是他今天稍早在公園跑偷拍她的照片，最後則是喬琪在Facebook上那張運動服照片的截圖。

他盯著照片中平鋪在地上的鮮豔運動服，花了幾分鐘的時間，想像喬琪穿上它之前裸體的樣子，還有運動後，大汗淋漓的她脫衣服的模樣。她的身材確實很好，那種緊實、纖細的身體總是讓他興奮不已。

他沉浸在自己的想像中，沒聽到開門的聲音。他突然注意到桌上有影子。

他猛然轉頭，發現醫學生羅伯特．瑞斯邁就站在他的正後方。

他嚇了一跳，馬上跳起來，猛地把手機朝下蓋在桌上，不讓那個羅馬尼亞人看到他的螢幕。

「你都不敲門的嗎，羅伯特？」他問道。

「我有敲門啊。」羅伯特說，並對他投以奇怪的眼神。

「你來做什麼？」

「我不知道你今天要進醫院。」他說。「我今天有空，所以農恩醫生問我要不要去急診室幫他的忙。有位護理師說她看到你進醫院，我就想說上來看一下你是不是有什麼急事要處理。」

「我是來處理文件的，好嗎？」

「好的，我明白。」瑞斯邁說，並露出了奇怪的微笑，似乎有什麼言外之意。

「你可以回去找阿德里安．農恩了，好嗎？」

「好的，當然，那我們星期一見嘍？」

瑞斯邁仍站在原地，幾秒鐘後才慢條斯理地走出去並關上門。

馬克思再次輸入凱特・克勞的使用者名稱和密碼，叫出喬琪・麥克林的病歷。他想確保一切順利，並特別留意重要資訊，下次見面時才能讓她對自己刮目相看。

喬琪在聖誕節前做了十二週的檢查，現在已經在第二孕期了。非侵入性胎兒染色體檢測的結果最近剛出爐，是好消息。他們最擔心的是嬰兒有三條13號、18號或21號染色體，也就是巴陶氏症候群、愛德華氏症候群和唐氏症候群。檢查結果是風險低於一萬分之一，準確率高達百分之九十九。

他再次檢查她的資料和所有病史，一點細節也不放過。

35

一月十二日星期六

El Tico餐酒館生意興隆，用餐的情侶和家庭擠滿了長方形木桌，喬琪和羅傑必須排隊，聞著熱騰騰的食物香味和幾乎震耳欲聾的喧譁聲，最後被告知半小時後能入座。在等待期間，羅傑將鑰匙和手機放在吧檯上。

「不要忘記拿喔，裡面有我的飯店鑰匙。」

「安啦，別擔心。」

他們也不擔心，站在吧檯旁望向窗外，有幾名勇敢的衝浪手不畏風雨，挑戰波濤洶湧的灰色海浪。羅傑點了一杯血腥瑪麗，喬琪則點了不含酒精的處女瑪麗。喬琪一手握著杯子，另一隻手和羅傑十指緊扣。

「乾杯！」羅傑說。

「如果不是兩杯都有酒精，乾杯是不是會觸霉頭啊？」

他搖搖頭，問道：「妳知道為什麼人要乾杯嗎？」

「我想我馬上就會知道了！」她露齒一笑道。

「乾杯的傳統可以回溯到中世紀，那是一個人們互相猜忌，誰也不信任彼此的年代。如果妳去某人的城堡，對方請妳喝一杯，兩人的杯子都會斟滿。乾杯時，妳杯裡的葡萄酒或麥芽啤酒一定會濺入主人的酒杯，這樣如果他在酒裡下毒，他自己也會喝到。」

「我喜歡這個故事，但這跟酒精有什麼關係？」

他聳肩道：「也許酒精能消毒吧。」

「你還有其他迷信可以分享嗎？」

就在那時，一位服務生走過來說：「理查森夫婦，你們的桌子整理好了。」等待時間沒有預期的那麼久。

他們坐在長桌靠窗的那端，隔壁是一對不發一語，看起來悶悶不樂的老夫婦。他們拿起菜單研究了一番。「我要點鬆餅。」喬琪宣布道。「我超想吃鬆餅的！而且我快餓扁了。」

「配柑橘醬嗎？」

「配馬斯卡彭鮮奶油和楓糖漿，然後再問他能不能附柑橘醬。」

「點吧！身為準爸爸，我也有想吃的東西！」

「是什麼？」

「漢堡、芥末、醃黃瓜、薯條和番茄醬！」

「你點吧，你那麼辛苦，應該慰勞自己一下！」

「辛苦？」

她身體前傾並壓低聲音，旁邊的老夫婦才不會聽到：「為了有孩子，你不也『做』了不少嗎！」

他露出了頑皮的微笑，說：「也不全是苦差事啦，我也是樂在其中。」

「是嗎？對我來說也不算太辛苦啦，就像你說的，樂在其中。」

他們四目相接，眼神流露著笑意。

這時服務生來為他們點餐，幸好附柑橘醬完全沒問題，羅傑和喬琪還分別點了紅酒和健怡可樂。他們靜靜坐著等候餐點，感到心滿意足，就算不打破沉默也不會尷尬。過了一陣子，隔壁的夫婦終於走了，也沒有下一組客人入座，讓他們鬆了一口氣。

「我滿喜歡服務生叫我們理查森夫婦的。」喬琪說。「我應該很快就能習慣了！」

「我也是，理查森太太。聽起來很不錯！對了，關於那個信封，妳有什麼想法嗎？妳想知道小不點是男生還是女生嗎？」

「那你呢？你想取什麼名字？」

「我有在想。我喜歡喬治，但跟妳的名字有點太像了。我也很喜歡羅伯特。女生名字的話，我滿喜歡伊迪絲的，我知道聽起來很老氣，但最近好像又開始流行了。」他說。

「那亞契或基特呢？」

他點點頭說：「這些我也喜歡，尤其是基特。」

「女生名字的話我喜歡蘿拉或蕾貝卡，不過伊迪絲也很可愛。」

「妳決定吧，畢竟搬重物的是妳啊！」

「你和蘿珊之前想要有孩子時，有想名字嗎？」

「有啊，但就是她說她想要什麼，我就同意，一直以來都是這種模式。」

「原來你是逆來順受、經常讓步的類型嗎？」

「那是因為妳從沒見過蘿珊。她是控制狂，如果事情不如她的意，她就會生悶氣好幾天。」

他聳肩道。「到最後，凡事都說好反而比較輕鬆。」

「所以當她跟你說她愛上別人時，你也是說好嗎？」

他微笑道：「我從來沒擁有過一艘船，但我有個老朋友叫保羅．坦普爾曼，他是我第一次結婚時的伴郎，妳之後也會見到他。他當房地產開發商賺了一大筆錢，買了一艘遊艇，結果卻是一個要不斷投錢進去的無底洞。他說當你擁有一艘船，有兩個幸福時刻，第一個是你買下它那天，第二個則是你賣掉它的時候。」

她疑惑地盯著他，問道：「所以呢？」

「對我來說，那兩個幸福時刻就是蘿珊和我結婚的那天，以及我們離婚的那天。」

「希望你以後不會那樣說我。」

他盯著她說：「不可能，絕對不會。」

喬琪傾身向前吻了他。她坐回位子上時，餐點剛好送上來了。

兩人都飢腸轆轆，馬上開始大快朵頤。她偷拿他的一根薯條，在番茄醬碗裡蘸了一下，便吃下肚。「你知道吃完午餐我想做什麼嗎？」

「什麼？」

「馬上回家，和你同床共枕。」

「這話真有趣。」他回答，並舉起酒杯。「跟我想的一樣。」

36

一月十三日星期日

馬克思不管隱隱作痛的小腿肌，走出家裡大門。這是一個寒冷但陽光燦爛的早晨，冬日的太陽低掛在鋼青色的天空中，在這種晴朗的日子，這座島會展現出最美的面貌。今天天氣這麼好，或許他能再見到喬琪吧。

除了昨天以外，他從聖誕節之前到現在，已經好幾星期沒和喬琪說話了，這讓他感到煩躁。他有注意到她在聖誕假期有在約克（York）跑步，也在她的社群頁面找到她、羅傑和未來公婆的合照。他很討厭那些洋洋得意的笑臉（當然，喬琪的除外，她搞不好根本不想去），還有他們戴著派對帽吃聖誕大餐的可笑照片。

他開始暖身，往聖布雷拉德教堂的方向慢跑，時不時停下來做伸展運動。

昨天晚上，當克萊兒在補看《內政保鑣》[31]，對大帥哥理察・麥登發花痴時，他心裡在想喬

[31]《內政保鑣》（*Bodyguard*）是一部英國政治驚悚迷你劇，探討圍繞政府大規模監控的爭議以及創傷後壓力症候群的問題。理察・麥登（Richard Madden）是一位蘇格蘭男演員，在本劇飾演男主角，並因此贏得了金球獎（Golden Globe Awards）最佳電視劇男主角。

琪・麥克林最近的活動紀錄，在想懷孕會不會影響她的表現。他真的好想打敗她！

除了聖誕假期去約克外，她的跑步時間和路線都很固定，一回到澤西就和之前一樣繼續跑步。不過她平日跑步的時間略有不同，應該是為了配合工作吧。她似乎偏好清晨跑步，但他注意到她有時候也會晚上跑。星期六她不是參加公園跑，就是自己跑長跑，而星期天她幾乎都是八點準時開始跑。

她平常的路線是從位於博蒙特的家出發，抵達科比爾燈塔[32]後折返，之後經過博蒙特往聖赫利爾的方向跑；長跑的話，則是經過聖赫利爾港之後還會再跑一段距離。現在時間是八點三十二分，如果他往西邊科比爾的方向跑，也就是她折返的路線，他很有可能會見到她。

算了吧，別傻了，走別的路吧，不要再為了她折磨自己了。你為何這麼迷戀這個女人？她只會像其他人一樣拒絕你。放下吧。

但他做不到。

再次伸展後，他開始快跑，但右小腿肌一緊，害他必須馬上停下來。他不禁咒罵，跪下來開始按摩小腿。一個慢跑的男人從科比爾的方向跑來，跟他擦肩而過。他又開始跑步，雖然小腿肌仍很緊繃，好像在抗議一樣，但還算聽話。不過好景不常，幾分鐘後他又抽筋了。

感覺好像有人把刀刺進他的小腿後又轉動刀柄一樣。

他痛得倒抽一口氣，跪下來用力按摩小腿。他聽到逐漸逼近的腳步聲便轉頭看，棒球帽的帽簷才不會擋住他的視線。一個揹著小背包的年輕男子一邊喝水，一邊全速衝刺，從他身邊跑過。

他繼續按摩小腿，似乎起作用了，已經沒那麼痛了。又傳來腳步聲，但他還來不及轉頭，一個女人就衝了過去。她戴著粉紅色棒球帽。

他這才發現那個人就是喬琪。

她穿著淺藍色上衣和短褲，腰間繫了運動腰包，戴著雷朋太陽眼鏡和藍芽耳機，繼續往前跑，用輕快的步伐跑向藍色地平線。

妳在聽什麼音樂呢？范男人的歌嗎？

她那穿著彈性襪的雙腿多麼修長、性感啊。

他改變方向，開始追著她跑，但才跑不到十公尺，小腿又抽筋了。

不要。

他又跪下來按摩小腿。等他站起來時，喬琪已經跑遠了，根本不可能追上她。

但他知道她平常跑步的路線，如果他能往她折返的地方跑，或許到時就能見到她，搞不好還能在她跑完時小聊一下？

他又開始跑步，但他的小腿肌感覺好像一條隨時會斷掉的橡皮筋。他放慢速度，改用健走，感覺就好一些了。他用最快的速度走路，並不斷看手錶計算時間。她今天會跑多遠呢？她何時會

32 科比爾燈塔（Corbière Lighthouse）位於英國澤西島最西南角，意為「烏鴉聚集的地方」，但其實海鷗早已把烏鴉趕跑了。塔高十九公尺，建於一八七四年，是不列顛群島第一座鋼筋混凝土建造的燈塔。

折返？

他必須再次停下來按摩小腿。

有四個聊得起勁的男生從他身邊飛奔而過，還有騎腳踏車的人、推嬰兒車跑步的人等等從對向跟他擦肩而過。然後他看到了粉紅色帽子。

是喬琪！她衝了過來，堅定的信念全寫在臉上，肯定是喬琪沒錯。

他站了起來，笑容滿面，舉手打招呼。「嗨，喬琪！」他說。

她稍稍抬起手，只瞄了他一眼就繼續正視前方，說：「嗨，馬克思！」

好像他只是人群中一個微不足道的陌生人罷了。

37

一月十四日星期一

在飛行訓練中，學生飛行員在首次單飛前的階段是「觸地重飛」。教官也會坐在駕駛艙，指導學生不斷繞著飛機場飛行，著陸後減速但不停下來，再打開油門起飛，一直重複以上步驟。

羅傑·理查森通常很喜歡這個階段，因為學生會在觸地重飛的過程中快速建立自信。他最優秀的學生擁有他所謂的「善良的手」，意即他們的操控方式很溫柔流暢。但這個笨蛋肯定沒有。坐在他左邊駕駛座的男人緊抓著操縱桿，好像在駕駛大獎賽賽車一樣，他肯定是羅傑有史以來最不喜歡的學生飛行員之一。

拜倫·威爾丁今年五十七歲，體重過重且以為自己是不死之身。他在美國出生長大，多年前移居英國，幾年後又搬到澤西。

威爾丁的一生中曾經逃過好幾次死劫。一九九五年，一架私人包機在葡萄牙墜機，駕駛和機上三名乘客喪生，他是唯一的倖存者。二〇〇一年九月十一日，也就是九一一恐怖攻擊事件那天，由於他前一晚和情婦在曼哈頓一間飯店飲酒作樂，導致他那天睡過頭，錯過了一大早在世界貿易中心南塔舉行的會議，因此逃過一劫，他還向羅傑炫耀這件事。

羅傑問他為何運氣那麼好時，他用他的口頭禪回答：「可能上頭有人喜歡我吧。」在羅傑看來，「上頭」怎麼會有人喜歡這個自以為是的大肥豬，根本令人難以置信。

拜倫．威爾丁透過建立全世界規模最大的購物中心集團而積攢了大筆財富，他還很驕傲地跟羅傑說自己是白手起家。他父親來自巴頓魯治（Baton Rouge），是醫院工友，他母親則是學校的桶餐阿姨。他曾經三度心臟病發，卻不知為何通過了體檢，成功獲得了飛行許可。

羅傑進一步詢問時，他又回答：「可能上頭有人喜歡我吧。」

威爾丁相信自己無敵且長生不死，所以買了一架昂貴豪華的雙引擎飛機，幾個月前運到澤西，現在停在飛機庫。要達成駕駛自己飛機的目標，取得基本的私人飛行執照就是他的第一步。

願上帝保佑他未來的乘客，羅傑心想。不管威爾丁多麼相信全能的上帝站在他那邊，他根本就不是飛行員的料。在羅傑眼中，能夠確保乘客安全的好飛行員做事必須小心翼翼且有條不紊。除了有英國皇家空軍或商用駕駛員背景的人之外，最優秀的私人飛行員通常是工程師、醫生或是從事相關職業的人，因為他們擁有注重細節且力求精確性的基因。無論「上頭」多麼喜歡你，重力這個不變的物理定律永遠不會是爛飛行員的好朋友。

而且這傢伙真的很爛，他有時候不會聽從指示，而且行事草率，是那種會冒險的類型。羅傑可以想像在未來的某一天，他會不顧天氣警報，直接跳上飛機，全然依賴「上頭」那個喜歡他的好麻吉。遲早有一天，他的好麻吉剛好會去喝杯咖啡休息一下，幫不了他。

私人駕駛員有好幾種級別的執照，拜倫．威爾丁想考取的初級執照是單引擎 VFR，意即日間目視飛行，至少要進行四十小時的飛行訓練。更高級別有多發引擎執照和夜間飛行執照，再來是儀器飛行執照，所需總培訓時間相當於最基本執照的兩倍。接下來還要通過更多級別，以及更嚴格的體檢，才能考取商用駕駛員執照。

要考取第一級別的執照，「觸地重飛」是關鍵。學生飛行員能夠安全起飛和著陸嗎？一旦教官相信學生能夠做到，讓飛機滑行至完全停止後，教官會馬上跳出駕駛艙，不給學生任何思考的時間，叫他們直接單飛！

對於學開飛機的人來說，這可是重要時刻。他們必須獨自起飛、回到飛機場並降落，沒有教官坐在右邊用雙重控制輔助，只能依靠自己新習得的技術。

不過以拜倫的情況來說，應該是依靠「上頭」的好麻吉吧。

飛機轉向南方，傾斜得很厲害，早晨耀眼的陽光讓羅傑瞇起眼睛。他們又斜斜轉向跑道，他頓時僵住，因為速度太快，實在太快了。

他倒抽了一口氣，馬上對著麥克風講話，告訴學生他要接手。他打開油門，在引擎的轟鳴聲中將操縱桿往後拉，把機頭猛地往上一拉，並調整配平手輪。

「你幹嘛？」他學生的聲音從耳機傳來。

「我是在救我們兩個的命。」他用平靜的語氣回答。「你忘了放下襟翼，讓飛機減速。這架飛機必須減速到每小時六十英里才能安全降落，但照剛剛那樣，我們會以每小時一百二十英里的速度著陸，到時不是弄壞起落架並翻覆，就是直直衝進跑道盡頭的沙丘裡。」

「最好啦，一切都在我的控制下好嗎？我剛剛就打算減速。」

「我們再繞一圈。」羅傑沒有回應對方憤怒的挑釁。

他們飛越科比爾燈塔，右轉飛到海面上，再右轉。

羅傑用無線電聯絡塔台：「澤西塔台，Mike Whisky 拐四 Zulu[33]請求許可再次進場兩六跑道進行觸地重飛。」

「Golf Uniform Zulu 抵達高度表撥定值『么洞兩洞』保持一千三百呎，一百八十度轉向飛行 Golf Uniform Zulu。」

「收到，抵達高度表撥定值『么洞兩洞』保持一千三百呎，一百八十度轉向飛行 Golf Uniform Zulu。」

「Golf Uniform Zulu，複述正確。」

羅傑繼續駕駛飛機，他們往上攀升，遠離機場，兩分鐘後又收到管制員的聯絡。

「Golf Uniform Zulu 許可觸地重飛兩六跑道進入目視飛航左起落航線。」

「You have control。[34]」羅傑向威爾丁發出指示，眼神和往常一樣掃視儀表板。

「I have control。」威爾丁回答。

他的學生轉彎時，飛機又傾斜過度，羅傑被迫用方向舵和操縱桿進行微調。他的心思暫時飄到了喬琪和寶寶身上。要不要揭露小孩的性別呢？遇見她的那天是他人生中最幸運的一天。在經歷婚姻破裂那些狗屁倒灶的事之後，喬琪帶給他的是滿滿的喜悅，或許他才該說上頭有人喜歡他呢。

每天上班時，他都希望晚上趕快到來，他才能回家陪她，和這個美麗善良的好女人在一起，而她現在還懷著他們的小孩。

他的人生已經好到不能再更好了。他在空中時總是感到很快樂，不過如果坐在駕駛座的不是一個超級大傻瓜，那他的人生就會再更棒一點。

羅傑的手機開始震動。

他低頭查看，來電顯示寫著「喬琪」。

雖然他很想接電話，但他還是讓來電轉到語音信箱。

準備進場時，他往下看機場，發現有一架雙引擎私人比奇飛機（Beechcraft）正在滑行道上緩慢移動。他透過耳機可以聽到塔台對那架飛機發出指示，請它繼續滑行到等待位置G並保持位置。

威爾丁收回油門，這次有記得放下襟翼，飛機馬上減速。

手機跳出了喬琪的訊息。

33 為了防止讀音混淆，航空通訊會使用國際無線電通話拼寫字母，字母名稱是以該字母開首的單字。數字的無線電術語也有不同唸法，例如1和7韻母相同，容易聽錯，所以會唸成「么」和「拐」。

34 轉移飛機操控權時，必須使用標準術語「You have control」和「I have control」以互相確認後完成交接。

我只是要打電話說聲我愛你~~~<3

羅傑看著高度表數值降低：700……600……500……400……

空速也逐漸下降：90……80……70……

柏油碎石鋪成的跑道就在正前方。

高度表顯示100……90……80……

那個傻瓜竟然做對了！再練習個幾次，「或許」下一堂課他就有足夠信心能夠跳出飛機，讓威爾丁單獨起飛著陸。

速度降到每小時六十英里了。

起落架隨時都會觸地。

突然，有某個東西像隻瘋鳥一樣，朝擋風玻璃猛衝過來。

是一台無人機。

威爾丁大叫：「哇靠！」他像在開車甩尾一樣，把操縱桿猛地一拽，害同樣握著操縱桿的教官也不小心鬆手。同時，威爾丁也猛踢方向舵踏板，導致羅傑的腳暫時離開踏板。他完全沒時間反應，飛機就向左急轉彎。一聲巨響傳來。

威爾丁嚇得尖叫。

碎片從擋風玻璃前飛過。

飛機嚴重傾斜，左翼尖已經快要碰到跑道了。

羅傑使盡吃奶的力氣把操縱桿往後拉，同時全開油門。

機身回正，但失速警示聲卻響起，是類似霧號那種穿透力強的低沉聲音。他們向左急轉彎，離開跑道。

吧噗……吧噗……吧噗……

威爾丁看了他一眼，眼神中充滿恐懼。

飛機失控了。

他把操縱桿往回拉到胸前，卻感覺不到任何阻力。

幹幹幹。

更可怕的是，他從破裂的擋風玻璃看到那架比奇飛機就在他們正前方。

坐在比奇飛機副駕駛座的人直盯著他們，嚇得動彈不得。

距離逐漸縮短。

他們衝到跑道和滑行道中間的草坪上，輪子發出刺耳的摩擦聲。

他們彈到半空中，那一瞬間，世界寂靜無聲。接著右輪著地，機身又向左歪，繼續彈跳。

他們像在釣一條大魚一樣，不斷收線，把比奇飛機拉向自己。

羅傑再次拚命把操縱桿往後拉。

毫無反應。

距離逐漸縮短。

越來越近了。

他們又觸地了。

在草坪上滑行一段時間，又繼續彈跳。

他們直直衝向比奇飛機。

快速逼近。

「天啊！」威爾丁大叫。

羅傑使盡全力踩下右踏板，而驚慌失措的威爾丁則猛踩左踏板。他們繼續直直向前衝。

羅傑做好衝擊的準備。「幹。」他說。

38

一月十四日星期一

馬克思喜歡星期六煮飯，週日烤肉[35]則交給克萊兒負責。這樣的安排也能配合他之前星期日早上打高爾夫球的行程，不過現在改成跑步，他反而有更多時間在家陪孩子們。星期日的午餐通常是他在一週中最期待的時間，可以喝幾杯紅酒，坐在電視機前的扶手椅小憩片刻，再帶雙胞胎去碼頭散步，科爾馬克則是坐嬰兒車。

但昨天晨跑後，他看什麼都不順眼。克萊兒不滿自己的豬肉脆皮烤得不夠脆，她覺得一定是爐子溫度不夠高，而且她的招牌烤馬鈴薯也不夠熟。正在長牙的科爾馬克一整個早上都在鬼吼鬼叫，雙胞胎也在調皮搗蛋，兩歲的反抗期不是應該已經過了嗎？

結果他竟然開始期待星期一早上的到來，他就能逃到相對平靜且理性的工作中。首先，他到離醫院數公里的邦聖醫療中心（Bon Sante）替病人看病，中午前回到醫院開一個簡短的會議，之後還要動一連串的手術，一路忙到接近傍晚。

[35] 週日烤肉（Sunday roast）是英國傳統料理，因為傳統上在星期日食用而得名。主要食材是烤肉、烤馬鈴薯和約克郡布丁。

他現在坐在辦公室，一邊吃番茄起司三明治當早午餐，一邊看《澤西晚報》，瀏覽島上生活的大小事。

第五頁的標題寫著：

飛行教官的新年好消息！

在下面的照片中，羅傑．理查森摟著喬琪．麥克林，一副幸福恩愛的樣子。

記者大衛．埃德布魯克的報導寫道：

新的一年到來，知名飛行教官羅傑．理查森可是好事成雙。他的空中巴士開業申請即將在本週四由澤西政府審核通過，而他和未婚妻，私人教練喬琪．麥克林也將於今年迎接兩人的寶寶。

馬克思沒有再繼續讀下去，因為他已經看兩遍了。

多好啊，這對幸福的準夫妻……才怪。喬琪，妳為什麼那麼輕佻？妳為何要在聚餐時碰我的領子？妳為何要給我電話號碼？妳為何邀我去上課？妳為何跟我耍花招？

妳我都知道，我們注定要在一起。

他盯著笑容滿面的理查森，再看著似乎墜入愛河的喬琪。

心想，真的嗎？

39

一月十四日星期一

「好。」喬琪說。早上五十分鐘的飛輪課程來到了尾聲。「三分鐘緩和運動！」她喜歡這堂課的六名女性學員，她們都很活潑，而且因為大家都在早上的報紙看到她懷孕的消息，所以在還沒喘不過氣來的暖身階段都不斷恭喜她。

她的心情很好，也很期待接下來的課，因為那個客戶很可愛。雖然他年近九十，但仍然下定決心要維持身體健康，真的很了不起。他的課排在正中午，也就是十分鐘後。她看了一眼手機再次確認時間，看到了天空新聞台[36]的快訊，有一則突發新聞。但她心裡想的是另一個漏水問題，這次在飯店餐廳的天花板。她上星期五發現後就打給老闆，對方請她和愛德華多確認，看看漏水問題是否有蔓延，並請水電工回來修理。

當她離開健身房，沿著略帶霉味的長廊經過廚房和員工廁所時，她打給羅傑。他們一天都會

[36] 天空新聞台（Sky News）總部位於倫敦，是歐洲第一家全天二十四小時播放國際新聞的電視頻道，多次獲得英國皇家電視學會（Royal Television Society）頒發的「英國年度最佳新聞頻道」獎。

聊天和傳訊息好幾次，而她特別喜歡在檢查飯店房間時打給他。雖然現在是大白天，但這地方還是有點可怕。

電話又轉接到語音信箱了，她心想他可能正在上課，畢竟他今天排了三、四堂課。她留了一則訊息。

「嗨，親愛的，不知道你晚上想吃什麼？我突然想吃那種傳統的牛肉腰子派[37]……我知道很奇怪，畢竟我有一陣子沒吃肉了，但我現在就想配焗豆吃，還有加很多美乃滋的涼拌高麗菜！如果你想吃別的，記得在幾小時內回覆我，因為我下午沒事，要去大採購。有空再打給我，我愛你。」

羅傑跟她一樣很少吃肉，他也不太愛吃派，但如果他沒在她去買菜之前回她電話，就只能硬著頭皮吃嘍。拜託，如果就像他自己說的，「搬重物」的是喬琪，那他稍微犧牲一下也不為過吧。

她掛斷電話時，螢幕上一則紅白相間的訊息吸引了她的注意力，又是新聞快訊。

這次她看了內容。

澤西聖赫利爾機場發生重大事故，

兩架飛機相撞，多人傷亡。

當她閱讀這段文字，心中的一盞明燈彷彿突然熄滅，她瞬間陷入一片黑暗。

羅傑今天一整天都在那邊上課。

羅傑在吃早餐時提到，今天其中一名學生是一個不自量力的傻瓜，每次都害他膽戰心驚。

天啊，羅傑，你一定要沒事，拜託告訴我，你沒捲入這起事故。

通常他在幾分鐘內就會回訊息，但他沒有回覆她在一小時前左右傳的訊息，這不是他的作風，除非她剛才上課剛好沒看到訊息。

她檢查訊息，看到自己傳的最後一則。

我只是要打電話說聲我愛你~~~ ^3

他沒有回覆。

她打了他的手機，電話響了六聲後轉接到語音信箱。

嗨，我是羅傑，我現在無法接電話，我可能在開飛機。請留言，我一著陸就會回電。

之後「嗶」了一聲。

她留了語音訊息。

「嗨，是我，我剛剛看到機場事故的新聞，聽到後請馬上打給我，讓我知道你平安無事。我愛你。」

她閉上眼睛，深吸一口氣。拜託，一定要平安。

---

37 牛肉腰子派（Steak and kidney pie）是一種英國傳統鹹派，內餡主要是牛肉丁、腰子丁（牛、羊或豬）、炸洋蔥和肉汁。

40

一月十四日星期一

澤西總醫院的緊急評估部門有兩部熱線電話，裝在開放式管理站的一根柱子上，位於值班護理師辦公桌的正上方，十分顯眼。上方的紅色電話標示著「救護車」，下方的藍色電話則標示著「警察」。

急診室住院醫生丹．巴瑟斯特的脖子上掛了聽診器，感到筋疲力盡。他已經幫請病假的同事代班一整晚，現在也在幫提早去吃午餐的護理師代班。他啜飲一口溫熱的咖啡，打了個哈欠，並努力撐開眼睛。他看了看時間，現在是中午十二點零九分，下午一點才會有人來換班，而且對方絕對不會提早到。

紅色電話響起，嚇了他一跳。

他必須起身才能搆到電話。他取下話筒，心想應該是救護車的例行聯絡，通知醫院病人的狀態。通常是心跳停止或疑似中風、孕婦臨產、職業災害、車禍；如果是星期五和星期六晚上，肯定會有人在酒吧或夜總會鬥毆中受傷。

但今天是例外。

巴瑟斯特接起電話，準備把狀況傳達給兩位待命的急診室顧問醫師之一，讓他們決定需要哪些醫生。但電話另一頭傳來充滿威嚴的女聲：「這裡是澤西救護服務中心，有兩架輕型飛機在機場相撞，多人傷亡。這是重大事故，警察和機場消防隊都到了，我們也準備進行檢傷分類。已有一輛救護車到場，其他救護車也會馬上抵達。」

「有預估傷亡人數嗎？」巴瑟斯特問道。

「我想現在可能有七、八人，但傷亡人數仍在上升。」

在她說話的同時，重大事故報告出現在巴瑟斯特辦公桌的電腦螢幕上，裡面說明了確切地點、事故類型、危險狀況（一架飛機起火）、進出路線、傷亡人數（目前為止有十人），以及已抵達現場的緊急救難服務：救護車、消防隊、警察和海岸巡防隊。

雖然這種重大事故很少見，但醫院有很明確的處理流程。住院醫生緊張地眨眨眼，環顧偌大的管理站，卻沒看到兩位值班的顧問醫師，於是他呼叫他們，就僅僅寫了四個字：

重大事故

不一會兒，兩位醫生就從不同的方向出現了。高大的尼克．格林穿著該部門的粉紅色工作服，大步走向住院醫生。他是一名前軍醫，曾在阿富汗上過戰場，遇到任何事情都能處之泰然。幾秒後，穿西裝的阿德里安．農恩也出現了。他性格冷靜且經驗豐富，一開始是全科醫師，後來曾擔任艾塞克斯救護服務中心的醫療主任，之後才來澤西擔任急診室顧問醫師。

巴瑟斯特一報告完情況，農恩和格林就做了決定。格林前往機場監督現場傷亡人員的檢傷分類。他隨手拿了一疊檢傷分類示意圖傳單，要發給現場的非醫療急救人員，以協助他們將傷員依優先程度分成三類：須立即治療（Immediate）、緊急（Urgent）和可延後治療（Delayed）。

阿德里安・農恩開始執行醫院的重大事故計畫。首先，他請職員疏散急診室的所有病人，需要病床的必須到其他病房找臨時床位。接著，他請總機取消醫院五個手術室的預定手術，有生命危險的狀況除外，並請所有顧問醫師、麻醉師、醫生、護理師、學生和搬運工立刻到教育中心集合。他必須知道目前有哪些人力資源，如果十位傷患都需要動手術，他就必須規劃外科醫生輪值表，有些醫生要馬上動刀，其他醫生則先回家休息，待會來換班。根據過去的經驗，他知道疲憊不堪的外科醫生動手術有多危險。如果外科醫生很疲倦，很可能會完成手術的主要部分，卻遺漏了小細節，導致病人在幾小時、幾天或幾週後死亡。

農恩看了時間，等大家集合至少要五分鐘，第一輛救護車最快十五到二十分鐘後抵達。他趕緊到更衣室換上粉紅色工作服。看來今天會是個漫長的一天。

41

一月十四日星期一

馬克思．瓦倫丁和他的學生羅伯特．瑞斯邁正在確認下午的手術清單（專科住院醫生巴納比．卡迪甘請喪假），呼叫器卻在這時嗶嗶作響。他低頭看訊息，內容如下：

發生重大事故，請所有醫護人員立刻到教育中心集合。所有非緊急手術皆已取消。

他把呼叫器拿起來給瑞斯邁看訊息，一邊按下快速撥號按鈕打給醫院主管，詢問發生了什麼事。

「馬克思，我們接獲機場發生重大事故的報告，有多人傷亡。細節我也不太清楚，但似乎是兩架小型飛機相撞。目前已有四人確認死亡，至少十人受重傷，全部救護車都已抵達現場。你能加入緊急救護團隊嗎？」

「天啊，當然沒問題。」他回答。「今天沒有很急迫的手術，全部都可以取消。」

除了擔任產科顧問醫師和婦科腫瘤外科醫生之外，他和這裡所有外科醫生一樣，能夠執行大部分的普通外科手術。由於醫院規模較小，所有工作人員都有定期進行演練，以應對這種需要所有人手的緊急狀況。

「謝謝，第一批救護車會在十分鐘後到，請你馬上去教育中心聽取事故說明。」

「我馬上過去。」

雖然對即將面對的挑戰感到些許不安，但能做和平常產科手術不一樣的事情，也讓他感到興奮。這就是他從醫的初衷：拯救生命。

他轉向他的學生說：「這似乎是個大事件！羅伯特，你今天會面臨很重大的挑戰，待會看到的一些景象可能會對你造成很大的衝擊，但這是學習曲線，是磨練技巧的大好機會。別忘了，我會在你身邊，做就對了。」

接著兩人確認今天的預定手術清單，都同意至少可以推遲到今天稍晚再進行。瑞斯邁上班時一直都穿著藍色工作服，所以不用換衣服。馬克思快速換完衣服後，兩人便趕到樓下的教育中心。偌大的房間擠滿了人，穿著粉紅色工作服的阿德里安・農恩站在講台上。

「在場有幾位外科醫生？」農恩問道。「請舉手。」

有七人，其中包含三位骨科醫生。有兩位普通外科醫生休假，一位得了流感，另外兩位目前人在法蘭西酒店（Hotel de France）大樓內邦聖醫療中心的診察室，離醫院有段距離。

農恩將所有人分成三組，每組都各有一名麻醉師、骨科醫生和普通外科醫生領導團隊。成員都拿到了識別圍裙，分成紅、綠、藍三組，分別代表急診室的三個分區，馬克思和瑞斯邁是綠組的成員。

兩分鐘後，第一輛救護車鳴著警笛抵達，阿德里安・農恩已經冒著細雨站在外面等了。第一位傷患是一名嚴重燒傷的女性，他快速檢傷，馬上判斷她的情況危急，將她歸類為第一級，並交由第一分區的藍組急救，由外科醫生麥特．史蒂芬森動刀，凱特．克勞從旁協助。

第二輛救護車倒車進來，卸下了擔架，上面躺著一名五十歲左右的男性，身材瘦而精實，留著一頭花白的短髮。他雖有意識但神智不清，臉部有多處撕裂傷。救護人員已經脫了他的衣服，他身上只穿著四角內褲，腹部有大片瘀傷。

根據機場護理人員口述的初步檢傷報告，該名男子脾臟破裂且疑似顱骨骨折。農恩用力捏他的食指指甲再放開，觀察他的微血管回充時間。如果是健康的正常人，血液應該會馬上回到指尖，但這個男人的微血管回充得很慢，情況危急。接著，他檢查橈動脈脈搏。正常的收縮壓應該要高於九十，但他只量了幾秒就知道這個人的血壓過低。

農恩和推擔架車的搬運工一起走到綠組待命的第二分區，並馬上要求做超音波檢查，儀器也很快就送來了。他在男人的腹部塗上凝膠，並將超音波探頭放在他的胸腔左下方。農恩向綠組宣布道：「超音波顯示他的上腹部有很多腹水。」他將探頭在瘀青區塊上移動，說：「他的微血管回充時間是四秒且血壓過低，這幾乎可以肯定是脾臟破裂。他可能也有顱骨骨折，以及左脛骨和腓骨骨折，但現階段他的失血量更令人擔心。我需要一名普通外科醫生馬上替他動刀。」

馬克思．瓦倫丁低頭看著那個意識不清的男人。雖然他的臉上布滿乾涸的血痕，馬克思仍馬上就認出他來，不禁心頭一震。

他站上前說：「天啊，阿德里安，我認識這個可憐人，他有載過我幾次。我之前一般醫學訓練也動過這種手術，交給我吧。」

農恩想了一下。在正常情況下，產科醫生不能對男性動手術，但現在可是緊急狀況。他已經聽到下一輛救護車的警笛聲了，至少有十人重傷，或許還有更多。急診室有三個急救區，而樓上只有五間手術室。有些病人可能一動手術就是好幾小時，脾臟摘除相對比較簡單，最好把經驗較豐富的普通外科醫生留著做更複雜的手術。

「好。」他點點頭說。「謝謝你，馬克思，就交給你了。」

42

一月十四日星期一

喬琪跑到管理室，打開收音機，轉到BBC澤西廣播電台，剛好趕上一點的整點新聞。從這裡就能聽到將近一公里外維多利亞大道持續不斷的警笛聲。主播的聲音十分嚴肅。

「澤西機場發生重大事故，兩架飛機相撞，目前傳出多人受傷，數人死亡。我們會隨時向各位報告最新狀況。機場表示所有航班皆已取消，且機場可能會關閉一段時間。」

喬琪感覺自己全身肌肉緊繃。她的下一個客戶進門，一副很悠閒的樣子。史蒂夫．考林是一位年長的退休英國牙醫，最近才和妻子搬到澤西。他幾年前動過肝臟移植手術，在那之後就下定決心要保持健康。他似乎心情不錯，對她揮揮手就匆匆走進更衣室。

她的手機有儲存飛行俱樂部的電話號碼，她在聯絡人列表中找到後就馬上撥號。忙線中。

她重新撥號。

仍然忙線中。

她打給機場總機，也是忙線中。最後她試了私人商業航空伽瑪航空（Gama Aviation）的電話，同樣打不進去。

天啊，拜託不要有事。

羅傑可能也在現場幫忙吧，她心想。

希望如此。

一定要是這樣。

上帝，拜託祢。

警笛仍然響個不停。

她的第一個念頭是向考林道歉，取消課程，並馬上開車衝去機場，確認羅傑沒事。但他沒事的。他的經驗豐富，肯定不會讓自己的飛機和其他飛機相撞。她幾乎敢肯定發生事故的是業餘的休閒飛行員，羅傑一定在現場盡其所能幫忙，她去只會讓他分心而已。她把腦海中所有平靜、理智的想法都想過一遍，努力不要陷入恐慌。自從小時候妹妹車禍身亡，她就常常害怕最糟糕的事會發生，但她已經逐漸學會控制不理性的焦慮情緒。

她傳訊息給露西和凱特，請她們一聽到什麼消息就聯繫她。她決定繼續上課，希望羅傑能盡快打給她或傳訊息給她。她在手機點開考林的訓練計畫，打算速戰速決。

他的第一組訓練是用橢圓機熱身五分鐘，強度是等級二。她將五分鐘的沙漏倒過來並放開。

他一開始熱身，她就跑回管理室聽廣播。

「我們目前知道的消息是，一架進港的派珀飛機偏離跑道，和滑行中的比奇飛機相撞。」

羅傑就是用派珀飛機上課。她的背上和手臂起了雞皮疙瘩。

她回到客戶身邊，看著沙漏最後幾粒沙落下，再讓他換到大腿推蹬訓練機，設定一分鐘，但她根本心不在焉。

她又瞥了手機一眼。

沒有任何消息。

她叫考林躺在瑜伽墊上，並給他一顆重力球，讓他反覆舉起放下。

趁他練習時，她又看了一下手機。

還是沒有羅傑的訊息。

她害怕得要命，於是又打給機場，但仍是忙線中。

她又打給羅傑。

還是轉到語音信箱。

「好。」她強顏歡笑，對考林說：「接著踩風扇車吧！」

「歡迎來到喬琪娜・麥克林的酷刑室。」他微笑道。她拉他起身，卻完全笑不出來，因為這次被折磨的是她。當課程結束，她趕他離開時，才終於鬆了一口氣。

喬琪全身顫抖，什麼消息也不知道，她已經受不了了，馬上飆車前往飛行俱樂部。當她離開圓環，轉向機場時，發現前方不遠處堵車了，部分車輛正在迴轉。

她在車陣中緩慢前進，右邊是聖彼得園藝店（St Peter's Garden Centre），左邊則是傑克森車行（Jacksons）奢華的汽車展銷中心，外面停了一排排展示用的車子。她看到遠處有藍燈閃爍。現在所有車輛都在迴轉，往反方向開。更靠近時，她看到一輛警車停在馬路上，有一男一女兩名員警站在旁邊，他們身後的馬路拉起了藍白布條。有個告示牌寫著：

警察－事故－道路封閉

她又聽到遠處傳來的警笛聲。

她在路邊停車，趕緊下車衝向他們，心臟都快跳出來了。「我的未婚夫是飛行俱樂部的教官，可以讓我通過嗎？」她問道。

「很抱歉，女士。」女員警說。「只有緊急救援車輛能通過，機場目前已關閉。」

「你們能告訴我發生什麼事了嗎？」

「恐怕不行。」她回答，態度很友善，似乎也感到抱歉。「機場發生事故，但現階段我們也只知道這些。」

「可以收聽澤西廣播電台，我想一定會有新聞快報。」男員警建議道。

喬琪回到車上，並調高廣播的音量。現在正在播放英倫琴人湯姆．歐德（Tom Odell）的歌，雖然她喜歡這位歌手，但現在她只希望歌能趕快放完，開始播報新聞。她將車子轉向，抵達園藝店時便開進去，停進一個停車格，但那首歌還沒播完。她用手機查詢澤西總醫院的電話號碼，撥打後調低廣播音量。

總機接線員接聽時，喬琪說：「你好，請問你能告訴我有沒有一位叫做羅傑．理查森的病人入院嗎？」

「請稍等。」接著他問道：「您是家屬嗎？」

「我是他的未婚妻。」

「您的名字是？」

「喬琪娜‧麥克林。」

「好的，請稍等。」

過了很久，他終於回來了。「是的，羅傑‧理查森先生剛入院。」

「他還好嗎？傷勢如何？」

「不好意思，我無法告訴您。」

「天啊，我的天啊。」

她眼眶泛淚，馬上發動引擎，倒車出停車格，在車陣長龍中以最快的速度開往聖赫利爾和醫院。

43

一月十四日星期一

在第三手術室的刷手區，馬克思·瓦倫丁洗了兩次手，擦乾並伸出手，讓護理師幫他戴上手套。在他身後，羅傑·理查森躺在手術台上，身上裹著綠色無菌布。他的胸口貼著心率貼片，連接到顯示即時讀數的儀器，他的食指上則夾了灰色的血氧機。點滴管從他的手背插入靜脈，他的手腕上則有一個塑膠ID標籤。理查森旁邊放了麻醉機和手術推車，一旁的麻醉師正在認真研究讀數。

出於尊重，今天沒有放音樂，馬克思也戴上了樸素的藍色手術帽。

整個手術團隊都全副武裝，麻醉師告訴外科醫生，病人準備好動手術了。馬克思走到手術台，羅伯特·瑞斯邁緊跟在後。他低頭看著失去意識的男人，心想上個月對方在他家還是全場焦點，把所有女賓客迷得神魂顛倒。

才過了短短幾星期，卻是完全不同的光景。

刷手護理師從無菌手術器械盤遞給他一把手術刀，他拿刀的手懸在飛行教官的腹部上方。

他拿著手術刀默默站在那裡，感覺到了所有人的目光。

他在等待，思考要怎麼做，然後他開始動刀。

動刀。

他從劍胸骨沿著中線直直切開到恥骨。在他切割時，一條黃色脂肪沿著刀刃的路徑冒了出來，幾秒後鮮紅的血液取而代之。

一名手術室護理師負責把血抽掉，在他學生的協助下，馬克思夾住組織，開始戳來戳去，把腸子往下推，讓脾臟露出來。

「我可以看到導致內出血的直接原因。」馬克思宣布。他喜歡在緊急手術過程中，讓團隊所有成員都清楚知道發生了什麼事。此時此刻，在這個宇宙的縮影，面對這個嚴酷的考驗，他就是老大。

「脾臟嚴重破裂，沒有任何修復的可能性。若要阻止出血，最安全的做法就是將其摘除。」為了瑞斯邁和其他資淺的成員，他繼續解釋：「相對來說，脾臟不是那麼重要的器官。他以後會更容易受到感染，因此必須接種肺炎鏈球菌疫苗，且一輩子都要服用抗生素，但那總比另一個選擇好吧。」

「失血過多而死？」瑞斯邁問道。

「沒錯。」他回答。

馬克思．瓦倫丁非常高興自己開了這麼長的切口，因為他發現了很有趣的東西。如果不像他湊這麼近，不可能看得到，即便其他人站在他的位置，也幾乎不可能注意到他所發現的東西。

羅傑的腸子有一個小穿孔。

只是一個小小的洞而已。

他記得以前在醫學訓練曾經學過，腸道穿孔有很多原因：闌尾炎、腸道疾病和癌症等，這種情況則應該是創傷導致的。

理查森經歷了很嚴重的事故，會有腸道穿孔也沒什麼好奇怪的。

而外科醫生沒有發現穿孔，尤其是這麼小的洞，也是完全情有可原的。

要把洞補起來很簡單，只要縫個兩三針就好，縫線還會自己溶解。三、四天後，只要羅傑顱骨骨折沒有傷到大腦，他就會順利踏上康復之路了。

但我們不想要那樣，對吧？我要你康復時你才會康復。當然，前提是我要做出這個決定才行。

他可以輕易忽略穿孔，只要摘除那男人全毀的脾臟就好，在正常情況下，這個手術能挽救他的生命。

但當然，現在可不是正常的情況。

對吧，羅傑？他興奮不已，差一點低聲說出這句話。

他握有這男人的生殺大權，對方的生命確確實實掌握在自己手中。整個團隊都以為他正在盡全力拯救羅傑．理查森，他有什麼理由不這麼做呢？這可是絕佳機會！

現在他只需要完成大家期待他做的事：摘除脾臟。

就這樣。

接下來幾天，膽汁會從腸道的破洞進入他的系統，造成敗血症。敗血症會攻擊他的所有內臟，導致器官逐漸衰竭。等到羅傑．理查森開始恢復意識時，他會口齒不清，醫院團隊會將其歸咎於頭部受傷所造成的腦震盪。他可能會全身顫抖、無法排尿，或許還會喘不過氣來。他的皮膚遲早會出現紅點，此時眼尖的醫生就會診斷出敗血症。

到那時，他就會決定要救他還是讓他死。

如果他什麼也不做，幾天之內任何治療都將為時已晚，因為腸道穿孔會不斷從內部傷害他，到時就連抗生素也救不了羅傑了。

當然，如果他都不介入，負責驗屍的病理學家會發現腸道的傷口。在報告中，病理學家會寫道，傷口幾乎要用顯微鏡才看得到，動緊急手術時基本上不可能會發現。馬克思．瓦倫丁醫生確實完成了脾臟摘除手術，已盡其所能拯救理查森先生。

絕對不會有任何人怪他，馬克思心想。這簡直是上天交到他手中的禮物，他今天沒有安排任何緊急手術，能夠為這個受傷的男人動刀，實在是太幸運了。運氣真好，在對的時間出現在對的地方……

時間點就是一切！

44

一月十四日星期一

喬琪在加護病房的親屬等候室等了很久，感到焦急不已，終於有護理師來找她了。她身材苗條，留著一頭黑長髮，穿著黑色長褲和炭灰色短袖上衣，上面繡了白色的「重症加護病房」字樣。她的塑膠名牌夾在胸前口袋上，上面三行依序寫著「澤西政府」、「琪拉．戴爾」和「重症加護病房主任」。

「喬琪娜．麥克林？」

喬琪趕緊起身說：「我就是。」

「我們要不要坐下來聊一下？」

她的心一沉。老天爺，拜託告訴我羅傑還活著。

護理師坐在她旁邊的椅子上，喬琪注意到她拿著自己先前抵達醫院時填寫的表格。

「羅傑．理查森是妳的未婚夫，對嗎？」

喬琪點點頭。

「好，別擔心！他正要從恢復室轉移到加護病房，妳幾分鐘後就能進去見他了。妳看到他的樣子時可能會有點嚇到，但他的身體沒有大礙。」

「真的嗎？」

「醫生原本擔心他的頭部受傷，顱骨骨折。進行電腦斷層掃描後，發現有瘀青，可能也有腦震盪，但他的顱骨完好無損，大腦功能也正常，這是好跡象。不過醫生必須進行脾切除術。」

「脾切除術？那是什麼意思啊？」

「喬琪娜，妳懂一點醫學嗎？」

「嗯，我是私人教練，所以有基本概念，也有受過急救培訓。」

「羅傑的脾臟破裂，導致嚴重內出血，這在重大創傷中很常見。醫生必須取出他的脾臟，以防內出血對他造成生命危險。」

「天啊。」喬琪說。「這……這對他會有什麼影響？他還能保留飛行執照嗎？他是飛行教官，這是他的工作，而且他即將開始新的空中巴士事業。」

「我敢肯定他可以保留執照。幾星期前也有個病人因為摩托車事故而脾臟破裂，他是商用駕駛員，很擔心自己會因此被開除。我幫他調查這件事，詢問島上的航空體檢醫師詹姆士．邁爾醫生，他說民航局會暫時吊銷他的執照，但沒有理由在他康復後還不准他飛行。如果脾臟被摘除，肝臟會接手大部分的功能。一個健康的人就算沒有脾臟，也能正常過生活，但妳的未婚夫必須天天服用盤尼西林，而且要吃一輩子。」

「為什麼？」她問道。

「脾臟是很重要的器官，但不是生命器官。脾臟會提供抗體，也就是說妳的未婚夫免疫力會稍微變差，但這部分能靠盤尼西林補足。重要的是他很強壯，他看起來很健康。」

「對，他喜歡運動。」

護理師微笑道：「很好，那要完全康復並繼續發展職業生涯應該是沒問題的。」

「謝天謝地。」她擦乾眼角的淚水，說：「我還是不知道發生了什麼事，妳知道嗎？完全沒有人告訴我任何資訊。他今天早上出門，要上一整天的課，然後我看到機場意外事故的新聞，卻聯繫不上他，我很慌張就打給醫院，他們說他入院了，所以我就直接過來了。」

「喬琪娜，我很抱歉，詳細情況我也不知道。」

喬琪坐了一會兒，緊張得一直擺弄雙手，牆上的時鐘顯示現在是下午四點四十三分。

「就像我剛剛說的，看到他的樣子不要太擔心，喬琪娜。我這樣稱呼妳可以嗎？」

「大家都叫我喬琪。」她小聲說道。

「好，喬琪，待會我們進去時，妳會看到羅傑被一大堆儀器包圍，看起來可能有點嚇人，但那都是為了在接下來關鍵的幾天幫助他。他會戴著氧氣罩，但那只是為了在恢復過程中協助他呼吸而已。我們會評估他的術後疼痛狀況並從靜脈注射嗎啡。他有連接到監測心率和血壓的儀器，每一兩個小時還要測量動脈血中含氧量，他也有打點滴維持身體狀況穩定。他的腹部還有傷口引流管。他一開始可能會搞不清楚狀況，感覺好像雞同鴨講，但別擔心，他很快就能恢復正常對話了。一兩天內，物理治療師就會讓他坐起來並到處走動。我們病房有一對一護理服務，代表羅傑一天二十四小時都會有專門負責照顧他的排班護理師。相信我，他會沒事的！」她說，並露出令人安心的微笑。

喬琪點點頭，試圖理解所有內容。「那他什麼時候可以回家？」她問道。

「這要看他的康復速度，但通常進行脾切除術的患者會住院一星期，然後回家休養四星期。」

「我可以待在他身邊嗎？可以過夜嗎？」

「如果妳想要的話，當然可以。我們沒有規定探視時間，但我們建議一定要休息。他在這裡可以得到最好的照顧，今天下午陪他，但晚上就回家睡覺吧，睡飽恢復精神再過來。這樣不只是妳會感覺比較好，心理上他也會感覺比較好。」她再度微笑。「好嗎？」

喬琪聳聳肩。「好。」她回答。「謝謝妳。」

護理師離開時，喬琪嚇得動彈不得，內心一片慌亂。不知道羅傑在英國的家人是否已經得知消息了。她用顫抖的雙手打電話給羅傑在約克的父母。

45

一月十四日星期一

二十分鐘後，戴爾護理師回來帶喬琪去加護病房。她跟著護理師走進一間溫暖、明亮且現代感十足的房間，病房以清新薄荷綠和暖白色等溫和色調漆成。總共有五個病床區，每張床都有柱子隔開，護理站則在正對面。

每張病床旁都有醫生在照顧病人，護理站還有更多護理師忙著操作一大堆儀器。病房擺滿了各種儀器、醫療推車和數不清的黃色注射器專用收集桶，以及並排的紅色和白色垃圾桶。儀器的嗶嗶聲不絕於耳。

喬琪經過一個瘦削的中年男子，他半躺在病床上，胸口貼了一大塊藍色貼片。她又經過一個面色慘白、骨瘦如柴的老婦人，她閉著眼睛，臉上戴著氧氣罩。

接著，她看到羅傑半躺在隔壁床上，他的眼睛是睜開的，頭髮凌亂，有幾撮還翹了起來。

她馬上跑過去，終於鬆了一口氣。「親愛的！親愛的，嗨！」

他四處張望，一臉疑惑，好像不知道她的聲音是從哪裡傳來的。

她俯身親吻他的臉頰，發現他的皮膚冰涼又溼潤。「親愛的，你沒事的，沒事了！」她說。

雖然琪拉・戴爾提醒她不要太過震驚，但真的很難。有一瞬間，她幾乎不敢相信這就是她深愛的男人。看著他就好像在看一個印壞的複製本，一個褪色的影本。

他面無血色，皮膚幾乎是半透明的，額頭上貼了兩條石膏紗布，右臉頰也有一條，他的身體還連接到許多監控儀器。整個病床區可以用綠色簾子圍起來，不過目前是完全拉開的。床尾有一張帶有輪子和幾個抽屜的金屬桌，上面放了病歷。

羅傑穿著紗布內褲和一件解開的棉質病人服，露出他結實的胸肌和六塊肌，上面貼了幾塊貼片。他左手背上的滴管連接到好幾瓶點滴，食指上則夾了血氧機，喬琪猜想插入他腹部的應該就是傷口引流管了。

他兩邊的儀器發出穩定的嗶嗶聲，喬琪花了一點時間研究讀數，試圖理解每個數字所代表的涵義。血壓目前是收縮壓115，舒張壓68，心率則是64。琪拉說另一台儀器顯示的是血氧濃度，但喬琪不確定正常數值是多少。

她握住他的右手，說：「我來了，親愛的，你感覺如何？」

突然，他也輕輕回握她的手，讓她高興不已。「他們要我重修幾何學。」他咕噥道。

「幾何學嗎，親愛的？誰要你重修『幾何學』啊？」她用手輕輕撫平他濡溼的頭髮，試圖稍微幫他整理儀容。

他口齒不清，回答道：「重點是。」接著他又陷入沉默。

喬琪等他把話說完。「嗯？重點是什麼？」她用溫和的語氣問道，鼓勵他說更多話，希望他能回到她身邊。

「我在……釣魚，我爸說太小條了，應該放生。」

「你在哪裡釣魚？還有你說幾何學是什麼意思？」

「那台該死的割草機根本沒用，一天到晚都在故障。」

「割草機？你說除草用的嗎？」

他再度陷入沉默。喬琪轉向護理師微笑，對方也報以微笑，並靠過來對喬琪耳語道：「是因為麻醉藥和腦震盪的關係，脾切除術算是大手術，給他一點時間，他就能正常溝通了。」

「重點是。」羅傑說。「重點——」

「重點是什麼，親愛的？」喬琪問道。

他露出一個空洞又傻乎乎的微笑，好像他的腦袋變成了一個空空如也的大洞穴。

她握著他的手，再次撫摸他的頭髮，但一撮頭髮就是不聽話，翹得高高的。他動了動嘴唇，卻沒發出聲音，在她看來，他似乎是想說：我愛妳。

「我好愛你，親愛的。」她說。旁邊的托盤上放了一盒面紙，她抽出一張來擦眼淚。「你會沒事的，你會撐過去的，加油！」

琪拉．戴爾稍早說他會沒事的。

他肯定會沒事的。

她只希望自己能發自內心完全相信這點，但又有個聲音告訴她，或許他撐不過去，而且他看起來狀況很糟，比護理師說的還要糟。

廢話，他當然看起來很糟啊，他才剛經歷重大事故耶。希望她這個擔驚受怕的狀態只是賀爾蒙變化作祟。

她坐在病床旁，撫摸他的頭髮，但她好熱，實在是太熱了。因為外面天氣冷，所以她穿得很暖和，但在室內就熱得快受不了了。她進來時就已經脫下大衣，現在正要脫掉套頭毛衣，一群穿醫院工作服的人卻突然走了過來。

琪拉帶喬琪走到病房中間，解釋這是查房，並介紹工作人員。醫院最頂尖的普通外科醫生、值班顧問麻醉師、主管護理師和藥劑師要來檢查羅傑的藥物，並確保嗎啡劑量足夠。殿後的則是物理治療師，負責評估羅傑何時能坐起來和下床。

綠色簾子唰的一聲被拉上，把羅傑關在裡面。

護理師態度溫柔，建議喬琪去休息一下，或許可以坐在親屬等候室，或到樓下的點心吧喝杯茶，過一會兒再回來。

但喬琪不想離開這間病房，於是往後退了幾步，站在寫著「小心地滑」的黃色警示立牌旁邊，感到不知所措，無能為力。她身後的老人裝了呼吸器，蒼白到宛如一座雪花石膏雕像。病房另一頭的病人從頭到腳都纏了繃帶，她不斷呻吟，似乎痛苦難耐。

她決定到附近走走，呼吸新鮮空氣。

她心不甘情不願地離開病房，沿著走廊經過親屬等候室，轉彎後經過乾洗手機、一台空的擔架車和一大堆箭頭和指標。

二樓、兒童病房、勒・奎斯納[38]門診部、血液科／腫瘤科、加護病房、主院區和禮拜堂。

禮拜堂？

給死者的親屬去的嗎？

經過敞開的大門時，她往大禮拜堂內部瞥了一眼，心裡覺得不太舒服。

靠，禮拜堂就設在加護病房附近？這究竟意味著什麼？

一名護理師匆匆走過她身邊。

喬琪在門口佇足片刻。如果是小時候的她，由於母親十分虔誠，她可能會坐在禮拜堂內，祈禱羅傑平安無事。但她父親後來突然心臟病發身亡，她再怎麼禱告都沒能拯救他，也救不了最終死於癌症的母親。

她繼續走，看到了電梯和右邊樓梯的標示。

她改變心意了，她不想離開這層樓，不想離羅傑太遠。她看到前方有個藍色的腳踏式垃圾桶，上面放了一個紅色水桶。垃圾桶兩側各有一排折疊起來的輪椅，再來是一疊塑膠椅。

她取下最上方的塑膠椅，坐在上面，雙手抱頭，不出幾秒，淚水就從指間滑落。拜託讓羅傑早日康復，拜託。

突然，她意識到有人站在她前面。她聽到了一個說話得體的男聲，雖然熟悉，但她沒有馬上認出來。

「喬琪，妳好！」

她抬頭看到一個穿著藍色醫生工作服的男人，他正低頭看著她，露出深表同情的微笑。是馬克思・瓦倫丁。

38 查爾斯・托馬斯・勒・奎斯納（Charles Thomas Le Quesne）一八八五年出生於澤西聖赫利爾，一九五四年逝世，是英國自由黨政治家兼訴訟律師。

46

一月十四日星期一

查看完羅傑．理查森的狀況後，馬克思繼續協助兩名機場事故傷患的手術。其中一人是一位將近六十歲的男性，有嚴重內出血，最後傷重不治。死者是拜倫．威爾丁，有人提到他是事發當時理查森正在指導的學生飛行員。

有病人去世時，手術室總會籠罩著陰鬱、沮喪的氣氛，而且雖然這樣想很不敬，但隨之而來的文書工作，包括要交給驗屍官的報告實在很麻煩。不過今晚，他完全沒有這些情緒。現在剛過晚上七點，已經天黑了，他正在開車回家的路上。他在維多利亞大道上疾駛，享受著身後美妙的引擎聲，以及保時捷靈敏的反應性。他陷入沉思。

他稍早看到喬琪．麥克林坐在加護病房外的走廊上，一副垂頭喪氣的樣子。他這麼善良又有愛心，當然是不辭辛勞，在她旁邊坐下來，告訴她醫院是如何挽救她摯愛的生命。當然，他省略了一個相當重要的小細節。

他的小祕密。

他多麼想握住喬琪的手，摟住她，將她拉近自己，聞她身上的香味。但他當然是表現得一本正經，沒有亂來。他能告訴她的好消息是他們成功摘除了羅傑的脾臟。老實說，只要他天天服用盤尼西林，脾臟基本上就跟闌尾一樣無關緊要——妳有聽過有人因為沒有闌尾而出問題嗎？它不過是在我們演化的過程中留下的沒用器官，總有一天人類出生時將不再有闌尾，就跟幾十萬年前淘汰掉鰓這個器官一樣。未來的人類也不會有脾臟，偉哉達爾文[39]！

雖然只是淡淡一笑，但她終於展露笑顏。

他又補充另一點，告訴她關於發育中胎兒的小知識，心想她可能會有興趣。在胎兒發育早期，有個稱為「咽弓」的結構，之後會長成下頷及頸部。他告訴她，咽弓不只是看起來像魚鰓，而是真的從鰓演化而來。

他看得出來，自己陪她聊天轉移了她的注意。他終於離開時，她向他道謝，並露出了悲傷的微笑。

十分鐘後，他到家了。他駛入車道，點按手機的應用程式打開車庫門，把車停在克萊兒的車旁邊並熄火。

他坐在車子裡想事情，享受這個平靜時刻、保時捷舒適的駕駛座和優雅的人體工學設計，以及整整齊齊的車庫環境。他繼續開著汽車音響，選了歌劇《浮士德》[40]的〈戰士自豪歌〉（Soldier's

[39] 查爾斯・達爾文（Charles Darwin）是英國博物學家、地質學家和生物學家，以提出自然選擇（natural selection）演化論而聞名。

[40]《浮士德》（*Faust*）為法國作曲家夏爾-弗朗索瓦・古諾（Charles-François Gounod）所創作的五幕大歌劇，由德國大文豪哥德的悲劇《浮士德》第一部所改編。

Chorus）。克萊兒不怎麼愛聽古典樂，而是偏好無腦流行樂。他把音量調高到幾乎震耳欲聾的地步。像這種時刻，音樂可以讓他飄飄欲仙，快樂到幾乎可以上天堂。

此刻在天堂，他想像著自己讓喬琪展露的笑顏。儘管她的內心充滿恐懼與擔憂，他仍讓她露出了笑容，那樣就夠了，那就是他需要的暗示。只有他能成為她的救星，將她從這段無聊關係的悲傷中拯救出來。*噢，喬琪，相信我吧！*

他愛這個車庫，因為在這裡，一切都井井有條。壁架上的每個工具都是他親手排整齊的，包括螺絲起子、鑿子、鐵鎚和鋸子。在車庫底部，他和克萊兒的車子前面各掛了一個左右對齊、一模一樣的輪胎，以防他們倒車撞到牆壁。雙胞胎有完全相同的捕蝦網；架子上放著一排油罐、WD-40防鏽潤滑油、3-In-One高濃縮防鏽潤滑油和除冰噴霧，罐子依高度排列。所有東西都清楚擺在眼前，需要什麼馬上就能找到，就像手術托盤上的器械一樣。

幾分鐘後，他走出車庫，輕觸手機按鈕關上車庫門，然後沿著小路和台階走到前門。他從外門進到門廊時，聽到了小孩的尖叫聲，以及克萊兒大聲說話的聲音。

好極了。

這種吵鬧聲已經成為日常，散落在門廊地板上的小雨靴和好幾雙運動鞋也是。他搖搖頭。他之前花了好幾星期的時間，在車庫裡精心製作了鞋櫃並貼了標籤，結果鞋子還是到處亂丟。

更讓人惱怒的是，他看到克萊兒的Barbour油布大衣掛錯了掛鉤，掛在「他的」掛鉤上。

*老天！*他把大衣移動到正確的位置，並將自己的天鵝絨領Crombie大衣掛到它所屬的位置，

也就是「他的」掛鉤上。

他低頭看地上的運動鞋，小雙的是雙胞胎的，大很多的那雙則是克萊兒的鞋子，而所有鞋帶都亂七八糟的。

他發出嘖嘖聲並跪了下來。看到鞋子亂擺，鞋帶不綁卻不去整理，有損外科醫生的自尊。他捲好每雙鞋子的鞋帶，塞到鞋子裡，再將其放入對應的鞋櫃格子裡。把鞋子擺好後，他才起身走進門廳。

克萊兒在門口迎接他。她看起來筋疲力盡，手裡抱著睡著的科爾馬克。她對他微笑。

「今天還好嗎，親愛的？」她問道。

「今天的工作內容比較特別，但很累人。」他回答，並親吻她的臉頰。「我今天在救治機場事故的傷患。」

「機場事故？」

「妳沒看到新聞嗎？」

她搖搖頭說：「我工作有點忙，還要照顧『愛吐鬼科科』和我們親愛的恐怖分子雙人組，以免他們把整個家拆掉。」

他盯著她說：「妳的上衣都是嘔吐物耶。」

「這是我的新造型！喜歡嗎？」

「很迷人！」他勉強擠出微笑回答。

「你看起來似乎需要喝一杯烈酒……還是你要去跑步？」

沒有，喬琪現在沒在跑步，她在醫院陪羅傑，他差點脫口而出。但他只說：「當然好，我想喝一大杯馬丁尼。」

「好巧喔，我已經幫你準備好了，只差把酒和冰塊放到雪克杯裡了。」

「我都不知道我老婆會讀心術。」

「人生充滿了驚喜，不是嗎？」

47

一月十六日星期三

人生充滿了驚喜，但很多都爛透了，而且大概沒有比現在的狀況更爛的驚喜了吧，喬琪心想。她昨天一整天都待在醫院陪羅傑，現在則穿著運動服坐在家裡的早餐吧，感到筋疲力竭。

讓她高興的是，昨天接近傍晚時，他的頭腦變得比較清楚，他們可以開始對話。雖然他時不時昏昏欲睡，但還是斷斷續續告訴她發生了什麼事：有個東西不知道從哪裡飛過來，他的學生飛行員在驚慌失措下猛踩踏板，導致飛機失控。

「這不就是雙重控制的目的嗎？」她問道。「這樣他慌了你就可以接手？」

羅傑緩緩露出了苦笑，說：「以前在英國皇家空軍時，有個工程師曾說了一句中肯的話。他說製作連白痴都會用的東西，最大的問題就是白痴往往能更上一層樓。」

兩人都笑了，喬琪很高興能看到他多少恢復平常樂觀、愛開玩笑的模樣。他絕對會沒事的，一切都會沒事的，他幾天後就能回家了。幾個月後，他唯一的後遺症就是會變成盤尼西林癮君子。結果可能更糟，想到這裡，她就感到不寒而慄。捲入事故的人有一半不幸身亡，他能倖存下來就是不幸中的大幸了。

謝天謝地。

那些家屬真可憐。

她回想起和馬克思在走廊上的對話。他非常樂觀，但她希望他少一點幽默，多一點安慰。她也說不出到底是哪裡不對勁，但與其說安心，他反而讓她感到不安。他給她一種高高在上的感覺，但羅傑之前說「那就是他的個性」。不管怎麼說，他都救了羅傑的命，這份恩情她永生難忘。

琪拉．戴爾在接近傍晚時下班了，接手的加護病房護理師德蕾莎．亞當斯一樣很友善體貼，而且她也懷孕了。晚上十點過後，羅傑已經熟睡，也可以自主呼吸了，亞當斯護理師建議喬琪可以先回家休息，說好好睡一覺並換衣服就會感覺好多了，跟琪拉前一天說的一樣。而且明天早上十一點查房結束前，她也無法進入加護病房。護理師向喬琪保證，現在情況看起來很樂觀，但羅傑的狀況一有變化，她或之後輪班的人會打電話通知。

但喬琪又度過了不眠之夜，只能躺在空床上輾轉反側，擔心羅傑和體內的寶寶，害怕它會不會已經死了。過了早上六點，她終於受夠了，便起身走到窗邊，拉開窗簾。外面天還沒亮，她盯著遠處聖赫利爾的燈光，以及海上漁船偶爾閃爍的燈火。羅傑正在康復，不是嗎？琪拉和亞當斯護理師都這麼說。

她們說他的狀況很不錯，心率沒問題，血壓也差不多恢復正常了。醫護人員每幾小時都會測量他的動脈血中含氧量，似乎對結果也感到滿意，雖然她其實也不太懂那是什麼。

她真的很想馬上去問醫院的人，確認羅傑沒事。醫院有給她加護病房的電話，她可以直接打過去，但她不想讓別人覺得她太黏人，而且他們能告訴她什麼呢？他肯定沒事的，不然一定會有人打電話通知她。

對吧？

她穿上運動服，戴上手套和毛帽就出門了。她在黑暗中加快腳步，沿著海濱大道短跑。一回到家，她就打開電視，轉到了海峽電視台（Channel TV），並在iPad下載《澤西晚報》電子版。

她盯著頭版醒目的標題：

週一機場事故導致五人死亡，肇因是無人機？

下方的照片前景是比奇飛機被削掉的尾部歪斜地倒在地上，被撞毀的派珀飛機則在附近。更遠處可以看到比奇飛機著火的機身，消防人員正在努力滅火。

下方有一行較小的標題：

嬰兒和母親奇蹟生還

報導寫說駕駛派珀飛機的是一名正在受訓的飛行員和他的教官，飛機在降落時偏離跑道，撞上在滑行道等候起飛指示的比奇飛機。事故發生後，一名女性抱著嬰兒從比奇飛機尾部走出來，只受了輕傷，而有四人在那架私人飛機起火後就當場死亡，包括駕駛和副駕駛。派珀飛機的受訓飛行員後來也傷重不治，但有四名生還者後來被送到澤西總醫院，其中兩人受重傷，可能有生命危險，另外兩人則是留院觀察一晚。

可能有生命危險。

這幾個字讓喬琪打從心底發寒。羅傑就是「可能有生命危險」的其中一人。

如果他沒有摘除脾臟，就會失血過多而死，看不到自己的孩子出生，孩子也永遠不會有機會認識自己的父親。

馬克思·瓦倫丁救了他的命，這點無庸置疑。

還真諷刺啊，她心想。大概一個月前，他們才在馬克思家共進晚餐，完全不知道未來會發生什麼事。羅傑載馬克思飛了那麼多趟，這位顧問醫師仰賴羅傑帶他飛上天空並安全降落在目的地，他的生命就掌握在這位專業飛行員的手中。

現在羅傑則靠馬克思的外科手術專業保住了性命。

風水輪流轉，人生真是變幻莫測。

他們之前說要跟馬克思和克萊兒約吃飯，等羅傑出院回家後，就來約吧。

她在手機備忘錄記下來提醒自己。

同樣的報導又在早上八點的電視新聞播出，她全神貫注，主播說的每個字她都不放過，好像這樣就能透過某種方式扭轉局勢一樣，讓羅傑變回以前毫髮無傷、安然無恙的樣子。

至少醫院還沒打電話過來，希望物理治療師真能如琪拉．戴爾所說，今天早上就讓他坐起來並下床。

她咬了一口吐司，上面塗了厚厚一層她愛的柑橘醬，她卻頓時覺得噁心。

她馬上跑到廁所嘔吐。

之後她感覺稍微好一點，便回到廚房坐在早餐吧。她在電視上看到醫院正面，一名記者站在醫院外，對著大麥克風講話，而站在她旁邊的竟然是喬琪認識的人，就是馬克思．瓦倫丁。

喬琪覺得記者的語氣有點太活潑了：「星期一澤西機場事故的生還者被救護車送到澤西總醫院，由於醫院有針對重大事故進行定期演練，所以對這種緊急狀況早已做了充足準備。我旁邊這位是醫院的資深顧問外科醫師馬克思．瓦倫丁。瓦倫丁醫生，你能告訴我們醫院是如何應對這個嚴重事故的嗎？」她把麥克風推到他面前。

攝影機帶到了那名產科醫生的臉部特寫。他說：「正如妳所說，我和醫院同仁都有針對最壞的情況進行定期訓練。儘管團隊規模不大，但我認為我們對這次的緊急狀況應對得非常好。雖然有人在這場可怕的事故中不幸喪生，但所有傷患都得到了最好的醫療照護。」

喬琪聚精會神地聽他說話，不知道他是否曾受過接受媒體採訪的訓練。

這則新聞結束後，她到浴室打開蓮蓬頭，在等待水變熱的同時脫下運動服。接著她走進淋浴間，站在蓮蓬頭下好一陣子，讓強力水柱舒緩她的身心。在那一刻，她感到與世隔絕，或許就像子宮裡的孩子一樣安全。她那幸福的孩子，還不知道外面的世界有多少狗屁倒灶的事在等著它，等著讓你精神崩潰，無論多麼小心戒備，最終都會陷入絕望。

你會克服一切的，小傢伙，我的寶貝小不點。你會成為人生勝利組，你爹地和我會確保這點，好嗎？

流動的水讓她想尿尿，於是她走出淋浴間，擦乾身體並坐在馬桶上。自從懷孕之後，她就依照凱特·克勞的建議，每次上完小號，在沖水前都會低頭檢查尿液，這次也不例外。

她看到了一絲血跡，頓時感到驚慌。

她盯著血跡幾秒鐘。雖然只有一點點，但她十分擔心。天啊，這該不會是流產的徵兆吧？迅速吹乾頭髮後，她就沿著走廊匆匆跑到小門廳。前門旁邊有個維多利亞時代的衣帽架，上面掛著她和羅傑的幾頂帽子，其中一頂是去年聖誕節時，她在聖奧賓的古董市集買給他的古董皮革飛行帽。

衣帽架下面擺著兩人的雨靴、登山靴和她的運動鞋。她低頭看著鞋子，卻感到一頭霧水。

他們的靴子和她的運動鞋的鞋帶都收得整整齊齊並塞進鞋子裡。

48

一月十六日星期三

難道是羅傑出門前整理的嗎？而她也沒有發現？喬琪心裡納悶道。

他有時確實會很一絲不苟到令人厭煩的地步，喬琪將其歸因於飛行員的訓練。但他從來沒有把自己的鞋子弄得那麼整齊過，更別說她的了。

雖然她知道早上十一點前見不到羅傑，但現在她一心只想趕去醫院，也沒時間多想。

她給自己和羅傑的好友們都發了同樣的訊息，說明羅傑的狀況，並花了比平常更多的時間決定穿著。她需要舒適又不會太厚的衣服，因為她會在醫院度過漫長的一天，而那裡熱得要命。她從牛仔褲和藍色毛衣換成裙子和上衣，又換回牛仔褲。

她最後決定穿高領薄上衣、麂皮短靴、黑白相間的大衣和紅色扁帽，在九點十五分過後開車駛入衛國街（Patriotic Street）立體停車場。

她倒車停進醫院訪客區的停車格，用手機先繳了十二小時的停車費，並匆匆穿過馬路到葛妮絲·惠林翼樓。進去時，她差點撞倒一位拄拐杖的老人。她低聲道歉，大步走過一排輪椅和點心吧櫃檯，並查看牆上往加護病房的指標，因為她還不熟悉醫院錯綜複雜的路線。確認怎麼走之後，她飛奔往加護病房，迫不及待想趕到羅傑身邊。

她連電梯也不等，直接衝上兩層樓梯，然後沿著曲折的走廊快步走到加護病房門口。右邊的門鈴上方貼了告示，請訪客按鈴。她看了看手錶，遲疑了一下，因為現在才九點半，他們也清楚告訴她十一點後才能進去，但至少她可以先跟工作人員談談，了解羅傑的狀況。她按下門鈴，聽到了刺耳的聲音。告示上寫著如果工作人員很忙，訪客可能需要稍候片刻。

喬琪感覺自己好像等了一輩子的時間，終於有位男性用不流利的英文詢問她的名字。

又等了一會兒後，琪拉走了出來，並關上身後的門。她笑容滿面，讓喬琪鬆了一口氣，這代表有好消息，對吧？

「喬琪，妳一大早就回來了！有稍微睡一下嗎？」

「其實沒有，我一整晚都擔心得睡不著覺。羅……羅傑還好嗎？」

護理師的臉上閃過一道陰影，只是一瞬間的猶豫，幾乎察覺不到的臉部肌肉抽搐，接著她又滿面笑容，回答：「他很好，他吃了早餐，而且很健談。」她頓了一下。「只是……」

她的欲言又止彷彿一袋鉛錘重重落在喬琪的肚子裡。「只是什麼？」她問道。

「他的狀況並沒有我們預期的那麼好。他很好，但我本希望這階段還能看到更多進展。這可能有很多種原因，最有可能的原因是他的藥物還需要調整，但不需要擔心。」

但從琪拉的表情看來，喬琪知道這絕對是令人擔憂的狀況。

她不住顫抖，問道：「我可以進去嗎？我知道妳說要等到十一點後才能進去，但是——」

「喬琪，查房一結束妳就能進去了。醫生看過他之後，我們就會更了解狀況，但真的不要太擔心。羅傑是個健康、強壯的男人，而且每個人動完大手術的反應都不一樣。就像我剛才說的，問題可能出在調整用藥，待會查房時就能馬上處理。」

喬琪點點頭，臉上一陣黯然。

「真的不用擔心。」護理師安撫道。

一滴眼淚順著喬琪的臉頰流下，她用手指抹掉。「抱歉。」她說，並緊緊閉上眼睛，阻止更多眼淚奪眶而出。「我……本來希望來的時候，可以看到他康復得很順利。」她微笑並抽鼻子道：「我以為……妳會說他去跑馬拉松之類的。」

琪拉微笑道：「那樣就有點太樂觀了，對吧？請放心，我們正在盡我們所能。」

49

一月十六日星期三

接下來的一個半小時，喬琪獨自坐在親屬等候室，大衣和帽子放在旁邊的椅子上。她打電話給羅傑的父母，並寄email給想知道狀況的許多朋友，藉此轉移自己的注意力。羅傑親愛的父母年事已高，身體狀況欠佳，無法飛來澤西，但他們很急切想聽到喬琪的定期近況報告。光是向所有人更新近況，並保持積極正向的態度就已經夠累人了。她希望自己沒有漏掉什麼人沒聯絡到。沒有其他人走進親屬等候室，這讓她鬆了一口氣，因為她不想和任何人閒聊，也不想讓任何人看到她哭泣。

她喜歡琪拉，但她也知道對方的工作並不容易，要一直保持樂觀、安撫家屬，還要盡可能溫和地告知壞消息，喬琪剛剛一看到她的表情就明白了。

她盯著布滿斑點的地板，以及剛漆好的牆壁，也不斷查看電子版的《澤西晚報》和《海峽群島快報》（*Bailiwick Express*），看有沒有星期一事故的新消息。有件事一直困擾著她，是她該做但沒做的事情，但她已經取消了今天的所有課程，所以她想不起來到底是什麼事。

她試圖不去想血尿的事，坐在椅子上捧著手機，時不時盯著螢幕看，好像在等羅傑的簡訊、

WhatsApp訊息或電子郵件一樣。她知道這樣很蠢，因為羅傑的手機根本不在他身上，他不可能傳訊息給她。她在Google搜尋「脾臟切除康復」來消磨時間，但她每次上網搜尋醫療資訊都會後悔自己這麼做。她昨晚問了護理師羅傑的衣服放在哪裡，對方說衣服全毀，都丟在塑膠籃裡了。護理師解釋說，因為急救團隊怕羅傑有脊髓損傷，不敢把他抬起來脫衣服，所以就直接把衣服剪下來。她告訴喬琪，他們為了確認羅傑的身分，拿走了他的錢包，現在他的個人物品都放在醫院的保險箱裡。

她有下去翻他的衣服，檢查所有口袋，但沒找到他的手機和鑰匙。

她也終於聯繫上飛行俱樂部的人，對方很樂於協助她，也對羅傑的遭遇深表同情。他告訴她，他們在派珀飛機殘骸中找到了羅傑和他學生的手機，但現在手機作為調查的證物之一，被空難事故調查小組（Air Crash Investigation）扣押，她猜想應該是為了確認他們是否有在事發當時使用手機。對方也說他會幫忙詢問是否有尋獲鑰匙。

羅傑心愛的復古皮革飛行夾克，就是有羊毛襯裡，穿起來很舒服的那件被剪得破破爛爛的，羅傑知道了肯定不會高興。她決定網購另一件送給他。

如果他活下來的話。

他肯定會活下來的。琪拉只說他的康復速度沒有他們預期的那麼快，就這樣，沒有任何不好的暗示。

除了她的表情之外。

喬琪頓時感到恐懼。

拜託一定要沒事，羅傑，為了我，也為了我們的小不點。

你一定會沒事的！絕對沒問題！

50

一月十六日星期三

在漫長的等待過程中，喬琪在eBay拍賣網找到了她要的夾克，而且有羅傑的尺寸，她便以高價下標。終於，她聽到了腳步聲，牆上的時鐘顯示現在是十一點十一分。加護病房護理師面帶微笑，走進親屬等候室。

「好了，喬琪，可以進去嘍！」琪拉．戴爾用爽朗的語氣說道。

她馬上起身收拾東西，問道：「他還好嗎？」

她點點頭說：「嗯，他現在比較好一點了，也迫不及待想見妳。」

喬琪把手放在乾洗手機下面，均勻塗抹凝膠，然後她們穿過病房。喬琪經過昨天那位胸口貼著藍色貼片的中年男子，病房另一頭的病床原本躺了一個全身都纏了繃帶的女人，今天床卻是空的。

「她去哪了？」她問道，聲音小到幾乎像是在說悄悄話。「她是事故的倖存者之一，對吧？」

「我們沒能挽救她的生命。」護理師回答。「妳認識她嗎？」

喬琪搖搖頭，感到喉嚨發緊。接著，她看到羅傑躺在右前方的病床上，靠著枕頭半坐起來。

他的臉色比昨天更蒼白，引流管仍插在腹部，胸口仍貼著貼片，左手仍插著點滴管。

他望向她並對她微笑。

「親愛的！」她說，並俯身親吻他的雙唇，發現他的嘴唇冰冷又乾裂。「好高興見到你，好高興！」

「我也是。」他小聲說。「妳還好嗎？」

「見到你就好多了。天啊，我真的好擔心。」

護理師悄悄離開了。

喬琪坐在病床邊的椅子上，並握住他的右手，摸起來有點冰冷。「你感覺如何？睡得還好嗎？」她問道。

不知道哪裡傳來的嗶嗶警示聲越來越大聲。

他搖搖頭說：「昨晚真的很慘，一直都很吵，該死的儀器一直嗶嗶叫，就像現在這樣叫個不停。」

「拍拍你，親愛的。」

「我覺得好孤單……雖然護理師人都很好，也體貼入微。」他說。她捏了捏他的手，他對她淡淡一笑，繼續說：「昨晚有人死了，大家都手忙腳亂的，我看到了一個男人和一個少女在哭，他們好像是死者的家屬。」

「是病房另一頭纏著繃帶的女人嗎？」

「我不知道。」

「她是在和你們相撞的另一架飛機上嗎？」

「嗯，應該是。」

「太可怕了，真令人難過，這整件事真是……」她沉默片刻，又開口道：「你沒事真是謝天謝地。你感覺如何？」

「昏昏沉沉的，好像大腦被丟到攪拌機裡面攪一樣。」他咧嘴一笑道。

她也對他微笑，說：「我想也是，畢竟你經歷了很可怕的事故，但你現在正在康復中。」

他點點頭說：「對啊。」

他閉上眼睛幾秒後又睜開，說：「抱歉，我很高興見到妳，但我好累。」

「你要我離開，讓你好好睡覺嗎？」

「不，不要，別離開我，我……我很高興妳在這裡。」

她眨眨眼，試圖忍住眼淚，說：「聽到消息時，我真的很害怕，我以為我失去你了。」

「我是個鬥士。」他再次閉上眼睛又睜開，和她四目相接，說：「我可是隻猛虎呢！」

「沒錯！你是我的猛虎！」

在進入夢鄉前，他又口齒不清地說了一遍：「我是妳的猛虎。我愛妳，喬琪，寶貝，我真的好愛妳。」

病房某處又有另一台儀器開始嗶嗶作響。

「看吧？」羅傑又被吵醒了，說：「一直響個不停。」

「那樣不是好事嗎？在這裡能接受好的醫療照護，這樣比較好吧？」

羅傑一臉茫然。

「告訴我，發生了什麼事？我還是不清楚事故的始末，你記得什麼？」

「我……我們準備降落……在練習觸地重飛，突然有個小東西衝過來撞到我們。拜倫在驚慌失措之下，像被附身一樣開始亂操控，我試圖……修正他的操作，他完全……慌了手腳，亂踩方向舵……亂踩踏板……讓我無法控制。我……」

他陷入沉默，眼皮再次闔上。

喬琪查看他儀器上的數值，他的血壓比昨晚低了一點，從92/60降到80/50，心率則是82。

她俯身對他耳語道：「你會沒事的！在這裡住個幾天，你就會完全康復了！」她親吻他的臉頰。

隔了幾張病床的嗶嗶聲越發急促，醫護團隊急急忙忙走進病房，經過他們，但喬琪幾乎沒注意到，只隱約聽到簾子拉上的聲音，因為她的眼裡只有羅傑。她輕輕握住他的手。「我知道是我自己想像出來的，但我昨晚感覺到小不點在動。」她說。「它很想念爹地，我說你很快就會回家了，一定會的。」

他毫無反應。

她放在手提包的手機發出震動，有人傳訊息來了。她一隻手仍握著羅傑的手，用另一隻手拿出手機查看訊息。

嗨，喬琪，我們都在健身房等妳，我們記錯日期和時間了嗎？

靠，她心想，頓時感到驚慌。她星期三早上十一點有固定上一堂開給七十歲以上女性的飛輪課程，但她完全忘記取消了。靠靠靠。

她放開羅傑的手，回訊息道歉，解釋說家裡有急事。她一送出訊息，手機就響了。

螢幕上顯示來電者是她的朋友瑪格‧艾德里奇。

她讓來電轉接到語音信箱。

她又握住他的手，馬上感覺到他捏了一下自己的手。

「我回來了。」她低聲說。「我會待在你身邊。」她又看了一眼儀器數值，發現他的血壓變成64/48。是她在胡思亂想，還是血壓又下降了？他的心率現在是100，幾分鐘前不是82嗎？

瑪格傳了訊息過來。

喬琪，親愛的，我聽說了事故的消息，太可怕了。羅傑還好嗎？有空時打給我，我一直掛念著你們。抱一個，愛你們 <3 瑪

她回訊息道謝，接下來一小時就坐著陪羅傑，反覆捏他的手，也有得到回應，並在他睡著時緊盯著儀器數值，沒有變化。

那肯定是好事吧。

51

一月十六日星期三

琪拉．戴爾和另一名護理師走了過來，說他們要幫羅傑擦澡，讓他舒服點。他們拉上簾子時，琪拉．戴爾建議喬琪回到親屬等候室，或下去點心吧喝杯茶或咖啡。

她像機器人一樣點點頭，便起身離開病房。走進親屬等候室時，她看到了一個淚流滿面的年輕女子，以及一個看起來焦慮不已的男人，兩人握著彼此的手。她沒辦法坐在裡面，便走到走廊上，決定到點心吧喝杯咖啡。她需要呼吸新鮮空氣。

她走樓梯到一樓，剛好看到一個熟悉的身影從樓下走上來。對方穿著優雅的格紋花呢套裝和漂亮時髦的鞋子。

是凱特．克勞。

「喬琪！」她的朋友打招呼道。「不好意思，還沒回妳的訊息，最近實在太手忙腳亂了。聽到羅傑的消息，我很遺憾。」

喬琪終於忍不住了，眼淚撲簌簌滑下臉頰。

「天啊！」凱特抓住她的手臂，說：「跟我來吧，我有幾分鐘的空檔，我們來聊聊。」

產科醫生帶著她經過小兒科病房的護理站，並通過一扇門，門口上方寫著「陰道鏡檢查」和「五號檢查室」。

喬琪跟著她走進一間狹小雜亂的辦公室。有一張辦公桌，上面擺了電腦螢幕、鍵盤和電話，有擺滿文件的架子，還有一個布告欄，上面釘著幾張照片，一張是凱特美麗的白色房子，還有幾張是湖區（Lake District）的風景照。布告欄旁邊貼了一張時間表。

「要喝杯茶嗎？」凱特問她。

「我比較想喝咖啡，可以嗎？淡一點然後加牛奶，沒有的話綠茶也可以。」

「我都有。」

喬琪想到自己睡眠不足，便說：「等等，還是咖啡好了，而且不要太淡，謝謝。」

克勞露齒一笑道：「親愛的，妳看起來需要一杯濃咖啡。」

她的確需要，幾分鐘後，咖啡奏效了，讓她感覺比較有精神。

「妳還好嗎？」凱特問道，並坐在喬琪旁邊，一隻手放在她的手上。

她對她含淚傾訴心事。

「別擔心，喬琪，我相信羅傑會沒事的，整個加護病房團隊都很優秀，羅傑能得到最好的照顧。」

「那就太好了。」她空洞地回答。

「相信我，是真的。」

喬琪勉強擠出微笑。

凱特瞥了手錶一眼，說：「我幾分鐘後就得走了，那其他都還好嗎？上次檢查過後就聖誕節了，所以我們都沒怎麼聊到。妳還好嗎？」

喬琪臉紅道：「其實我打算跟妳約診。」

「怎麼了？」

「我有依照妳的建議，每次上廁所都有檢查尿液，但今天早上尿尿時看到了血跡，雖然只有一點點。」她聳肩道。「一點點而已。」

凱特皺眉道：「血尿？」

「一點點，對……只有一點點。我很怕這是流產跡象，因為壓力大可能會導致流產，對吧？」

「是什麼顏色？」克勞問道。

「鮮紅色……感覺是鮮血，凱特。」喬琪回答。

「這個嘛，是有可能是流產跡象，但如果量很少，可能也沒什麼好擔心的。可能有很多原因，但鑑於妳的病史，我們最好還是檢查一下，如果有任何問題，我們可以馬上處理。雖然風險很小，但總比忽視它，冒險讓它發展成什麼不好的東西還要好。最好事先防範，這樣也比較安心。」

她的一番話讓她感到一股寒意。「不好的東西？妳是說癌症嗎？」她問道。

克勞摟住她的肩膀，安慰她說：「真的啦，喬琪，我幾乎敢肯定沒什麼好擔心的。正如我所說，血尿的成因有很多，但還是確認一下比較好。保險起見，我想再替妳做一次陰道鏡檢查。」她從抽屜裡拿出一張名片，在上面匆匆寫了一些字，說：「這是我祕書格溫的電話號碼，這樣比打電話到醫院預約快，而且要做這種檢查，比起打我的手機，打給祕書正式約診也比較好。跟格溫說我說這週要幫妳做陰道鏡檢查，她就會幫妳排時間，好嗎？我也會幫妳轉診到泌尿外科，做全面檢查。」

喬琪向她道謝，並在離開前擁抱她。

但喬琪一走出辦公室，產科醫生就點開她的病歷，仔細閱讀內容。雖然她已經向好友再三保證她沒事，但血尿其實讓她有點擔心。

她會不會漏掉了什麼重要的細節？

可能會危及生命的細節？

52

一月十六日星期三

馬克思·瓦倫丁打了個哈欠，覺得很累，因為他早上五點就起床了，比平常還要早很多。他在進行「祕密行動」，他暗自笑道，喬琪搞不好根本沒注意到。不過她的未婚夫現在住院，有人幫她整理家裡，她應該會很高興吧。而且能看到她住的地方，一窺他們的日常生活也讓他感到興奮。天啊，他們家真亂！

有鑰匙真方便。馬克思是在裝有羅傑衣服的箱子被鎖進醫院保險箱之前，從裡面偷拿出來的。雖然是一時衝動，但他這麼做的瞬間卻感到一陣興奮，有種權力感湧上他的心頭。

在他的住院醫生和學生的陪同下，他完成了查房工作，發揮他的魅力，向等待剖腹產和其他手術的病人一再道歉，解釋發生了緊急狀況，雖然其實大家都已經知道了。接下來就是要去查看羅傑·理查森的狀況，但首先，他需要喝杯咖啡。他跟巴納比和羅伯特說等一下再去找他們，便前往員工廚房。轉了個彎後，他突然放慢腳步。

喬琪·麥克林就走在他前面，她穿著牛仔褲、時髦的大衣和紅色帽子，邊走邊講電話。他知道她要去哪裡，就是她的愛人身邊。

妳當然就是要去那裡啊！喬琪，妳是多麼善良、體貼又有愛心啊。我們幾分鐘後見！

喬琪．麥克林真的是太誘人了。她看起來很性感、敏感又脆弱，而此時此刻，她的人生很大一部分都掌握在他手中。

他走進小廚房，確認水壺裡有水之後就開始煮水。他從杯架取下一個馬克杯，舀了兩大匙咖啡粉後，又再加了一大匙。對自己何必小氣呢？

他打開冰箱門，取出一盒牛奶，倒了一些到杯子裡。他從母親那裡學到為數不多的寶貴經驗之一，就是要先倒牛奶，這樣熱水才不會直接接觸到咖啡粉，味道就好喝多了。

幾分鐘後，他拿著熱騰騰的咖啡，在凳子上坐下，並撕開一包有人留在桌子上的消化餅乾。他吃了兩片後，又嘴饞吃了第三片。他知道這樣腰圍不保，但管他的，反正他現在又開始跑步了。他對著咖啡吹氣，試圖把咖啡吹涼。幾分鐘後，由於他怕喬琪先走，急著想去見她，就倒了一些冷水，直到咖啡涼到他能直接灌下肚為止。一想到待會就能見到她，他就感到十分緊張。

他身後傳來開門的聲音，羅伯特．瑞斯邁走了進來。「啊，原來你在這裡。」他說，但他的表情有些奇怪。「醫生，我聽加護病房團隊說羅傑．理查森的康復狀況沒有預期的那麼好。」

「是喔？」他說。

「瓦倫丁醫生，我只是想說一件事情。當時……在動手術的時候，我覺得時機不對就沒有說，但我看到理查森先生的腸道好像有個小傷口。」

「是喔？」瓦倫丁盡量裝出驚訝的樣子。

「當然，我可能看錯了，畢竟你的經驗豐富，但是……」他遲疑了一下，便說：「我只是在想……會不會有可能……在那種狀況下，你可能沒注意到？」

「在那種狀況下？羅伯特，你是什麼意思？」

他頓時臉紅。「呃，我只是希望能幫上忙。」瑞斯邁解釋道。

「是嗎？我有漏掉什麼嗎？」

「沒、沒有，當然沒有，我……」那個年輕人開始結結巴巴，滿臉漲紅。「我、我……」

「你以為是傷口的東西其實只是舊傷的疤痕組織。」

「是喔？啊，抱歉，我不知道。」

「可以了嗎？」

「當然，當然，你說了算。」

這下換瓦倫丁臉紅了。「我說了算？我告訴你，我知道你很勤奮好學，但我當外科醫生二十幾年了，我知道自己在做什麼。我知道腸道傷口長什麼樣子，也知道疤痕組織長什麼樣子。」他把臉湊到瑞斯邁面前幾公分，說：「如果你想待在這間醫院，就最好記住這點，明白嗎？」

羅伯特．瑞斯邁滿臉通紅，點頭如搗蒜，說道：「明白，明白，對不起，我很抱歉，我只是想幫忙。」

「如果這就是你所謂的幫忙，那醫療界可就慘了。」

53

一月十六日星期三

馬克思大步走向加護病房，被教訓的羅伯特・瑞斯邁則跟在後面。

喬琪坐在羅傑的床邊，羅傑睡著了，而她正在傳訊息。

希望不是傳給其他男人，瓦倫丁心想，嫉妒感突然湧上心頭。他悄悄靠近，直到幾乎站在她身後，低頭想看手機螢幕上的字。雖然字太小了，但他看到最上面寫著「瑪格」，便鬆了一口氣。他看了看每台儀器上的數值。

但他不滿意自己看到的結果。

羅傑的狀況應該要急轉直下才對，但所有跡象都表明他的狀況相當穩定。雖然他的血壓和心率都不算太好，但也沒有落到危險範圍。

瑞斯邁也在查看數值。

「他的狀況很穩定。」馬克思對他的學生說，顯然意有所指。

那個羅馬尼亞人點點頭，仍然盯著儀器螢幕，一副若有所思的樣子。

但這個穩定的狀況不會持續下去，不可能，馬克思這樣安慰自己。羅傑就像一艘船，船身破了洞卻沒人發現，水的重量遲早會導致船身開始傾斜，他心想。他喜歡這個浮現在腦海中的類比，不禁滿意地笑了笑。

人就像一艘船嘛！

他差點轉向自己的學生，分享這個笑話，但想到這樣並不妥當，尤其是考量到瑞斯邁的擔憂。

自從遇到喬琪，馬克思就常常靈光一閃。他的每個念頭裡都有她，就像質子離不開原子核一樣，她簡直變成他DNA結構的一部分了。又是一個類比，這個他也喜歡。

他也非常喜歡她身上的味道。她的皮膚散發出一股淡淡的麝香味，會讓他感到興奮。

「喬琪，妳好！」他小聲說，語氣中流露出最深切的同情。

她轉過身來，一副嚇到的樣子，說：「噢，嗨！你嚇了我一跳！」

「我有那麼可怕嗎？」他微笑道，直盯著她的眼睛，直到她別開視線，似乎感到尷尬。「沒有。」她回答。「你不可怕啦，我……我只是沒聽到你走近而已。他……他狀況如何？」

他沒有向喬琪介紹他的學生，而是一言不發，低頭看著羅傑。她等待他說些什麼，但他只是繼續盯著他。她以為他是在研究儀器數值，確認一切正常，並因此心存感激。

但他其實只是粗略看一眼而已，他心裡想的其實是時間和日期。

然後一邊聞她那令人陶醉的香氣。

大概一個月後就是情人節了，而他的姓氏「瓦倫丁」（Valentine）正好就是「情人」的意思。

這是屬於我的日子！

妳會成為我的情人嗎，喬琪？

或許他可以寄一張來自祕密愛慕者的匿名卡片，要選有品味但不花俏的那種，讓她知道無論羅傑是死是活，她都可以選擇截然不同的人生。

最後再以吻封緘！

這對羅傑來說可不公平，對吧？羅傑是他的朋友，動手，住手，這些想法不斷在他的腦海中閃過。他已經漸漸無法控制了，而羅傑真的妨礙到他得到「屬於他的」喬琪了。這是他的大好機會，他可不會輕易放過。

他轉向她說：「喬琪，我覺得他恢復得很好，他的狀況讓我很放心。」

「他們好像擔心他康復的速度沒有預期的那麼快。」她回答，似乎感到焦急。

廢話，他們可不笨！

「喬琪，每個人動完大手術的反應都不一樣。」他說，並轉向瑞斯邁，以為他會點頭肯定他的說法，但那個羅馬尼亞人還在專心研究儀器數值，似乎沒聽到他說話。

「你覺得他多快能回家？」喬琪問道。

要看妳對「回家」的定義是什麼，親愛的。如果妳想的是帶著他的骨灰罈回家的話，那最多大概兩三星期吧，希望啦。

這真的是從天上掉下來的大好機會！如果他做得好，那可是能抱得美人歸。他字斟句酌，說道：「喬琪，這很難說，但在理想的情況下，他一星期內就能回家了。」

「謝謝你們所做的一切。」她說。「我真的很感激。」她勉強擠出微笑。

「這就是我們在這裡的目的：拯救生命。」他也對她報以微笑，一邊思考。

「*Primum non nocere*」，意即不論任何情況，都切勿傷害到病人。

大多數人以為這句話來自希波克拉底誓詞（Hippocratic Oath），也就是所有醫生遵守的倫理規範，但其實這句格言是那位古希臘醫生死後幾世紀才出現的。算了，也不重要，他摘除了羅傑的胰臟，可是完完全全遵守了這個規範，他問心無愧。

他並沒有傷害羅傑，在他和喬琪共度的下半輩子，他可以看著她的雙眼，並且問心無愧。他在腦中已經都計劃好了，還有一些障礙需要排除：現在正在處理其中一個，其他也有初步規劃了。當然還有克萊兒和孩子們的問題，但那是更之後的事，也不會是什麼大問題。先處理當務之急吧，嘿嘿！

「妳覺得羅傑看起來如何？」他問道，語氣親切真誠，似乎真的很關心他們。

「不知道，可能比昨天好一點吧。」她抱持著希望說道。「但他的血壓和心率看起來不怎麼好。」

瓦倫丁用誇張的動作看了看羅傑，再研究讀數，然後安慰喬琪道：「所有跡象都很好。」這是實話，他沒有半點作假。

該死，他的狀況太好了。但之後肯定每況愈下，一定要這樣才行！

「他會沒事的，對吧，馬克思？你覺得他已經脫離險境了嗎？」

「這個嘛，喬琪，現在下定論可能還太早，畢竟他剛經歷了重大創傷，也才剛動完大手術，加上還有腦震盪。」他拍拍她的肩膀安慰她。「但我認為他的預後滿樂觀的，就像我之前說的，大部分的人做完脾切除術都能完全康復。」

大部分啦。

她抬頭看著他說：「我昨晚完全沒睡，因為……我好害怕，我……真的很愛他。」

他對她苦笑。看得出來。

站在他身後，穿著工作服、戴著黑框眼鏡的年輕醫學生目不轉睛地盯著她，表情相當嚴肅。

「我躺在床上祈禱。」她說。「聽起來可能很蠢，我從來就不相信上帝，但昨晚還是祈禱了。」

馬克思真想引用莎士比亞的話來回應她，《李爾王》[41]第四幕第一場的其中一句台詞，而且十分貼切！

「當我們能夠說『這是最不幸的事』的時候，那還不是最不幸的。」

但這也許不是個好主意，她應該不會覺得好笑。

但他覺得好笑，真是笑點十足，今天越來越有趣了。他搖搖頭，一邊思考，盡可能用嚴肅的

[41]《李爾王》（*King Lear*）是英國劇作家威廉・莎士比亞（William Shakespeare）著名的悲劇之一，講述李爾王將財產分給了兩位阿諛奉承的女兒，因此造成了慘劇的故事。

表情觀察羅傑，營造關心病人的好形象。

妳完全猜不到接下來會發生什麼事。他還沒經歷最糟糕的狀況；事實上，最糟糕的狀況根本還沒開始呢。但別擔心，我會在這裡握著妳的手，助妳度過難關。是啊，他今天狀況好轉了，畢竟腹部的內出血已經順利止住了。一切的罪魁禍首，也就是那個破裂的脾臟，已經乖乖躺在感染性廢棄物垃圾桶裡，不會再搗蛋了。

還沒有人知道有東西正從腸道的傷口慢慢滲進他的血液系統，從內部毒死他，這是一艘注定會沉沒的船！

運氣好點的話——他運氣不好，我運氣好的話——妳在一兩星期後，最多三星期，就會邊哭邊把花放到他的棺材上了。敗血症很可怕，會死得很慘。

當然，我可以隨時介入，把他帶回手術室，再剖開他的肚子，發現腸道的小傷口，並成為挽救他生命的英雄。

這份恩情，妳肯定會永生難忘！

但然後呢？妳會如何表達感激之情？嫁給他，再度拒絕我嗎？

另一方面，如果他死了，我會在這裡安慰妳，親愛的。

他的腦海中浮現了很多選擇，很多種可能性，他掌握著何等的力量啊！

喬琪，妳昨晚向自己不曾相信的神祈禱。可憐的女孩啊，妳禱告的神錯了，真的錯了。

妳應該向我禱告才對。

他帶她離開自己學生的視線範圍，也確保他聽不到他們的對話，再從口袋裡掏出裝著小藥丸的小玻璃瓶，說：「喬琪，我知道妳可能會失眠，雖然我不該這麼做，但因為我們是朋友，所以我想幫妳。」他偷偷把瓶子塞給她，說：「今晚睡前半小時吃一顆，晚上好好休息，隔天早上就會感覺好多了。」

「你人真好，謝謝，我會的，我真的需要好好睡一覺。」

她把藥瓶放入手提包。

「我只希望你們大家都好，包括我們的小不點。」馬克思微笑道。

「謝謝你。」

他再次微笑，便離開了，他的學生則悄悄跟在後面。

54

一月十六日星期三

喬琪看著瓦倫丁和瑞斯邁停下來使用乾洗手後走出病房，感到十分不安。對於羅傑的狀況，儘管馬克思剛剛說了那麼多，她卻完全沒有感到安心，他的話甚至可能造成反效果了。剛剛她告訴凱特血尿的事時，對方的反應看起來也很不妙。

雖然風險很小，但總比忽視它，冒險讓它發展成什麼不好的東西還要好。

風險到底有多小？

顯然沒有小到能不予理會。如果真的那麼小的話，凱特會急著安排她這星期做陰道鏡檢查嗎？

她急忙在手提包翻找出凱特給她的名片，並走到遠一點的地方，以免吵醒羅傑。她撥打電話，凱特．克勞的祕書馬上就接了，對方顯然知道她會打來，她也順利預約到了時間。

她又坐回羅傑的床邊，撫摸他的額頭，盯著他的臉，看著他跳動的眼皮。她深愛著這個幽默又有愛心的帥哥，卻差點失去了他。等他康復後回到飛機場，她會不會比以前更擔心？

已經超過一點半了，到了午餐時間，但她一點也不餓。一股寒氣在她體內盤旋不去。馬克思看起來有點傲慢，但回想她漫長的求子之旅，她意識到以前看過的醫生有幾個也是這樣。

羅傑動了一下，有一瞬間，喬琪以為他要醒了，不禁開心了一下，但他還是繼續睡覺。

她腦中響起瓦倫丁說的話：但我認為他的預後滿樂觀的，就像我之前說的，大部分的人做完脾切除術都能完全康復。

他說「大部分」。

他沒說出口的是：但有些人不會。

琪拉說羅傑的進展沒有他們預期的那麼好，那馬克思．瓦倫丁為何什麼也沒說呢？

她心裡的樂觀主義者說是因為他認為沒有必要擔心，悲觀主義者則說是因為他不想讓她擔心。

她在病房四處張望。有兩個女人在護理站聊天；又有一個儀器開始嗶嗶作響，一名醫護人員匆匆走過。她感到既無助又害怕。大家對瓦倫丁的醫術讚譽有加，但他是產科醫生，不是普通外科醫生。如果當初是脾臟專家動手術，羅傑是不是會康復得更快？

好了，不要再負面思考了，現在羅傑需要正能量。

她又仔細看了一遍所有的儀器，感到憂心忡忡，而且隨著時間流逝，擔憂不減反增。一整個下午，護理師都有來定期檢查羅傑的狀況，她彷彿能從他們的行為舉止看出他們越來越擔心。他們兩度請醫生來，還把簾子拉上了。

事情不太對勁，她越來越確信這點，而且護理師都閃爍其詞，用微笑和相同的說詞敷衍她。

為了轉移自己的注意力，她登入eBay查看之前下標的飛行夾克。令人開心的是，還沒有人出更高價，再六小時夾克就是她的了。希望她能順利買到，等羅傑回家時，這會是一份很棒的禮物。

等他回家時。

如果他能回家的話。

她的手機有大量未讀訊息，都是看到新聞後傳簡訊、WhatsApp訊息和電子郵件來關心的親朋好友。她盡可能一一回覆，告訴他們自己所知道的一切。

接近傍晚時，查房團隊再次出現，準備換班的戴爾護理師請喬琪先離開，他們又拉上簾子。

「發、發生了什麼事？」她問道，聲音不住顫抖。「都沒有人要告訴我現在的狀況。羅傑不太對勁，對吧？」

琪拉的表情證實了她的擔憂與恐懼。

「喬琪，我不想讓妳擔心，我們十分密切觀察他的狀況，他在這裡能得到最好的照護。但出了一些狀況，我們必須釐清問題所在。」

「什麼意思？到底是什麼狀況？」

「這個嘛，從術後到現在，以我們原本預期的狀況看來，他的心率偏高，血壓也偏低，還有血乳酸也較高。」

「什麼意思？」

「老實說，我們原本預期他的狀況會好轉得更快，但真的沒什麼好擔心的。」

「真的嗎？我不是笨蛋，告訴我實話，不需要為了我美化事實。」

「喬琪，我真的沒有隱瞞任何事情。他的肚子有個異常的小腫塊，代表事情不太對勁，但這也可能是手術的後遺症。他也有疼痛症狀。我們會給他做靜脈點滴治療，試圖提高他的血壓，也會對他進行氧氣治療，一整晚都會密切觀察狀況。」

「如果不管用呢？」喬琪害怕地問道。

「我們要樂觀一點，希望會有用！」她說。「有一種可能性是他的傷口感染了，但可能性微乎其微，而且就算真的感染了，也能用抗生素迅速解決問題。」

喬琪看著她，無法完全相信她的話。

「我來分享我的經驗吧，我當了急診室護理師九年，照顧過數不清的脾切除術患者，每個人後來都完全康復了。這樣妳有覺得比較安心嗎？」

「我是想說有，但是……」

琪拉微笑，等她繼續說下去。

「這聽起來會很蠢。」

「說來聽聽吧！」

「我以前很怕搭飛機，有段時間甚至只敢飛往曾發生重大航空事故的機場，因為覺得同一個地方應該不太可能發生兩次意外。」

琪拉皺眉問道：「妳的意思是，如果我們最近有病人因為脾切除術而過世，妳反而會比較放心嗎？」

喬琪露出了緊張的微笑，說：「抱歉，我知道這聽起來有多麼愚蠢……愚蠢又自私。」

護理師微笑道：「我喜歡妳的論點，但希望我們這裡不會有任何病人證實妳的理論！」

喬琪看著圍住羅傑病床的簾子，心想，*我也是。*

55

一月十六日星期三

馬克思·瓦倫丁在晚上八點過後回到家。他現在只需要時間和耐心了。喬琪當然很擔心她的男人，這很正常，他也能理解，但他不明白的是為何羅傑的狀況仍然這麼穩定。他的康復狀況沒有加護病房團隊預期的那麼好，但也沒有像他希望的那樣急轉直下。難不成他腸道的傷口自行癒合了？雖然可能性很低，但還是有可能發生。

所以現在到底是什麼情況？

他在門廊停下腳步，盯著他的小孩和克萊兒亂丟的鞋子。為何他的家人總是不好好整理環境？

他跪下來把鞋子放入對應的鞋櫃格子裡，接著進入前廳，聞到了誘人的食物香氣。他喊道：「嗨，我回來了。」

「我在樓上！」克萊兒回答。

克萊兒躺在床上，手裡拿著一本喬喬·莫伊絲[42]的平裝小說，電視上有一群半裸的帥哥在沙灘上。她穿著一件碎花短睡袍，那是他們幾年前去義大利菲諾港（Portofino）度假時買的，幸好那時還沒有孩子。睡袍只遮住了她的大腿根部，露出了她白皙的長腿。他以前很喜歡看她穿這件，而且老花眼鏡讓她看起來更迷人，他都稱之為「性感圖書館員的造型」。

但今天這招不管用。

「嗨，妳在看什麼？」

「我在補看《船難》[43]。」

他永遠無法理解她為何能一邊看書一邊看電視。「妳今天還好嗎？」他問道。

「很糟，感謝關心。科爾馬克簡直是個惡夢，我快累死了，不過雙胞胎還好。你呢？今天過得如何？」

他試圖回想他們上次做愛是什麼時候，兩星期前嗎？還是三星期？一個月？他應該要迫不及待想做才對，但是……

「爐子裡有砂鍋牛肉，在左上角，還有烤馬鈴薯，冰箱裡有沙拉，桌上有半瓶Rioja紅酒。我想說我們今天可以早點睡。」她對他微笑道。

她很明顯在暗示他。

---

[42] 喬喬・莫伊絲（Jojo Moyes）是英國記者，自二〇〇二年開始寫浪漫小說和劇本，其小說《遇見你之前》（*Me Before You*）曾改編成電影《我就要你好好的》。

[43] 《船難》（*Shipwrecked*）是英國真人實境秀節目，講述十幾名年輕人在島上求生的故事。

他遲疑了一下，猶豫要不要敷衍了事，扮演體貼的丈夫，讓她開心。但他心裡想著其他事情，真的有辦法這麼做嗎？在開車回家的路上，一個計畫在他的腦海中形成，可以讓他感覺更接近喬琪一點。

「謝謝，但我在待命，不能喝酒。」

「你上星期也在待命。」她說，看起來十分失望。她改變姿勢，伸長一條腿，露出了更多的大腿，有一瞬間他被誘惑了，快忍不住了。

但他有一股更強的衝動，將他拉往另一個方向。過去一個小時，這個計畫在他的腦海中醞釀，他也越想越喜歡。

「對啊，我要幫別人代班。」他回答，並開始脫衣服。

「唉唷！」克萊兒說。「看起來很可口喔，所以你要上床嗎？」

「沒有，我要去跑步。」

56

一月十六日星期三

馬克思下班後，瑞斯邁繼續待在醫院，因為一小時後他要——約會！

提莉．羅伯茲是產科病房的一位年輕護理師，他幾星期前注意到她時，就對她一見鍾情。但由於他面對喜歡的女性總是特別害羞，他花了一些時間才搭訕她，並在幾天後鼓起勇氣約她今晚下班後去約會。她是晚上十點下班。

他十分興奮，胃裡一陣翻攪，坐立不安。他漫無目的地在醫院走廊上來回踱步，不停看手錶和他經過的每一個時鐘。時間過得很慢，實在是太難熬了。他不記得自己上次有這種感覺是什麼時候了。上次可能是在布加勒斯特（Bucharest）的醫學院念書時，他很哈一個叫阿林娜的女生，對方也常常對他拋媚眼。他花了幾星期的時間才終於約她出去，但他拖太久了。對方說她已經有男朋友了，似乎還感到有些抱歉。

他已經下定決心這次不要重蹈覆轍。他打算帶提莉去城裡一間他喜歡的義大利餐廳，那間營業到比較晚。之後會發生什麼事，誰知道呢？

跟在瓦倫丁醫生的身邊只剩下最後幾天了，從下星期一開始的一個月，他要接受克勞醫生的指導，她似乎很親切。

他又看了看手錶，距離約會時間還有一小時！但可以開始做準備了。他走進更衣室，脫掉工作服並丟進洗衣籃，洗完澡後噴鬍後水，並穿上他特別帶來的乾淨白襯衫。但他在鏡子裡檢查儀容時，卻突然感到一陣心慌。

啊，幹，糟糕！

他的外套不在這裡，先不論禦寒這件事，他的錢包放在外套口袋裡啊！他現在才想起來，今天稍早換上工作服前，他坐在瓦倫丁醫生的辦公室裡，那名產科醫生給他看卵巢癌、子宮頸癌和陰道癌的各種照片。辦公室很悶熱，所以他脫了外套，並把它掛在門上。

他匆匆穿過錯綜複雜的走廊，經過清潔人員放置的黃色警示立牌，來到了瓦倫丁的辦公室門口。但門鎖住了，這也不令人意外，因為他每次都會鎖門。

在不遠處，瑞斯邁聽到了吸塵器的聲音。他衝向自己每次都會面帶微笑打招呼的打掃阿姨，並解釋自己的窘境，對方也沒有多問，就直接刷卡幫他開了門。

他開燈走進剛整理完的辦公室，看到自己的外套還掛在原處，便鬆了一口氣。他取下外套並穿上。

突然，辦公室某處傳來了簡訊的通知聲，嚇了他一跳，他不禁皺眉並四處張望。桌面乾淨整潔，沒有手機。布告欄上釘著一張高個子金髮女人的照片，還有幾張照片裡有兩個小小孩和一個嬰兒。家庭照旁邊釘著卡迪甘之前津津樂道的「幸福指數」圖表。

他抬頭看了看書架上的資料夾和參考書，全都按高矮排列整齊。白板上用彩色磁鐵貼了幾張公告，全部都用很整齊精確的方式排列。

叮。

聲音來自他的正後方。

他轉身盯著一個金屬檔案櫃。聲音是從那裡傳來的嗎？瓦倫丁醫生難道不小心把手機留在這裡了？但為什麼……而且他怎麼會把手機放在裡面？他這麼一絲不苟的人，不可能沒帶手機就離開醫院吧，特別是他這星期還要隨時待命。真奇怪，真令人費解。

瓦倫丁醫生有很多事情都令人費解，也令人擔心。

醫生剖開羅傑．理查森的肚子時，瑞斯邁百分之百確定自己注意到腸道有傷口，但他冒昧提起時，瓦倫丁醫生卻勃然大怒。

為什麼？尤其是病人的康復狀況沒有預期的那麼好，這樣不是代表可能有什麼問題嗎？或許在那種狀況下，瓦倫丁醫生可能漏掉什麼了？當然，他是一位享譽盛名的外科醫生，瑞斯邁透過觀察他動各種不同的手術，也學到了不少，但他並不是創傷外科醫生。迄今為止，瑞斯邁看過瓦倫丁動的所有手術都是按照他自己的步調進行的。脾切除術不是他的專長，有沒有可能連他這種經驗豐富的外科醫生，都會因為注意力放在其他地方而遺漏掉什麼呢？

他關上辦公室的門，環顧四周，最後決定撥打馬克思的手機號碼，確認檔案櫃裡的是不是他的手機，解答心中的疑問。他用快速撥號打給馬克思。

電話開始響，但檔案櫃沒有傳出任何聲音。產科醫生在響第二聲時就接了，語氣似乎有些不耐煩：「喂，羅伯特，有什麼事嗎？」

他一時慌了，便脫口而出：「噢，我很抱歉，瓦倫丁醫生，抱歉打擾你。我……我只是想確認明天要何時去哪裡找你？」

「羅伯特，我明早十一點前都會待在法蘭西酒店邦聖醫療中心的診察室。我有一些文書工作要處理，所以除非有急事，不然十一點十五分再去醫院找我就好，可以嗎？」

「好的，謝謝你，到時見。」

瓦倫丁掛了電話。

瑞斯邁盯著檔案櫃。所以裡面有另一支手機？為什麼？這到底是怎麼回事？

一整天下來，他越來越擔心關於馬克思．瓦倫丁的事情。雖然瓦倫丁醫生說他在羅傑．理查森腸道上看到的傷口其實是疤痕組織，但他還是不買單。他很確定那是傷口，但在告訴別人，做出嚴重指控之前，他必須有充分根據才行。

他走向發出手機通知聲的檔案櫃，並拉了拉把手，果不其然是鎖上的。馬克思會隨身攜帶鑰匙，還是會把它藏在辦公室某處呢？

他盯著辦公室的門，感到十分緊張，生怕馬克思會隨時走進來。他深吸一口氣，接著一一打開辦公桌的抽屜，並小心翼翼地翻找。在左下角的抽屜裡，他在一疊文件下找到兩把繫在金屬環上的小鑰匙。他取出鑰匙，將其中一把插入檔案櫃上方的鑰匙孔並試著轉動。打開了！

前兩個抽屜整齊擺放著吊掛式文件夾，他一一檢查卻一無所獲。但第三個抽屜檢查到一半時，他注意到有個地方鼓鼓的。果不其然，綠色的文件封套裡面藏了一支手機，不是新手機，似乎已經用了幾年，但螢幕顯示電量接近96％。

這代表它最近有被使用過。

剛剛發出通知的訊息是澤西電信（Jersey Telecom）的警訊，但他可以在鎖定畫面看到另一個訊息的一部分，那則訊息讓他深感擔憂。

他幾乎敢肯定手機有設定密碼，也很清楚他根本不應該碰它，但他很好奇瓦倫丁醫生到底想對同事甚至是妻子隱瞞什麼。他往上滑，看到了：

請輸入密碼

他毫無頭緒。他知道這名外科醫生的出生年月日，但試了幾種組合都沒有成功。突然，他靈機一動，想到雪丘（Snow Hill）停車場附近的一條街上，他之前有經過一間手機維修店，櫥窗裡寫說有提供維修或解鎖手機的服務。他上網搜尋，發現那家店早上八點半開。

馬克思．瓦倫丁明早會直接去他的私人診所，代表他早上有將近三小時的時間可以解鎖手機，看一眼再放回檔案櫃。他覺得這應該不難，而且風險也不高，他很快就會回來的。

他關上並鎖上檔案櫃，把鑰匙放回原處，將手機放入口袋並離開辦公室，還記得要用一條硬紙板塞住門鎖。他迫不及待要去約會，也很好奇明天早上會發現什麼祕密。

57

一月十六日星期三

喬琪在羅傑的床邊待到八點，但傍晚他幾乎都在睡覺。最後，接替琪拉．戴爾的護理師建議她回家休息一下，這好像是他們對病人家屬的標準應對方式之一。他的狀況穩定，已經持續了一段時間，護理師也保證如果他的情況有任何變化就會通知她。

她有如行屍走肉一般，開車回到公寓，口乾舌燥且渾身顫抖，這才發現她已經好幾小時沒有喝水和進食了，而且她也擔心得要命。護理人員本來預期她的摯愛今天早上可以坐起來，開始進行物理治療。

好，所以他現在狀況穩定，但那樣究竟意味著什麼？

她走進公寓，打開所有電燈，試圖從稍早琪拉的話語得到安慰。她灌下一大杯水，並打開冰箱。裡面有麵包、一塊切達起司、涼拌高麗菜、椰子優格和一瓶白酒。她打開冷凍庫，翻了翻內容物：魚派[44]、咖哩、羊肉木莎卡[45]，以及他們買來嚐鮮，用甜菜根和起司做成的素威靈頓牛柳[46]。

但她全都不想吃。

她做了一個淡而無味的起司三明治，邊吃邊看新聞，但新聞完全無法讓她脫離憂鬱的深淵。

羅傑今天狀況應該要好轉才對，但實際上卻慢慢惡化，好像他的生命正在逐漸流逝一樣。為什麼？到底是怎麼回事？醫護人員很擔心，她從他們的眼神就看得出來。琪拉已盡其所能安撫她，但僅僅是安慰的話語是不夠的，她想看到他的血壓上升，心率下降。

她看了看手錶，已經將近晚上九點了，她應該早早就寢，試著入睡，但她卻覺得精神緊繃。或許她可以再吃一點起司。

她起身走向冰箱時，手機卻響了，嚇了她一跳。

該死，該不會是醫院打來的吧？

她接了電話。

「請問是麥克林小姐嗎？」一名男性問道，她不認得這個聲音。

「對，我就是。」

「這裡是傑富仕保安公司的控制室，我們的資料顯示妳是貝爾皇家大飯店的主鑰匙持有人。」

「對，沒錯。」

「我們這裡收到入侵者警報，可以麻煩妳查看嗎？」

---

44 魚派（Fish pie）又稱漁夫派，是英國傳統料理，通常以白色、煙燻的魚和白醬製成，上面鋪一層馬鈴薯泥。

45 木莎卡（Moussaka）流行於巴爾幹地區、中東等地，以炒茄子與番茄或櫛瓜製成，通常會加入碎肉。

46 威靈頓牛柳（Wellington）是一道英國料理，相傳是以第一代威靈頓公爵阿瑟·韋爾斯利（Arthur Wellesley）命名。作法是將牛柳塗上鵝肝醬，再蓋上酥皮焗烤。

該死的飯店。她現在麻煩事已經夠多了，但她必須善盡沃捷先生交付給她的職責，畢竟他大方地讓她免費使用飯店健身房好幾個月。現在羅傑受了傷，可能有一段時間無法開飛機，所以她必須趁自己還能工作的時候，維持良好的信譽和穩定的收入。「好的。」她回答。「好，我大概十五分鐘後到。」

「謝謝。到了之後，如果有任何問題請告訴我們，我們會請警察過去協助。」

「我會的。」她說。「謝謝你。」

可能又是虛驚一場吧，她開車過去看看就好。飯店到處都裝了動作感測器，之前也有幾次感測器在夜間發出警報的狀況。第一次後來發現是其中一個感測器周圍有瓢蟲聚集，蟲害防治人員說是因為那裡很溫暖。另一次是流浪貓誤入飯店後找不到出口，或許這次也是受困的動物吧。

她來不及收拾廚房中島檯面，就先放著不管。她傳訊息給露西，這樣至少有人知道她去了哪裡。她拿了手電筒和飯店鑰匙，穿上保暖的羊毛外套後就急急忙忙去開車。

58

一月十六日星期三

十五分鐘後，喬琪的車頭燈照亮了貝爾皇家大飯店藍白相間的招牌和上面的三顆金色星星。她開過兩側立了柱子的入口，沿著陡峭的車道蜿蜒而上，不禁感到越來越擔心。白天一個人來就已經夠糟了，發出入侵者警報的深夜就更不用說了。

她希望也幾乎可以肯定這又是虛驚一場，但她可不會掉以輕心，所以為了預防萬一，她已經鎖了車門。她決定如果她看到其他車輛，或是有任何窗戶被打破或門被撬開的跡象，她就要待在車子裡並打求救電話。

起風了，車道兩側茂密的灌木叢都被吹得沙沙作響，四周鬼影幢幢，一隻兔子在車子前面飛奔而過。她登上山頂，看到了遠方聖赫利爾的燈火，卻反而讓她感到更加孤立無援。她往飯店後方開下坡道，慢慢接近員工和健身房停車場的入口，一邊在黑暗中左右張望。她在考慮要在這裡停車，還是繞到飯店前面，但當車頭燈照亮那排帶輪垃圾桶和裝滿瓦礫的大垃圾桶，她瞥見兩個紅寶石色的圓點在右邊的黑暗中發光，但又隨即消失，難道是老鼠的眼睛嗎？

夭壽。

她決定從飯店正面開始檢查，但她還是必須回來背面，因為她只有健身房入口的鑰匙。她再次掛D檔，緩緩繞過建築物側面並右轉到飯店前面。建築物這一側沒有遮蔽物，風感覺更強了，甚至連車身都在搖晃。車道左邊是一個寬廣的露台，天氣好的時候可以在那裡用餐或小酌幾杯，但現在空蕩蕩的，所有桌椅和陽傘都收起來了，游泳池的水也排光了。

她停車並熄火，不給自己時間猶豫，拿了手電筒就下車，並深吸一口氣。狂風把她的頭髮吹到臉上，衣服也被風吹得鼓起。音樂從下方某處傳來，她認出是Rag'n'Bone Man[5]的歌，不禁傷感起來。自從他們一年前左右在倫敦看了這位歌手的現場演出，羅傑就一直很喜歡他。

她用手電筒一一照亮這棟兩層樓建築每間客房的陽台，檢查是否有被打破或打開的窗戶或陽台門，再照亮餐廳的弧形景觀落地玻璃窗，最後將手電筒照向建築物另一側的黑暗中，以免有人躲在那裡。但哪有入侵者觸發警報還待在現場的，她試圖這樣安撫自己。不過警報並不會發出聲音，所以他們可能根本不知道自己觸發了警報。

因此，如果觸發警報的不是趁維修人員不注意時溜進飯店的流浪貓、擋在感測器前面的蜘蛛網，或是咬電線的老鼠，而是真的入侵者，那對方可能還在建築物裡。但飯店裡除了幾乎全新的健身器材之外，其實沒有什麼值錢的物品可以偷，而那些器材都很重。這間飯店很老舊，才剛開始翻新，所有電視都用了好幾年，飯店沒有存放現金，也沒有貴重的藝術品。她沒看到任何車輛，竊賊光用雙手可帶不走多少東西。而且，儘管聖赫利爾的酒吧在週末有時會有人喝酒鬧事，但幸運的是，島上的犯罪率很低。

不，如果真的有入侵者，與其是想偷東西的竊賊，更有可能是青少年在惡作劇，她試圖說服自己，也幾乎相信了。

她又上車，再次開到飯店後面。她沒有停進畫線的停車格，而是直接停在離健身房門口最近的地方並跳下車，手裡緊抓著手電筒和鑰匙。她的首要任務是檢查位於健身房和廚房之間走廊上的飯店主警報箱，這樣她應該就能知道觸發警報的區域。接下來就是她一點也不想做的任務，也就是沿著漆黑冰冷的走廊走到該區域，並一一檢查房間。

當初跟飯店老闆訂下這麼划算的交換條件，現在是回報的時候了。不過現在要處理這種事，感覺也沒那麼划算了。

幾年前，她去上了踢拳道課程，也非常喜歡。但當時機到來，如果真的有需要的話，她能夠順利使出已經生疏的技巧嗎？或許吧。

她一邊用鑰匙打開健身房的玻璃門，一邊在腦中複習踢拳道基礎技巧，突然覺得有自信許多。她的柔軟度夠好，應該可以一腳踢中對方的下巴擊倒他，只要在跟入侵者對峙時保持冷靜就好。

她走進寒冷的健身房，打開幾盞燈並環顧四周，看著靜悄悄的健身器材和紋絲不動的沙漏。天花板上一盞霓虹燈閃爍著，並發出嗡嗡聲。雖然完全沒必要，但預防萬一，她還是鎖了門並取

㊼ Rag'n'Bone Man是英國歌手兼詞曲創作者，以其低沉的男中音聞名。

下鑰匙，然後抬頭看出問題的燈管。它常常這樣閃爍，過一會兒就好了，於是她決定不管它。接著她穿越健身房，在壺鈴架旁邊停了下來，猶豫了一下。有何不可？她拿起比較輕的壺鈴，有了武器她就比較放心了。她走進通往廚房的走廊，幾乎馬上就用手電筒找到了燈的開關。

她踩在散發霉味的破舊地毯上，兩側的牆壁都需要重新粉刷。在一片寂靜中，她幾乎可以聽見自己怦怦的心跳聲，彷彿一隻困在胸膛裡的小鳥。她右手緊抓著壺鈴，左手則握著手電筒，眼睛四處張望，每個陰影處都不放過，直到抵達警報箱。她把壺鈴放在地板上，打開箱蓋並盯著大面板。有個小紅燈在閃爍，告訴她出問題的區域。

入侵者警報F區

該區域包含建築物另一頭一樓的餐廳和十間客房。

她輸入密碼後，紅燈就不再閃爍了，面板上顯示了另一則訊息。

是否重置系統？

她不想在檢查該區域前就重置系統，因為如果是系統故障，可能就會再次發出警報，她搞不好一小時後又會被叫來處理。她會看看有沒有什麼問題，沒有的話就打電話給緊急維修工程師。不管怎樣，她都要過一段時間才能回家了，不過今晚她不在意。擔心的情緒宛如陰影般籠罩著她，她知道自己寢不能寐，只能躺在床上倒數著每分每秒，直到能回去醫院，回到羅傑的床邊。

除此之外，她還有明天的陰道鏡檢查要擔心。

天啊，每次人生順遂時，命運總能把你耍得團團轉，然後再雪上加霜，她心想。但這次命運可不會得逞，羅傑會順利康復，他會沒事的，凱特也不會發現什麼該死的癌細胞。

她靜靜站在那裡，仔細聆聽，凝視著走廊的盡頭。整條走廊兩側都裝了成對的粉紅色流蘇壁燈，但光線相當微弱，走廊仍很昏暗。幸好這地方要進行徹底翻新，早就該這麼做了，不然大概沒人想來這種淒涼慘澹的地方度假吧。羅傑幾天前才開玩笑說，他們的新婚之夜應該要來這裡過。

我死也不要，她反駁道。

他現在怎麼樣，還在睡覺嗎？她心想。或許睡得比昨晚好？還是他醒著，聽著一大堆儀器嗶嗶作響，感到越發孤獨？她放下壺鈴並從口袋裡掏出手機，確認自己沒有不小心設成靜音，以免醫院打電話來，她卻沒聽到。她沒設靜音，手機也沒有任何來電顯示，讓她鬆了一口氣。

親愛的，祝你一夜好眠，明天請開始恢復健康吧。

她把手機放回口袋裡，拿起壺鈴並繼續往前走，經過一扇又一扇緊閉的門扉，每走幾公尺就停下來往回看，之前的那股自信很快就消失了。

她走過一間一間客房緊閉的門扉，直到抵達左手邊的45號房。

這地方真他媽詭異。

她又放下壺鈴並用鑰匙開門，卻遲疑了一下。門的另一側傳來清楚的嘎吱聲，就像有人踩在木頭地板上的聲音。

她站在門外，側耳傾聽，後頸都起了雞皮疙瘩。

什麼也沒有。

她等了幾分鐘，全神貫注地聆聽，但沒有聽到其他聲響。儘管如此，她還是很想直接鎖門，繼續檢查下一間。但她有工作在身，而且老舊的飯店本來就很常嘎吱作響。她再次拿起壺鈴，準備砸向任何在動的物體。做好心理準備後，她用腳用力推開門，同時用手電筒掃過房間。

房間裡沒有人。她找到了主燈開關並按下去，和走廊上粉紅色燈罩同款但更大的天花板燈亮了，兩盞款式相同的床頭燈也開了。

她盯著衣櫥門。

有人站在裡面嗎？

她全身顫抖，一邊注意衣櫥門的動靜，一邊推開臥室裡的浴室門。一切正常。

沒有任何入侵者的跡象。

她聽到身後有聲音。

又是地板的嘎吱聲。

她猛然轉身，感到毛骨悚然。她一動也不動，豎起耳朵，盯著衣櫥。

一片寂靜。

她高舉並揮動壺鈴，躡手躡腳走到門口，心臟撲通撲通狂跳。接著她大叫：「是誰？」她走到走廊上，向走廊兩端張望。

什麼也沒有。

她站在原地好幾分鐘，仔細聆聽，害怕得要命。

難道是她想像出來的嗎？或許是老舊的建築物被風吹得嘎吱作響？

對，肯定是這樣。她稍微冷靜下來，並小心翼翼地檢查該區域其他客房，所有房間都一模一樣。

接下來，她乖乖走進寒冷的餐廳。所有椅子都倒放在桌子上，透過左邊的窗戶，她能看到圍繞著聖奧賓灣的燈火，宛如一條光之項鍊，以及更遠處漆黑的大海。她踩在單調的地毯上，穿越餐廳，推開盡頭的防火門，又來到另一條長廊。她先用手電筒照亮走廊，才往前踏一步並打開壁燈。

走了一小段距離後，她經過一部電梯，來到了走廊交叉口，分別有箭頭標示往左、往右和直走的房號。

這時，前方卻傳來關門的聲音，她馬上僵住。

她感到背脊發涼。

靠靠靠。

這也是她想像出來的嗎？

她站著不動，豎起耳朵。

她又聽到同樣的聲音了。

難道是風嗎？

接著，一聲響亮的「叮」讓她嚇了一大跳。她幾乎驚叫出聲，心臟怦怦直跳，眼睛四下張望。

接著她恍然大悟。

笨蛋！

那是新郵件的通知聲啦。

她看了看手機，發現是eBay的信件。

恭喜您以125英鎊得標（需另付7.75英鎊運費）！接下來請完成付款程序。您必須先完成付款，VintageStuff（570）才能寄出商品，所以請盡快付款。付款完成後，我們會請VintageStuff（570）寄出您的商品。

原來是羅傑的飛行夾克，她頓時感到開心。耶！這是好兆頭，一切都會變好的！沒錯，她心想，便關上門，並回到警報箱那裡。

「系統重置」仍閃著紅燈。

她撥打面板上的工程師緊急聯絡電話，響了幾聲後，一名男性接了電話，態度相當友善。她向對方解釋狀況，聽到人的聲音，她就感覺好多了。

他告訴她要按哪些按鈕重置系統，並說如果警報又響不用擔心，他會做紀錄，早上會有人聯繫她並來檢查感測器。她按照他的指示操作，紅燈就變成綠燈了。她向工程師道謝，關上箱蓋，並沿著走廊經過廚房，回到健身房。

但她一走進健身房，就感覺到哪裡不對勁。

她停下腳步，突然又感到害怕。

她的目光掃過健身器材。

沒有任何人的跡象，也沒有東西在動，但絕對有什麼不對勁，到底是什麼？

她把壺鈴放回架上，轉身時，卻有東西吸引了她的注意。有東西在動。

在三個沙漏當中，其中兩個沙漏的綠沙正在向下流動。

59

一月十六日星期三

喬琪盯著沙漏，嚇得動彈不得。一分鐘沙漏的沙已經流光了，三分鐘的也快流完了，五分鐘的大概還剩一半。

有人來過這裡，而且是不到五分鐘前。

那他們現在在哪？

她心慌意亂，急忙環顧四周。她進來時鎖了外面的門，而辦公室和更衣室的門都是關上的。

有人在門後嗎？還是在窗外的一片黑暗中？

她再次抓起並舉起壺鈴，然後用瘋狂顫抖的另一隻手撥打求救電話。

「這裡是求救電話，請問需要什麼服務？」

「我要打給警察局，有入侵者。」她提高音量，用顫抖的聲音說道，聲音大到如果附近有人，對方一定能聽到。

幾秒後，她聽到一名女性的聲音。

「這裡是警察局，請說明緊急狀況。」

她十分害怕，一邊眨眼忍住眼淚，一邊說：「我在貝爾皇家大飯店的健身房裡，這裡有入侵者，拜託請快點派人過來。」

「貝爾皇家大飯店嗎？」

「對。」

「妳在安全的地方嗎？」

「沒有。」

「我現在就派人過去，妳叫什麼名字？」

「喬琪娜．麥克林。」

「我會跟妳保持通話，喬琪娜。」

「謝謝妳。」她開始啜泣。

「警車三分鐘內就會抵達。」

「我懷孕了，而且我好害怕。」她抽泣著說，一邊左顧右盼。辦公室的門是不是有動靜？

「喬琪娜，附近有安全的地方嗎？」

「沒有……沒有安全的地方。」

「他們在路上了，我這邊顯示兩分鐘內到。」

她的目光在更衣室的門、辦公室的門和身後的走廊之間來回移動。她緊緊握著壺鈴，手都開始痛了。接線員繼續和她說話，但她嚇得半個字也聽不進去。短短幾分鐘，感覺卻像過了好幾小時。她因為擔心羅傑而筋疲力盡，沒想清楚就一個人來這裡，實在是太蠢了。

她聽到了微弱的警笛聲，聲音很快就變大了，越來越近。

上帝，拜託祢。

「我聽到了。」喬琪大聲說，以免關上的門後面真的有人。「我聽到警笛聲了，請叫他們停在健身房旁的後門。」

「他們開到飯店車道上了，喬琪娜。妳沒事吧？」

「沒事，沒事，謝謝妳。」

閃爍的藍光掠過窗戶玻璃，她接著就看到了刺眼的車頭燈光，也聽到了引擎的轟鳴聲。

她頓時鬆了一口氣，趕緊跑到門邊，手裡拿著鑰匙準備開門。但她把鑰匙插入鎖孔時才發現，門竟然已經被打開了。

60

一月十六日星期三

馬克思跑完步回到家時，克萊兒還醒著，還在看書，電視也還開著。她那修長的雙腿仍放在羽絨被上，十分誘人，讓人不禁想把目光沿著裸露的長腿往上移動到睡袍遮住的地方。

雖然剛剛沒感覺，但他現在慾火焚身，興奮難耐！精力充沛！

「跑得還好嗎？」

「很棒。」他回答，並親吻她。「棒極了！是我跑過最好的一次！」

是我跑過最好的一次，沒錯，喔耶。

實在是太刺激了，喬琪根本任他擺布。*喬琪，我愛妳！*

「你應該餓了吧，你的晚餐還在爐子裡，但可能有點乾了。」

他在她面前徘徊，說：「我是很飢渴沒錯。」

「哦，是嗎？」她用俏皮的口吻回答。

「那我先去沖個澡。」

她伸手環抱他的肚子，說：「靠近一點，我喜歡你滿身大汗的樣子。」

他咧嘴一笑道：「妳這頭野獸！」

「你以前都這樣叫我，記得嗎？」

他記得，那遙遠的過往，小孩出生前的時光，但現在，他暫時遺忘了這一切。他盯著那雙長腿，以及沒穿胸罩，在睡袍領口若隱若現的那對大奶。

驚險刺激的夜晚讓他興奮無比，他從來沒有過這種感覺。

他需要做愛。

她已經開始解開並脫下他的運動褲，接著再脫下他的內褲，把他拉得更近，並用嘴巴含住。

他幻想含住他的是喬琪的嘴巴，在心中描繪她嘴唇的曲線，並想像那性感雙唇的柔軟觸感。

過了一會兒，克萊兒放開他，說：「把鞋子脫掉吧，大傢伙！」

他幾乎快被慾望沖昏頭了，趕快坐在床緣並解開鞋帶，踢掉運動鞋，拉開運動服拉鍊，再脫下T恤並扔在地毯上。

接著他開始解開並脫下她的睡袍，她則緊緊抓住他。

但其實他心裡一直在想著喬琪。

他盯著克萊兒，想的卻是喬琪的臉。

和喬琪做愛就會是這種感覺，只是快感是現在的十倍、一百倍，甚至——

克萊兒現在一絲不掛，他壓在她身上。她抓著他，引導他進入她的身體。

喬琪抓著他勃起的陰莖，把他拉近，對他耳語。

我的天啊，馬克思，真是太棒了！

但他看到的卻是克萊兒的臉。

突然，他感覺自己軟掉了，變得軟趴趴的，讓他大失所望。

不要。

他低頭看克萊兒的胸部、大腿，那雙讓他興奮難耐的長腿。

他拚命嘗試讓自己再次勃起。

一段兒時回憶從意識深處鑽了出來，那是一段讓他感到羞恥的童年回憶。他還小的時候——他不記得確切年齡，可能七、八歲吧——他喝醉的母親在他洗澡時走進浴室，一邊盯著他的陰莖，一邊用手指彈洗澡水。接著她也彈了他的陰莖，並大笑。「小蝦米。」她說。「又小又可笑的小蝦米，果然有其父必有其子，我的天。」她嘆息道：「你那丁點兒大的小蝦米永遠都不可能滿足任何女人，真可憐，可憐的馬克思。」

他又縮得更小，並從克萊兒體內滑出來。

最後，他翻身側躺在床上。克萊兒用手努力刺激他，後來又再用嘴巴，卻徒勞無功。她停下來，問道：「親愛的，或許你血糖過低？你上次吃東西是什麼時候？」

他沒有馬上回答，他心裡想的是喬琪的臉，以及她的身體。他最後說：「我中午有吃一個三明治。」

「時間很晚了，你需要食物。」她捧起他軟趴趴的陰莖說：「『他』需要能量！」

不對，他心想。他不需要能量，他需要的是喬琪・麥克林。

「你再不吃東西的話可能會低血糖。」

她說得沒錯，他有點搖搖晃晃的，而且還在出汗。或許他只要吃點東西就會好了，可以好好做。

他垂頭喪氣地走進浴室測血糖，測出來是2.4，非常低。他趕緊下樓到廚房，從爐子拿出乾掉的砂鍋牛肉和馬鈴薯。他拿出冰箱裡的酒，給自己倒了一杯，接著一絲不掛坐在早餐吧，開始吃東西。樓上傳來科爾馬克的哭聲，但過一會兒就停了。

他感覺比較好了，低血糖的危險漸漸解除，取而代之的是胯下和睪丸的疼痛感，他知道這是做愛失敗的副作用。克萊兒說得沒錯，他需要能量，再十分鐘他就能繼續做了。只要把克萊兒拋諸腦後，心裡只想著喬琪和她有多性感就好。

還是沒用。

他吃完晚餐，喝完酒後，上樓到書房，一屁股坐在沙發上，心裡想著她。他想像脫掉她的衣服，把赤身裸體的她摟入懷中的感覺。他不斷想像自己和她互相愛撫，直到自己變得硬邦邦的為止。

他溜進廁所並關上門，然後坐在馬桶上打手槍。

高潮後，他仍繼續坐在馬桶上一會兒，才回到房間。

克萊兒已經睡了，讓他鬆了一口氣。

61

一月十六日星期三

喬琪快半夜才回到家，感到筋疲力盡而且一頭霧水。醫院沒有任何消息，只有露西回訊息說她稍早出門了，問一切都還好嗎？喬琪實在是太累了，只簡單回說沒事，她要去睡了。她神經緊繃，瀕臨崩潰，但希望醫院沒消息就是好消息。她真的很想要告訴羅傑自己剛剛經歷的一切，包括報警的事，以及自己有多麼害怕，然後緊緊抱住他。如果他沒有住院，肯定不會讓她單獨前往飯店，她還以為一個人沒問題，真是太蠢了。

在兩名警察的陪同下，她檢查了整間飯店所有的房間，連櫃子也不放過。現在她終於回到公寓，她需要睡覺，但思緒卻停不下來。

流動的綠沙仍在她心中揮之不去，她害怕極了。

「可能是青少年的惡作劇吧。」其中一名警察猜道，她也想這麼相信，而且這也是最簡單的答案。但健身房的門有上鎖，飯店所有的進出口也是，窗戶也都有關好。

「小孩子就是那樣。」另一名警察說。「他們就是愛惡作劇。這地方那麼大，他們可能找到了我們根本不知道的入口，或至少在黑暗中看不到。」

喬琪點頭表示同意。沒有任何偷竊或破壞的跡象，最有可能的解釋就是小孩子惡作劇，但她總覺得哪裡不對勁。他們為何要大費周章闖入飯店，只為了把健身房的沙漏倒放過來？她抵達時，他們肯定還在現場，那她怎麼半個人影都沒看到？而且為何上鎖的門不是被打破，而是被打開？他們到底是從哪裡進去的？

除非是她自己在胡思亂想，就是所謂的「一孕傻三年」，她之前也擔心過這件事。沙漏？計時？某種層面來說，懷孕不就是一種倒數計時，很講求時間點的嗎？

我是不是壓力大到要瘋了？

從其中一名警察看她的眼神來看，他們顯然這麼認為。

她關上公寓大門，幾乎累到無法再多爬那兩層樓回家，而且她也知道自己太緊繃，不可能睡得著。她需要喝一杯，可能是威士忌，甚至是白蘭地，通常那樣就能安穩入睡，但現在她不能喝酒，不知道該怎麼辦。只要能讓她睡著就好，她必須充分休息，早上才有精神。孕婦可以吃普拿疼嗎？她上網搜尋「懷孕吃普拿疼」，這才突然想起馬克思給她的藥丸。

由於擔心副作用，她從來不喜歡吃藥，懷孕後更是擔心服藥可能會傷到寶寶。但因為瓦倫丁知道她懷孕了，所以他不會給她不是百分之百安全的藥物，這點讓她感到欣慰。

她走進公寓，把大衣扔在沙發上，踢掉靴子，從手提包拿出小瓶子，扭開瓶蓋，從冰箱裡的濾水壺倒了一杯水，並配水吞下一顆白色小藥丸。

二十分鐘後，她把衣服丟在古董躺椅上和周圍的地板上，倒頭就睡。但她卻睡睡醒醒，一整晚都作著令人極度不安的夢，而且每個夢都有馬克思．瓦倫丁。他把臉湊到她面前，微笑著保證一切都沒事的，令人毛骨悚然。她在凌晨三點時醒來幾分鐘，當下她確信房間裡有其他人。是羅傑嗎？難道他自己出院了？她胡思亂想，並打開燈。

房間裡沒有人。

她在凌晨四點二十分又醒來了一會兒。最後，她在早上七點十分坐起來，雙腳下床，然後喝了一口水。

她有種非常不好的預感，感覺羅傑好像出了什麼事。

接著她整個人坐了起來，身體僵直。她環顧四周，感覺頭昏腦脹又疲憊不堪，試圖回想昨晚的事。她的衣服呢？她的衣服不見蹤影。

她感到不解，便走向衣櫥，發現她的牛仔褲、T恤和套頭衫都整整齊齊掛在衣架上。

她皺眉，難道她的記憶力有問題嗎？她晚上從不收衣服，脫了就放在躺椅上。

她連衣服也不穿，急忙衝到客廳，確信自己昨晚踢掉了靴子，並把大衣扔在沙發上，但它們也不在她記得的位置。她的大衣跟她和羅傑的登山羽絨外套一起掛在前門邊的掛鉤上。

她的靴子在哪？

她回到房間，走到衣櫥前，並打開放鞋子的櫃子。她的靴子整整齊齊擺在她平常放的位置。靴子上面那格放著她的三雙運動鞋，她每次都隨意亂塞，但現在它們都整齊地一字排開。更奇怪的是，每隻運動鞋的鞋帶都收好並塞進鞋子裡。

難道是馬克思給她的安眠藥讓她記憶錯亂了嗎？還是她壓力大到變得健忘了？

還是……

拜託，傻女孩，最好是有個善心人士半夜來幫妳把一切都打理好啦，就跟牙仙子一樣。

她走進浴室，踏入淋浴間並打開蓮蓬頭。水柱打在她身上時，她試圖回想昨晚的事，但還是想不透。

靠，她心想。我真的是一團糟。

62

一月十七日星期四

時間剛過早上八點二十五分，羅伯特．瑞斯邁就騎著腳踏車抵達手機維修店了，因為他想確保自己是今天第一位客人，不需要排隊等候。招牌上寫著營業時間是早上八點半到晚上六點。他把腳踏車鎖在欄杆旁邊，站在狹窄街道的人行道上等了十分鐘，冷得要命又飢腸轆轆，因為他沒吃早餐。

終於，就在他開始懷疑今天是否休業時，一個和他年齡相仿的年輕男子出現在店內。他頂著一頭傾斜的髮型，戴著大框眼鏡，把「休息中」的招牌翻面到「營業中」，向他點點頭表示抱歉，才走到櫃檯後面。

瑞斯邁走進店裡，把他在馬克思．瓦倫丁的辦公室找到的手機遞給店員，解釋說他的女友上網買了這支手機，但賣家沒有附上密碼。年輕的維修人員仔細研究手機，說道：「應該沒問題，你要在現場等嗎？」

「好啊，如果很快的話。」

四周牆上的架子擺著二手手機、充電器、手機殼和各式配件。透過一扇敞開的門，這名醫學生看到後面的房間有個年紀較大的男人，他戴著目鏡，手裡拿著小螺絲起子，專心修理一支被解體的手機。

年輕的維修人員走進後面的房間。瑞斯邁一邊等待，一邊回想昨天和提莉・羅伯茲共度的夜晚，臉上不禁浮現燦爛的笑容。昨晚真是太棒了！真的！他們一邊吃飯，一邊喝著上等的紅酒，馬上就聊開了，而且那名美麗的護理師全程和他四目相接，幾乎沒有移開視線。她還邀請他到她家喝杯咖啡，當他以早起的正當理由拒絕對方並向她道別，她似乎感到相當失望。雖然要早起是事實，但他也不想讓對方覺得自己是會和第一次約會的女孩上床的人，他也真的不是這種人。

對象是提莉・羅伯茲的時候更是如此。她對他來說很特別，已經讓他魂牽夢縈。從她漂亮的臉蛋、身體散發的香氣、她的笑聲，到她用纖細的手指和拇指輕輕握住酒杯頸的可愛模樣，他心裡想的全都是她。

「我們再來約會吧。」他什麼也沒說，她就主動提議道。「你最近有空嗎？」

「明天如何？」

她傾身向前，在他的雙唇印下了一個長長的吻。「我已經等不及明天了！」她說，並補充說她隔天休假，會到市場買菜，請他到她家一起吃晚餐。

瑞斯邁幾乎沒睡，整晚都躺在床上想著她。真是可人的女孩。還在羅馬尼亞時，他曾深愛著一個女孩，也跟她約會過，一名醫學院的朋友說她是他的「真命天女」，可惜她最後甩了他。這一次直覺告訴他，提莉就是他的真命天女。

今天要專心工作恐怕特別困難，他已經迫不及待想迎接傍晚了。

「好了！」一個聲音說道，把他從白日夢拉回現實，現在剛過早上九點。

那名年輕人站在他面前，把手機和寫有密碼的紙條遞給他。「簡單啦。」他說。「十英鎊就好。」

羅伯特．瑞斯邁付了錢並道謝，接著打開腳踏車的鎖，在濛濛細雨中騎往醫院，車程只要五分鐘。他在一間咖啡廳外停了下來，猶豫了一下，等不及想看手機裡的內容，最後決定他應該有時間，而且他快餓扁了。

他走進咖啡廳，點了一份歐姆蛋和咖啡，便拿著手機坐下來。輸入密碼後，他最先注意到的是這支手機幾乎沒有下載什麼應用程式。他馬上點進訊息，看看他之前在鎖定畫面看到的部分訊息到底寫些什麼。

超性感的新小穴照，希望你喜歡！

他開啟「照片」，裡面只有一個「我的最愛」相簿，他點開來。

畫面上出現了大量紅髮女子的照片，他馬上就認出是喬琪娜．麥克林，為何馬克思的手機裡會有她的照片？

他開始瀏覽照片，其中幾張是她沿著維多利亞大道跑步的照片，日期顯示為去年十二月。接著是她盛裝出席晚宴的照片，他也認出了同桌的另外幾個人，包括馬克思、凱特．克勞和其他醫院同仁。

接下來是一張跑步裝備照片的 Instagram 貼文截圖、標有路線和跑步時間的地圖截圖、更多喬琪疑似參加公園跑的照片，以及一月她沿著聖奧賓灣跑步的照片。還有更多跑步照片，甚至多達幾十張。

他繼續滑，看到了一系列讓他非常不安的照片。喬琪娜和一個男人依偎著坐在客廳的沙發上，他馬上就認出那男人是羅傑．理查森，並猜想這應該是兩人的公寓。他們開著燈，代表拍照時間是晚上。他們在照片中有說有笑，看起來相當親密，甚至還有接吻。

瑞斯邁看得太入迷，以至於沒發現他的咖啡、歐姆蛋和吐司都送來了。

難道馬克思．瓦倫丁在這對準夫妻的家外面偷窺他們嗎？還有什麼其他的可能性？

天啊。

看著他們，他感到難受不已。

他這才發現這名備受尊敬的顧問外科醫師，這位直到幾天前，他還深深敬重的人似乎有某種癡漢行為，讓他打從心底感到噁心。

瑞斯邁繼續瀏覽相簿的其他照片，又再度感到震驚。他看到幾張照片，認出照片中的女人是馬克思．瓦倫丁的妻子，這些顯然是趁她睡著時偷拍的裸照特寫。接下來是不同女人的陰部特寫，中間夾雜著裸露的乳房和腹部的照片，還有一些陰道的超近特寫。

有些照片有醫院的背景，顯然是在進行檢查時拍攝的。

而且許多照片都是在澤西醫院拍的。

這些不是案例研究紀錄，是色情照片，是醫療色情照片。

瓦倫丁顯然是個精神不正常的心理變態，瑞斯邁也證實他最初看到訊息的直覺與擔憂是正確的，不禁感到難過。

他把叉子叉入幾乎完全冷掉的歐姆蛋，並吃了一口，再喝了一口咖啡，一邊思考，但他越想越不喜歡在他心中逐漸明瞭的結論。

他很確定自己看到了羅傑·理查森的腸道有傷口，但瓦倫丁卻不屑一顧，還反唇相譏說是疤痕組織。

真的假的？疤痕組織？

雖然瑞斯邁還是個學生，才剛踏入醫療界，但他有自信能分辨疤痕組織和傷口……或是穿孔之間的差別。

難不成……有沒有可能……瓦倫丁醫生故意假裝沒看到羅傑·理查森腸道上的傷口？因為他有動機？他暗戀著喬琪娜·麥克林？讓她的未婚夫死掉，就能得到她？

完全無法想像。

是嗎？

這個羅馬尼亞人又吃了幾口早餐，但胃口全沒了，他便喝了幾口冷掉的咖啡，連同小費把現金放在桌上，然後騎車衝往醫院。

幸好他塞在馬克思·瓦倫丁門鎖的硬紙板還在。他進入辦公室，把硬紙板放入口袋，再把手機放回原處，但仍然非常擔心，也還沒完全搞懂自己發現的祕密。

他每隔一會兒就會看一眼辦公室的門，希望瓦倫丁醫生不會突然走進來。

在尼古拉・希奧塞古[48]的恐怖統治結束後幾年，他還是個小男孩，他的父母在他小時候常常提起在他政權下的生活是什麼樣子。羅伯特那時就發誓永遠不會向對他指手畫腳的人低頭。昨天瓦倫丁因為被他質疑而大發雷霆，他的情緒到現在都還沒平復。看到那些照片後，他開始懷疑這位顧問醫師是否真如表面上那麼光明磊落。雖然這是異想天開，身為一名學生，他也無權問這種問題，但他還是在心裡提出疑問：馬克思・瓦倫丁明顯癡迷於喬琪娜・麥克林，這跟他假裝沒看到其未婚夫腸道的傷口有什麼關聯嗎？

他明白自己接下來的行動可能會對未來的職業生涯造成嚴重影響，內心掙扎了幾分鐘後，終於做出決定。他不能違背自己的良心。他趕緊打開辦公桌左下角的抽屜，但這時卻有人敲了門。

他馬上僵住。

對方又敲了一次門。

天啊。

一片寂靜。

他把文件翻起來，把鑰匙放在抽屜底部，雙手不住顫抖。他屏住呼吸，靜靜等待幾分鐘，等到覺得應該安全了，才趕緊離開。

[48] 尼古拉・希奧塞古（Nicolae Ceau escu）是羅馬尼亞政治人物，一九六五年至一九八九年任羅馬尼亞共產黨總書記，一九七四年起出任羅馬尼亞總統，為該國首任總統。後期政權變得越發殘酷，是東歐集團中史達林體制最為嚴重的國家。其政權在一九八九年羅馬尼亞革命中被推翻，其本人及其妻子則被執行槍決，羅馬尼亞政府隨後立即宣布廢除死刑。

63

一月十七日星期四

凱特．克勞坐在辦公室裡，查看今天病人的病歷。她知道喬琪預約了下午兩點半的陰道鏡檢查，也真的很希望好友的檢查結果完全沒問題。但不論結果如何，她都已經決定要請馬克思過目，也有充分的理由相信他的判斷。

她兒子更小的時候常常肚子痛，經過多次檢查，看了好幾個小兒科醫生後，是馬克思判斷出他患有小腸先天性異常梅克爾憩室（Meckel's diverticulum）。而且她加入這個部門後不久，就得知他幫助了她的前任，避免他因醫療疏失而葬送自己的職業生涯。

由於馬克思具備腫瘤學的專業知識，他在陰道鏡檢查發現了異常：侵襲性二期腫瘤的早期徵兆，她的前任差點誤以為是之前做切片留下的舊疤痕組織。自那時起，她就下定決心，只要有不太確定的事情，她都要聽從馬克思的判斷，同部門的所有同事也都是如此。除了相信他的專業之外，她也重視並且信任他這個朋友。

有人敲了門。

「請進！」她喊道，以為是住院醫生又有問題要問。

但進門的卻是一位蓄了一點鬍鬚的黑髮男人，他穿著藍色西裝、襯衫和領帶，看起來似乎很緊張。

「不好意思，克勞醫生。」他開口道。「我是妳的新學生，我——」

「羅伯特．瑞斯邁嗎？」她問道。

「是的。」

「我以為你明天才會來找我約談，你是下星期一開始跟著我，對吧？」

「嗯，不對，對——明天我們有一小時的時間——嗯對，沒錯，是下星期一。我很期待，我想專攻產科，因為可以面對興奮又滿心期待的病人和家屬！」

她皺眉道：「大部分的時候是如此，羅伯特，但有時候也得面臨心碎的時刻。」

他點頭道：「我明白。」接著他遲疑了一下，說：「重點是，我想來找妳談談是因為我有……我不太知道怎麼說……我有一些疑慮。這是很棘手的狀況，我……大家都說妳人很好，所以我想說……或許……我可以問問妳的意見？」

她對這位緊張的年輕人微笑道：「問我什麼？」

「妳知道星期一的墜機事故嗎？」

「當然知道，真是太可怕了。」

「我跟瓦倫丁醫生在手術室，我看著他移除一名事故傷患的脾臟，是其中一位飛行員，叫做羅傑．理查森……他是妳的病人的未婚夫，對嗎？」

「對，我知道他動了脾切除術。」

「這個嘛，重點是……」他撓了撓後腦勺，意識到自己在對方友好但敏銳的目光下，緊張地直冒汗。「重點是……我看到了瓦倫丁醫生好像沒注意到的東西。」

「哦？」

「我很確定我在理查森先生的腸道看到了一個傷口……一個很小的傷口……而瓦倫丁醫生沒注意到。」

「你有告訴他嗎？」她問道。

「有，但他強烈反駁，堅稱是舊的疤痕組織。」

她繼續用和藹可親的眼神盯著他，問道：「羅伯特，你為何對他的判斷有疑問呢？」

他遲疑了一下。他會不會只是讓自己出盡洋相？「這個嘛，因為理查森先生的恢復狀況並不好。據我的了解，他應該已經要能下床走動了，但他沒有。」

「這是你的第三年，對吧，羅伯特？」

他點點頭。

「你的觀察入微，這點真的很棒，我對你刮目相看。無論你選擇專攻哪一科，以你的素質，絕對能成為一位優秀的醫生。但你現在才剛起步，隨著你更深入學習，你會發現一個看似健康的人可能在動了脾切除術等重大手術後，二十四小時後就能起來走動，但有些人可能就要花更久的時間，每個人都不一樣。」她聳肩道：「如果可以施魔法，讓每個病人都康復得一樣快，那當然很棒，但現實不是這樣。」

他不情願地點點頭，但還來不及開口，對方就繼續說下去。

「羅伯特，我真的覺得你應該接受瓦倫丁醫生的意見。他的經驗豐富，是非常厲害的顧問醫師。如果我有任何問題，我第一個找的就是他，不知道這樣你會不會比較安心？」

她似乎戒心很強，他心想。是在捍衛同事嗎？如果他給她看瓦倫丁醫生手機裡的照片，她還會這麼想嗎？

但他勢必遲早得告訴她自己是如何拿到手機的，這樣對方就會知道他偷開顧問醫師的檔案櫃，還把手機拿去維修店解鎖，這點真的讓他進退兩難。他本希望凱特．克勞能幫助他，但對話的走向不太妙。

「請不要告訴他我來找妳，我不希望他生我的氣。」他央求道。「我只是想做對的事。」

她露出親切的微笑，說：「我不會告訴他的，我保證！」她把手指放到嘴唇前面，說：「我會守口如瓶！」

他也做出同樣的動作。

他轉身離開時，她叫住他：「對了，羅伯特，別因為這件事而卻步，永遠都要勇敢做出自己認為正確的事情。」

「謝謝妳，我會的。」

他離開辦公室，準備去找瓦倫丁醫生。他很期待下星期開始和凱特共事，但現在的狀況讓他進退維谷，不知如何是好。

64

一月十七日星期四

喬琪在將近十一點時抵達加護病房的親屬等候室。她還是昏昏沉沉的，也無法擺脫早上起床後就揮之不去的疲憊無力感。她坐在一張硬椅子上，並閉上眼睛，還是搞不懂自己怎麼會完全不記得有整理過公寓這件事。不知道馬克思給她的安眠藥是否藥效太強，還是她太晚吃，現在藥效還沒退。

她開始打盹，但沒一會兒就被琪拉．戴爾的聲音驚醒。

「喬琪，妳今天還好嗎？」

她眨眨眼並環顧四周，還沒完全清醒，一時想不起來自己在哪裡，直到看到站在她面前的護理師才回過神來。「抱歉。」她說。「我……」

「妳看起來很累。」琪拉用溫柔的聲音說道。「妳晚上睡得好嗎？」

喬琪點點頭說：「謝謝，還好，我——」她本想告訴她瓦倫丁醫生給了她一些安眠藥，但又擔心會給他添麻煩。「其實不太好，我一直放不下心。」她看了看手錶，現在是十一點二十分。

「羅傑還好嗎？他的狀況有改善嗎？」她問道。

護理師遲疑了一下才露出微笑，但這個笑容卻跟她的表情和肢體語言產生違和感。「這個嘛，他的狀況穩定，但老實說，他的康復速度還是沒有我們期望的那麼快。不過我們都知道，有些病人動完大手術，的確需要較長的時間休養。」

「羅傑很健康，狀況應該要開始好轉了吧？」她回答，但連她自己都不太相信。

「他的心臟很強壯。」護理師沒有正面回答問題。「那肯定對他有幫助。我們在密切觀察他的狀況。」

喬琪跟在護理師後面，也像她一樣在病房門口停下來噴乾洗手。走進加護病房時，她卻被羅傑的樣子嚇到了。他正在睡覺，但他又裝了呼吸器，皮膚似乎長了斑點，而且心率和昨天相比明顯變差了。他的腳上穿著壓力襪和Flowtron腿部壓力套。

*到底是怎麼回事？*她心想，感到不知所措又很害怕。昨天她離開病房時，他看起來還好好的，但他今天看起來很糟。她稍微遠離病床，以免未婚夫聽到，並低聲告訴護理師自己的擔憂。

這次，琪拉沒有安慰她，緩解她的恐懼，而是承認他們也有同樣的疑慮。

「他可能感染了。」她說。「我們替他安排了抗生素療程，希望可以消滅細菌。」

「他的心率和血壓看起來都不樂觀。」喬琪說。「兩個數值都比昨天差……比昨晚我離開時差。」

護理師對她微笑，但她很討厭這種沒有實質安撫作用的虛假笑容。「希望抗生素治療能及時發揮效果。」護理師說。

「是嗎？」喬琪頓時情緒失控，質問道：「及時是多久？而且這話到底是什麼意思？我昨晚離開時他明明看起來好好的，現在到底是怎麼回事？妳真的要告訴我這是正常的嗎？肯定是有什麼併發症吧？」

「喬琪，我們正在盡我們所能。」護理師回答。「的確，現在的狀況並不理想……我們本希望他現在就能起來走動了，但就像我剛剛說的，每個病人的反應都不一樣。但如果抗生素治療沒有在接下來幾小時起作用，醫生就要看看是不是有什麼其他問題。」

「其他問題？例如什麼？」

「我不是醫生，無法推斷狀況，還是等下一次查房再確認吧，可能只是羅傑對其中一種藥物產生不良反應而已。」

「我好擔心。」

「我知道，我也了解妳的感受。請不要擔心，我相信幾天後他就能回家，並順利踏上康復之路。」她看了一眼手錶，說：「我恐怕得去開會了，過一會兒就會回來看看羅傑的狀況。」她指向護理站說：「在這段時間，那邊那位護理師會負責照顧羅傑，如果還有疑問都可以問她。」

喬琪看到一名個子嬌小的黑髮護理師站在櫃檯前面，便對她微笑，護理師也同樣報以微笑。

琪拉離開後，喬琪親吻羅傑的臉頰，發現他的皮膚溼溼黏黏的。她握住他沒有打點滴的手，那隻手也一樣溼溼黏黏且軟弱無力。她俯身對他耳語道：「嗨，親愛的，我在這裡，我愛你，我真的好愛你。你會沒事的，一定會好起來的，我們會一起撐過去。要堅強一點，小不點需要你快快好起來！」

她感覺到他輕輕回握她的手。

接下來一個半小時，羅傑繼續睡覺，喬琪則守在他旁邊，緊盯著螢幕，巴不得用意志力讓數字開始改善。至少從數值看來，他的狀況還算穩定，希望抗生素開始發揮效果了。

下午一點半，喬琪的肚子開始咕嚕咕嚕叫，她才想起來自己今天都還沒吃東西。雖然她沒胃口，但她知道自己需要補充能量，所以她暫時離開羅傑身邊，下樓到入口大廳的咖啡廳買了一個鮪魚三明治，為了提神和快速補充糖分還買了一瓶可樂。她需要呼吸新鮮空氣，便把食物帶到醫院外面。雖然刺骨的寒風和冷雨有提振精神的效果，但實在是太冷了，無法待太久。於是她又回到醫院裡，坐在門口附近的窄長凳上，開始吃三明治。

她一吃完就匆匆趕回加護病房，繼續守在羅傑床邊。他仍然睡得很熟，毫無知覺。就在她俯身輕吻他時，她用眼角餘光瞥見了兩個人走進病房，是馬克思．瓦倫丁和他的學生羅賓——不對，他叫羅伯特．瑞斯邁。同行的有琪拉．戴爾和另外兩位她不認識的醫生。

瓦倫丁走向她，露出了風度翩翩的微笑。

「妳好，喬琪，我的病人狀況還好嗎？」他問道。

「老實說不太好。」喬琪搶在護理師開口前說道。「請問你能為他做些什麼嗎？他的狀況好像都沒改善。」

喔，當然沒問題，馬克思．瓦倫丁心想。妳想要我做什麼呢？救他一命，好讓妳和他結婚，過著幸福快樂的日子嗎？

想得美。

他對她露出寬慰的微笑，說：「別擔心，放鬆點。他經歷了重大事故又動了大手術，狀況肯定會起起伏伏。但他沒問題的，我相當滿意。」他用誇張的動作一一研究儀器數值，然後說：「一切都很好，跟我預期的差不多。」

他說完便轉身離去，往門口的方向走，其他人緊跟在後。

他說的話在喬琪的腦海中迴盪：別擔心，放鬆點。

你說得倒輕鬆，她心想。

65

一月十七日星期四

離開加護病房時，瓦倫丁心事重重，而那位羅馬尼亞醫學生正是煩惱的來源。

瓦倫丁醫生，我只是想說一件事情。當時……在動手術的時候，我覺得時機不對就沒有說，但我看到理查森先生的腸道好像有個小傷口。

幸好他下星期就能擺脫他了，但那個年輕人讓他感到擔心。他何時會告訴別人自己看到了什麼？理查森的狀況很快就會急轉直下，到那時，如果瑞斯邁告訴醫療團隊其他人自己的疑慮，可能會有另一名普通外科醫生再次替理查森開刀。醫生會發現並縫合穿孔，而理查森幾乎百分之百會康復。

在那之後，他幾乎敢肯定院方會展開調查。如果瑞斯邁堅持自己有告訴馬克思他看到了穿孔，他卻置若罔聞，這件事可能會對他的工作造成威脅。他可能會被停職，天啊，甚至可能會被取消醫生執業資格。

他需要時間思考，便跟瑞斯邁說自己要在辦公室處理一些文書工作，然後再去午休。他告訴學生，下一個需要他參與的行程是一名子宮頸癌晚期患者的陰道鏡檢查，排定在下午三點，請他到時再過來。

他刷卡開了辦公室的門，進去後便坐在辦公桌前。他正打算登入電腦，卻有東西吸引了他的注意力，有什麼地方和平常不太一樣。他低頭看到左下角的抽屜沒有完全關上，開了一道小小的縫。

他明明每次都會緊緊關上的。

有人進來過嗎？為什麼？是誰？

他感到惱火，便把抽屜整個拉開，開始翻裡面的舊文件資料夾，直到最底部，那裡放著辦公室兩個檔案櫃的鑰匙。

他馬上意識到事情不對勁。

他每次都會把鑰匙擺整齊，但現在它們卻放得亂七八糟的。

到底是誰進來過？

他用鑰匙打開檔案櫃，焦急地翻裡面的綠色文件夾。他一抽出鼓起的文件夾，頸背的寒毛頓時豎了起來。

為了預防萬一，他都是把手機螢幕面朝檔案櫃後側擺放，但現在螢幕卻面朝前方。他拿起手機。幹！沒設靜音。

毫無疑問，有人進了辦公室，開了檔案櫃，還把手機拿出來。他怎麼會這麼粗心大意？

他的心思回到昨天晚上，想起瑞斯邁莫名其妙打來的那通電話。

噢，我很抱歉，瓦倫丁醫生，抱歉打擾你。我……我只是想確認明天要何時去哪裡找你？

他媽的，那個兔崽子在他離開辦公室後闖進來了嗎？他在監視他嗎？他更擔心的是，他看到手機裡的內容了嗎？

有個方法可以百分之百確認。羅伯特．瑞斯邁，你以為你他媽的很聰明是不是？明察秋毫是不是？那你他媽的雞婆死老外，你怎麼沒看到這個呢？

辦公室另一頭的牆角架上擺了兩盆仙人掌，中間夾著一本醫療目錄。一般來說，走進辦公室的人看都不會看它一眼，但他們如果把目錄拿起來，可能會覺得重量有點輕。確實也是，因為瓦倫丁拿掉了內頁，放入一台攝影機，攝影機的角度幾乎可以拍到整間辦公室。

他在平常用的手機上點開 CleverCam app，查看照片。他把攝影機設定成辦公室裡有動靜就會拍照。他第一個看到的是自己幾分鐘前走進辦公室的照片。他滑到昨天傍晚，看到羅伯特．瑞斯邁進辦公室的照片。在下一張，他走到了辦公室中間。接著，他轉過頭，似乎被什麼東西嚇到了。他走到檔案櫃前，試圖打開，再走到他的辦公桌，坐下來，又回到檔案櫃前，取出手機。

他查看了手機。

他把手機放入口袋，關上檔案櫃的門並回到辦公桌，似乎是把鑰匙歸位。

時間跳到了今天早上九點四十四分。瑞斯邁再次走進辦公室，疑似從辦公桌抽屜取出鑰匙，然後打開檔案櫃，將手機歸位，再把鑰匙放回去，就離開了。

瓦倫丁拚命抑制自己的怒火。這男人好大的膽子，竟敢做這種事！他試圖冷靜下來，絞盡腦汁思考那個羅馬尼亞人把手機拿去做什麼。他幾乎敢肯定對方是想破解密碼。

他成功了嗎？

他也只能這樣假設，因為風險實在是太高了。

他必須馬上採取行動。

首先，他刪除了手機裡所有構成犯罪的內容，包括用平常的手機偷拍的跑步照片備份檔。

66

一月十七日星期四

下午兩點十五分，羅傑還在睡覺。雖然百般不願意，但喬琪・麥克林必須暫時離開加護病房。她按照指標，沿著醫院走廊前往產科。她經過一台輪椅，以及一個上面有危險警告標誌，還寫著「請勿丟棄黃色垃圾袋」的垃圾桶。經過提醒小心地滑的黃色三角錐後，她終於看到自己在找的標示。

陰道鏡檢查，五號檢查室。

她敲了敲門，便進入一間小候診室，房間一側有一排置物櫃，另一側則是用簾子隔開的更衣室。聽年輕護理師的口音，她似乎是澳洲人。她遞給喬琪一件藍色檢查衣和一把置物櫃鑰匙，並請她脫掉所有衣服再換上檢查衣，然後說她幾分鐘後回來。

喬琪完成了指示後，便赤腳坐著等待。護理師回來後，就帶她走進一個塞滿儀器設備的小房間，包括一個螢幕和她上次檢查也有看到的雙目顯微鏡。房間中央放了一張藍白相間且作工精緻的檢查椅，托腳架還有鋪墊子。房間裡另一名護理師協助喬琪在椅子上坐好，把她的腳放在托腳架的墊子上，然後讓椅背往後倒。

喬琪仰躺著，幾乎是兩腳朝天，感到脆弱無助，又忍不住擔心凱特會發現什麼問題。平常她可能會試著開玩笑緩解氣氛，但她實在太擔心羅傑和肚裡的孩子，根本無暇他顧。

過了一會兒，那名產科醫生走了進來。她穿著藍色工作服，還戴著手套。

「哈囉，喬琪！」她打招呼道，還是一如往常地爽朗。「親愛的，妳還好嗎？」

「還好，謝謝。」

「那親愛的羅傑還好嗎？」

「不太好，我超擔心他的。」

「畢竟他動了大手術。」她說。「動完脾切除術真的需要花好一段時間才能康復。」

「我知道，但加護病房團隊不明白他的狀況為何不見改善……而且從昨天開始似乎還每況愈下。」她無奈地聳肩道：「他服用了抗生素，目前狀況穩定，但我看得出來醫護人員還是很擔心。我也搞不懂，只是感覺哪裡不對勁。」

「喬琪，我看過很多病人在懷孕期間都特別容易緊張害怕。羅傑正在接受最好的照護，請不要太擔心，他會沒事的，真的。」

喬琪又勉強擠出微笑，說：「好。天啊，真希望妳是對的。」

「好，那我們來檢查一下妳的狀況吧。我想妳看到的一點點血跡沒什麼好擔心的，這點我有把握，但確認一下更保險，對吧？為了排除任何不好的可能性，我會進行切片檢查。」

凱特在窺陰器尖端塗上凝膠，接下來幾分鐘，她一邊透過雙目顯微鏡觀察，一邊將窺陰器慢慢推入喬琪體內。「喬琪，跟我想的一樣，是很健康的粉紅色。有一些可能是懷孕導致的變化，我沒看到任何需要擔心的東西，但我想還是進行切片，這樣就萬無一失了。」她說。

十五分鐘後，那名產科醫生取出窺陰器，將切片樣本放入小塑膠瓶，並旋上瓶蓋。她在標籤上寫了要給病理實驗室的指示，並貼在瓶子上。

今天下午所有的陰道鏡檢查結束後，這個小瓶子就會和其他樣本瓶一起送到樓下的病理實驗室進行分析。

「在我看來，一切都很好。」凱特安撫喬琪道。「但還是等切片結果，就能百分之百確定了，好嗎？」

「但妳真的覺得沒問題嗎？」

「對啊，我真的沒看到任何令人擔心的東西。」

喬琪起身後，便去置物櫃取出並換回原本的衣服。她走到走廊上，準備回到羅傑身邊，卻看到馬克思．瓦倫丁朝她走來，他的學生則跟在後面，兩人都穿著工作服。

「喬琪，妳好！」馬克思打招呼道。「檢查還順利嗎？」他講得好像她是要比賽得獎的學生一樣。

「我可是乖寶寶呢。」

他皺眉，一時沒聽懂她語中的諷刺，然後說：「啊。」他似乎有些尷尬。

「因為我流了一點血，所以克勞醫生有些擔心，但她覺得都沒問題，只是希望我暫時不要跑步。」

「太好了，以妳的孕期來說，流血當然都要好好檢查，但通常沒什麼好擔心的。」

「馬克思，我更擔心羅傑的事。」她回答。

「我稍早也說了，別擔心，他是我朋友，我會好好照顧他的。」他對她微笑，但他的學生卻露出截然不同的表情。羅伯特．瑞斯邁看起來憂心忡忡，似乎和喬琪抱持相同的疑慮。

兩人走進陰道鏡檢查部門後，喬琪往加護病房的方向走，邊走邊思考。

思考瑞斯邁的表情究竟意味著什麼。

她身後傳來匆匆的腳步聲，她轉身發現瓦倫丁急急忙忙朝她走來。「對了，喬琪，」他追上她時說道。「妳之前提過妳星期四晚上有開放臨時加入的跑步訓練課程，對嗎？妳今晚會上課嗎？還是目前課程都暫停了？」

「會，我必須開課，我不能讓客戶失望。」

「那我可以去嗎？我記得妳說晚上六點半？」

「當然歡迎。」

67

一月十七日星期四

下午三點，瓦倫丁接在凱特．克勞後面，在同一間陰道鏡檢查室開始為下午的最後三名病人進行檢查。第一位病人是懷孕十六週的波蘭女人凱西亞．麥基維奇，年僅三十二歲卻罹患了子宮頸癌。

在他透過顯微鏡觀察的同時，影像也會放大顯示在螢幕上給護理師和他的學生看，因此他為了不要讓病人擔心，就盡量不在檢查過程中說明病況。但他看到的狀況實在不太妙：癌細胞正在轉移，他看到一坨像小花椰菜一樣的息肉，周圍大出血，而且子宮頸呈現不健康的灰色。他幾乎可以百分之百肯定，要盡快幫她動手術，代表必須先終止妊娠。

他採集了要給病理實驗室的切片樣本。檢查結束後，病人從檢查椅起身，看起來擔心得要命，他便試圖安撫她，心想與其在這裡告訴她噩耗，不如之後一對一約診時再講。

病人離開檢查室後，他將樣本放入塑膠瓶，旋上瓶蓋，在標籤上寫下給病理科的指示並貼在瓶身上。接著他查看名單，閱讀下一位病人的病歷。

一小時後，時間剛過下午四點，他做完了第三個，也是今天下午最後一個陰道鏡檢查。他拾起全部四個塑膠瓶，包括喬琪娜．麥克林的樣本瓶，並跟護理師說他有事要去病理科一趟，可以順便幫忙把切片樣本拿過去，這樣他們就不用特別跑一趟了。

他和羅伯特．瑞斯邁一起走到走廊上，他將樣本瓶塞入口袋，關上門並轉向他的學生，說：「羅伯特，我想過去這個月來，你應該獲益良多吧？」

瑞斯邁只是盯著他，沒有回答。

瓦倫丁能透過他的眼神和肢體語言清楚解讀對方的想法，他覺得狀況相當不妙。那個年輕人完全不打算閉嘴，這點他一目了然，而且遲早會有人願意傾聽並相信他的話。

「羅伯特，你是不是想和我聊聊？」他故作友好地問道。

「是的，我想我們該談談。」

「如果要成為一名成功的醫生，你必須了解一些事情。我覺得你是不可多得的人才，你比我帶的大部分學生都要聰明許多。你天資聰穎，未來前途無量，而我可以幫助你，我『想要』幫助你。」他刻意環顧四周，然後壓低聲音說：「隔牆有耳，在這裡可能不方便談。」他對瑞斯邁眨眼，一副彼此心照不宣的樣子。「你懂我的意思吧？」

瑞斯邁直直盯著他，沒有做出任何反應。

「羅伯特，你知道貝爾皇家大飯店嗎？」

那個羅馬尼亞人搖搖頭。

「離這裡幾公里，可以從飯店眺望聖奧賓灣，你把地址輸入衛星導航系統。」

「我有腳踏車。」他回答。「我沒有車，也沒有衛星導航系統。」

「那手機呢？你有手機吧，可以用Google Maps。」

「好。」

「那就今晚八點半。」

瑞斯邁看起來猶豫不決，說：「我今晚要約會，她要煮晚餐給我吃。」

瓦倫丁微笑道：「哦？恭喜啊！我認識嗎？」

「或許吧。」

「你可真是深藏不露。」

瑞斯邁皺眉道：「深藏不露？」

「恭喜啊！不會耽誤太多時間，而且根據我的經驗，讓她們等一下，她們會更為你著迷！」

雖然瑞斯邁不太情願，但還是點了點頭。

「好極了！」他以高人一等的態度拍拍學生的肩膀，說：「好，我現在要處理一些行政事務，所以今天沒事了。你可以自由活動，我們晚上八點半在貝爾皇家大飯店門口見。好嗎？」

「好吧。」

羅伯特．瑞斯邁離開時，很清楚知道自己應該做什麼，但看到凱特．克勞的反應後，他明白如果自己試圖向醫院告發瓦倫丁醫生，可能反而會葬送自己的職業生涯。他也很好奇那個顧問醫師晚上要告訴他什麼，這也會影響到他接下來要採取什麼行動。

68

一月十七日星期四

馬克思和學生道別後，沒有立刻搭電梯下樓到病理實驗室，而是先回辦公室，進去後就關門並鎖門。接著他坐在辦公桌前，將四個樣本瓶攤在桌上。

他拿起其中一個樣本瓶，上面的標籤以凱特．克勞的字跡寫著「喬琪娜．麥克林」。他小心翼翼地撕下標籤，特別注意不要撕破它，並將其黏在桌緣。接著，他拿起自己第一位病人凱西亞．麥基維奇的切片樣本瓶，撕下標籤，並將兩者互換，仔細撫平它們。完成後，他一一拿起樣本瓶，欣賞自己的傑作。

接下來，他撥打凱特．克勞的手機，她在響了幾聲後接起。

「喂，馬克思，怎麼了？」

「凱特，妳在忙嗎？我想跟妳談談我的學生羅伯特．瑞斯邁的交接事宜，他下星期一開始要跟著妳學習。」

「我有點忙——在處理緊急狀況——有病人要生產。」

「沒問題！妳有空再打給我，不急不急。」

「好！」

掛掉電話後，他忍不住微笑。很好，這代表她人不在辦公室，短時間內也無法抽身。眾神眷顧著他，一切都是天時地利人和！

他用克勞的密碼登入她的電腦，並查閱喬琪娜・麥克林的病歷。

乖女孩！

凱特在今天下午三點零七分，也就是喬琪的陰道鏡檢查一結束後就更新了病歷。

他仔細研讀她寫的內容，前面寫了一小段前言，後來才進入正題。

病人發現尿液裡有少量血跡。今天下午兩點三十分進行陰道鏡檢查，並未發現異常；為預防萬一，已採集切片樣本進行病理檢查。

考慮了幾分鐘後，瓦倫丁稍微修改了一下她的筆記，其實他只需要刪掉幾個字而已。現在，凱特・克勞的筆記寫著：

病人發現尿液裡有少量血跡。今天下午兩點三十分進行陰道鏡檢查，已採集切片樣本進行病理檢查。

他知道自己越陷越深，但事已至此，他覺得自己也別無選擇。而且如果凱特．克勞跟他和其他同仁一樣工作堆積如山，她永遠不會注意到這段被修改了。

他登出電腦，心情非常好——可謂心花怒放——並到地下室的病理實驗室，若無其事地交出樣本。

他遲早得處理凱西亞．麥基維奇惡化的子宮頸癌，也不能拖太久，但別急，還有時間。

揮之不去的節拍器又浮現在腦中，不斷滴答作響……

時間點至上！

69

一月十七日星期四

一整個下午，羅傑還是沒有反應，但至少負責照顧他的護理師說他的狀況穩定，讓喬琪稍稍鬆了一口氣。醫生查房後似乎還算滿意，不過他們沒有告訴她太多情報，只說他的病情沒有惡化，他們會在晚上持續密切觀察他的狀況。羅傑的父母非常感謝喬琪定期回報最新狀況。

她不斷跟羅傑說話，雖然對方毫無反應，但她希望他能聽見。根據網路上的資訊，就算昏迷和半昏迷的病人沒有回應，他們還是能聽到一切。

最後，接近傍晚五點半時，她起身並告訴羅傑她晚點會回來。雖然她不想離開他，但今晚有六名客戶預約她的跑步訓練課程，加上馬克思．瓦倫丁就有七人。她最晚八點半能回到醫院。

喬琪親吻他的臉頰，並告訴他自己晚點會回來，他仍毫無反應。「親愛的，要堅強！」她鼓勵道。

她開車回家，換上教練課的運動服，並以最快的速度開往貝爾皇家大飯店。

晚上六點十分左右，她停在飯店後面，一下車，寒冷刺骨的狂風就迎面襲來。她在一片漆黑中摸索著，把鑰匙插入鎖孔，並開門進入健身房。謝天謝地，距離上課還有二十分鐘，她要趁這段時間暖身並準備今晚的課程。喬琪選了一些音樂，第一首是她目前最愛的歌曲之一：Passenger[49]的〈簡單的歌〉（Simple Song）。音樂從天花板的喇叭響起，她到處走動，跟著音樂律動，心情稍微放鬆了一點。雖然想回到羅傑身邊，但能夠暫時轉換環境，做平常愛做的事，她也感到很享受。

突然，她感覺到有人在看著她。

她停下腳步並四處張望，不禁嚇了一跳。愛德華多幾乎隱身於黑暗的走廊上，一動也不動地盯著她。

「靠，愛德華多，嚇死我了。你幹嘛不開燈？」

「保險絲熔斷了，我來修理。」

「今晚怎麼沒穿小丑服？」

「今晚不是搞笑夜。」他回答。「妳確定妳不改變心意，週末和我一起跑步嗎？」

「我確定，感謝邀約！祝你跑得愉快。」

「記得鎖門，我……我想妳的客戶來了。」愛德華多正要離開，又停了下來，補充道：「妳應該試試超馬，我知道妳跑得好，我知道妳的速度。」

[49] 邁克爾・大衛・羅森博格（Michael David Rosenberg）是英國創作型歌手兼詞曲作家，曲風偏向民謠搖滾。原為Passenger樂團的主唱，樂團於二〇〇九年解散後，他便沿用了Passenger（吟遊詩人）這個藝名。

「之後可能會吧。」喬琪說道，並揮手把他打發走。她從窗戶看到刺眼的車頭燈，而且不止一輛。健身房的門打開了，馬克思穿著俗豔的運動服和全新運動鞋走了進來。

「我喜歡妳的音樂！」他表示讚賞。「好聽，我真的很喜歡，選得好！」

她調高音量，讓他用跑步機暖身，並故意把速度調高一點，暗自希望他會跑得很吃力，就不管他了，轉而迎接陸續進來的兩位常客。

晚上七點半，除了瓦倫丁之外的客戶都走了。他大汗淋漓且看起來筋疲力盡，卻好像不急著走。

「喬琪，謝謝妳。」他說。「這個訓練真棒，我要給妳多少錢？」

她搖搖頭說：「今晚這堂課免費，你為羅傑做了那麼多，就把這當作謝禮吧。如果你還想繼續上課，我們再來談費用。」

「噢，我當然會再來，這堂課真棒！」

「那就好。」她說，巴不得他趕快離開。

他把一隻手放到門上，又回過頭來，好像要說些什麼一樣，但最後只是微笑並給她一個飛吻。她也匆匆回以一個飛吻，敷衍了事，他才終於離開，讓她鬆了一口氣。為了盡快回到羅傑身邊，她決定今晚不檢查客房，明天再徹底檢查一遍。

外面傳來引擎的轟鳴聲，她從窗戶看到瓦倫丁開著保時捷，對方透過搖下的車窗向她揮手，就把車開走了。那輛保時捷讓她想起上個月差點被車撞的事，那個不看路的白痴。她忍不住用雙手環抱腹部，說：「小不點，你在裡面還好嗎？喜歡健身房嗎？你會成為最健康的小不點，而且我們會給你滿滿的愛！」

馬克思的車尾燈消失後，她關掉音樂、暖氣和電燈，鎖了門就趕快上車。開到飯店出口的斜坡時，她從後照鏡看到了愛德華多，他又站在那裡盯著她。

她有股衝動想停下來，倒車回去問他在做什麼，但最後決定繼續往前開，心想還是盡量不要跟這個奇怪的男人有太多接觸比較好。

70

一月十七日星期四

瑞斯邁打給提莉，跟她說臨時有急事要處理，可能將近晚上九點半才能到，並向她鄭重道歉，幸好她完全能理解。「沒關係，事情處理完再來吧。」她說。「但別拖太久，因為我真的很期待見到你！」

「我也是！」

這是真心話，他已經很久沒有這麼期待一件事了。天啊，她真的好美！由於瓦倫丁醫生下午就放他走了，他到城裡買了一大盒英國高級巧克力。他穿著黃色反光背心，巧克力則穩穩放在背包裡。

他按照手機裡地圖的路線，頂著勁風騎上坡，騎向在黑暗中隱約可見的貝爾皇家大飯店。在騎車的同時，他也陷入沉思。瓦倫丁醫生顯然精神不正常，他懷疑自己的祕密被發現了，所以想要私下聊聊，可能是想說服瑞斯邁不要揭穿他吧。他這才明白，這就是這種圈子的生態，不只注重專業，權力關係更要小心應對，靠祕密談話掩蓋真相這種事可能是家常便飯。

雖然他才剛踏入醫療界，但他已經深切感受到醫生會幫忙彼此，也會互相包庇。他試圖向凱特．克勞說明自己的疑慮，對方雖然和顏悅色，卻對他的話置若罔聞，她的反應就足以證明這點。因此他很清楚，就算他告訴醫院裡其他人，對方很可能也不會幫他，甚至可能會阻撓他告發。

或許瓦倫丁醫生擔心的是，如果被別人發現自己在手術中遺漏了關鍵的細節，可能會名譽掃地？感覺這是最有可能的解釋。或許見面時，他們可以討論出解決辦法，把羅傑．理查森送回手術室，並在瓦倫丁醫生不因過失而被究責的前提下，「發現」並處理病人腸道的傷口。

如果他想在醫療界發展職業生涯，就必須獲得所有顧問醫師的好評價。希望他能和凱特．克勞達成協議，讓瓦倫丁在同仁面前維持好形象，或許他自己也能因此得到很高的評價。他的職涯發展可不能在此時出差錯，尤其是他和那位漂亮的護理師提莉似乎擦出了愛的火花，這個大好機會他絕不能放過。

想到這裡，他備受鼓舞，便更加用力踩動踏板，騎上斜坡。但接近飯店時，他卻看不到任何燈光，感到相當驚訝。是因為年初住客很少嗎？還是停電了？

終於，他的腳踏車前燈照亮了左側的飯店招牌。他通過兩根石柱，並奮力騎上蜿蜒的車道，坡度比剛才的山坡還陡。幾分鐘後，他騎得滿身大汗，終於爬到最高點，腳踏車前燈微弱的燈光照亮了下方黑暗、寂靜的飯店後側，以及空蕩蕩的停車場。車道旁有一排箭頭，可以跟著指示繞到建築物前面的接待處。他順風騎下坡，速度快了許多。

他沿著車道繞到飯店前面，左邊可以眺望聖奧賓灣的燈火，但右邊只看得到一排黑色的窗戶，飯店似乎一片漆黑。他在前門停了下來並下車，不禁皺眉。

難道他跑錯地方了嗎？

他在手機上查看瓦倫丁醫生告訴他的地點。

貝爾皇家大飯店。

這裡就是貝爾皇家大飯店啊。

他的正後方傳來了一聲腳步聲。他正要轉身，對方就開口了。

「你好啊。」

頭部的一記重擊讓他瞬間倒地，他的腳踏車也應聲而倒，發出玻璃碎裂的清脆聲響，前車燈便熄滅了。

71

一月十八日星期五

羅傑．理查森病床周圍的簾子被拉上了。早上查房的人員有值班的加護病房顧問醫師詹姆士．斯韋爾、他的住院醫生、一名麻醉師，以及琪拉．戴爾和馬克思．瓦倫丁。所有人都在研究病人周圍的眾多儀器數值，個個面色凝重。

比起昨天下午，理查森的皮膚長了更多斑點，呼吸也變淺了。他的動脈血中含氧量顯著下降，心率也更差了。他的心跳明顯過快。

「他的狀況不太對勁。」詹姆士．斯韋爾低聲說。「馬克思，你是星期一下午替他動手術的嗎？」

「對，就是標準的脾切除術。」

「他會不會感染了？」琪拉．戴爾揣測道。

「對。」瓦倫丁說道，似乎相當篤定。「目前感染的可能性最高。」他對在場所有人一一點頭，確認有和每個人四目相接。「我建議接下來四十八小時繼續進行抗生素治療，觀察看看有沒有效果。沒有的話，我們就得開刀，看看裡面出了什麼問題。」

斯韋爾是個高挑瘦削的男人。他沉思片刻後點頭同意，決定相信這位經驗豐富的資深顧問醫師。

「馬克思，我也覺得這是好主意。」

在樓下，凱特．克勞坐在辦公桌前，她平常都笑容滿面，今天卻一反常態，神色不悅。下星期一開始，羅伯特．瑞斯邁要跟在她身邊學習一個月，她今天特別排開了一小時，要向他說明自己的工作模式與時程，但那個醫學生竟然放她鴿子。難道是因為她沒有認真看待他對馬克思．瓦倫丁的疑慮，所以他才爽約嗎？這是一間提供多樣化服務的小醫院，同仁間必須友好相處、信任彼此並且互助合作，這是至關重要的。凱特在這裡工作這麼多年，從來沒有懷疑過任何同事的專業能力。所有人都和她抱持相同的理念：盡其所能。

她看了看螢幕，確認今天的工作內容。中午十二點要進行陰道鏡檢查，下午兩點則要和雪菲爾醫院的腫瘤科開每週的例行視訊會議，討論病患的癌症治療方案。之後她就可以回家了，但她當然不會這麼做，因為她有幾位病人在產科病房，隨時都有可能生產。

她會盡量待晚一點，但最晚只能待到七點，因為她的丈夫要帶她去島上最奢華的飯店——郎格維利莊園酒店（Longueville Manor）共進晚餐，補慶祝結婚紀念日。她已經期待好幾星期了，還先偷看線上的晚餐菜單，已經決定好要點什麼了。

新郵件的通知聲把她拉回了現實，她便看了一眼收件匣。最上方的郵件是資深病理學家奈傑爾．柯克姆寄來的，寫著：

凱特，收到信後請打這個號碼給我。

她撥打電話，柯克姆幾乎立刻就接起來了。

「凱特，謝謝妳打給我。」

「沒問題，怎麼了？」

他似乎欲言又止。「是這樣的，妳的病人喬琪娜．麥克林的切片結果已經出來了。」

「好快！我以為星期一才會拿到。」

「我週末要去英國參加親戚的婚禮，所以想先把工作處理完。檢查結果不太好，所以我想應該要馬上告訴妳。」

「不太好？」她說，感到既驚訝又失望。

這下換對方感到驚訝了。「一點也不好，凱特，這看起來像是晚期子宮頸鱗狀細胞癌。」

「奈傑爾，你百分之百確定嗎？」

「恐怕是的。」

「靠，我有替她檢查，她雖然有流一點血，但我完全沒想到會是癌症晚期。她的陰道鏡檢查明明看起來完全沒問題。」

對方沉默片刻後才回答：「真的嗎？」他聽起來相當驚訝。「但切片結果完全不一樣。」

「是第幾期？」

「可能是2B。」

2B代表子宮頸和淋巴管都有癌細胞，而且腫瘤已侵襲達骨盆壁，必須立刻開刀，再進行放療和化療，這也意味著必須終止妊娠。天啊，可憐的喬琪。

「不好意思，我剛剛可能反應太大了。這位女士一年前曾檢查出一期子宮頸癌前病變，我本以為已經完全排除風險了。我來打電話吧，我和她是朋友，這對她來說肯定打擊很大。」

凱特很幸運，身為婦產科醫生，大部分的時間她都是傳達好消息，並接生出快樂又健康的寶寶，讓所有人的臉上都綻放笑容，世界上沒有什麼比這件事更有意義的了。當然，事情不可能永遠一帆風順，有時候她也必須告知噩耗。她知道喬琪試了很多年才懷孕，這個寶寶對她來說意義重大。她自己和鮑伯也曾多次嘗試體外人工受精，歷經多年的煎熬後，她才終於懷上兒子查理，夫妻倆欣喜若狂。但現在，她很有可能必須傷透朋友的心。

她拿起手機，帶著沉重的心情撥打喬琪的電話號碼。

72

一月十八日星期五

喬琪坐在親屬等候室的椅子上，等待早上的查房結束，來這裡報到似乎已成了每天早上的例行公事。等候室裡只有她一個人，讓她鬆了一口氣，因為她沒心情跟別人聊天。她的思緒亂成一團，胃裡也一陣翻攪。她清晨出門散了步，這通常能讓她感到精力充沛且情緒穩定，但今天卻毫無效果。

她環顧四周，盯著等候室裡的傳單，她在過去幾天已經把每張傳單的每個字都看完了。她查看手機，瀏覽電子郵件，她有好多郵件都還沒回覆，現在人生彷彿停滯了。她看了看待辦事項，發現傍晚有客戶預約一對一課程。一番斟酌之後，她決定不取消課程，因為剛好配合下午查房的時間，而且她星期一已經向這位客戶取消過一堂課了。他是個缺乏耐性且自以為是的基金經理，雖然她不太喜歡他，但她如果連續兩堂課放對方鴿子，可能會失去這個客戶，而且他搞不好還會留下負評。她現在比以往都更需要留住客戶，不能冒這個險。

她開始查看接下來幾星期的行事曆，看到他們在二月中安排去法國瓦勒迪澤爾（Val d'Isère）的滑雪之旅。羅傑非常期待這次旅行，不過由於她到時已經進入第二孕期，醫生說滑雪摔倒很可能會導致流產，不要冒險，所以她只打算使用飯店SPA療館和健身房。但羅傑能在不到一個月的時間康復到能夠滑雪嗎？

他能活到那時候嗎？

這個念頭就像一片冰冷的巨浪襲上心頭。

靠靠靠，天啊，拜託羅傑——

她的手機在響，她趕緊拿起來，發現是沒看過的市話號碼。「喂？」她接起電話，意識到自己的聲音在顫抖，一聽就知道她很緊張不安。

「喂，喬琪。」

是凱特，但聲音沒有平常那麼活潑，聽起來有點悶悶不樂的樣子。

「嗨。」她說。

「妳聽起來很消沉，羅傑今天還好嗎？」

「我在等查房結束，就可以進去看他了。對啊，我覺得越來越害怕……我好擔心他。我知道他在這裡可以得到最好的照護，但……我知道這樣做有點蠢……我昨晚坐在床上查脾切除術患者的死亡率，查到百分之三點二會在術後感染，而其中百分之一點四會死亡。」

「喬琪！」凱特責備道，但聲音很溫和。「查這種東西對妳一點好處也沒有！而且百分之一點四很低啊。」

「但萬一羅傑就是那百分之一點四呢？」

「妳看，這個Google就不會告訴妳，死於脾切除術的患者幾乎都是年老體衰的人，但我們都知道妳的羅傑身體強壯健康，對吧？」

「對。」

「那就不要再擔心了，妳的心態越正向，就能把越多正能量傳達給羅傑，好嗎？」

喬琪勉強擠出一絲微笑，說：「謝謝。」

克勞突然嚴肅了起來，說：「喬琪，我會打給妳是因為我拿到了昨天切片的結果，事情不太對勁。我想做子宮頸磁振造影，看看到底是什麼狀況。從——」

「不太對勁？」喬琪打斷她。等候室似乎突然暗了下來，彷彿所有的溫暖和光線都被吸走了一樣。「什、什麼意思？」

「喬琪，老實說，根據我的評估結果，我一點也不擔心，但我想盡快預約磁振造影，消除病理科部門的疑慮。妳有什麼時段不行嗎？我不知道他們有多忙，如果今天不行，明天可以嗎？」

「嗯，沒問題，我這兩天一整天都有空，但妳說事情不對勁是什麼意思？」

「我真的不想要妳擔心，陰道鏡檢查看起來一切都正常。」

「但妳做了切片檢查，而病理實驗室說有問題，他們應該不會搞錯吧？」

「我幾乎敢肯定他看到的是妳十八個月前切除的癌前病變組織。可能有一些殘留的疤痕組織，小到連陰道鏡檢查都看不到，但切片剛好有採樣到那幾個細胞。如果是那樣的話，只要花個五分鐘就能切除那些細胞了。喬琪，我知道這個寶寶對妳來說有多重要。相信我，我是產科醫生，更是妳的朋友，我只想確認一切萬無一失，我也相信是如此。我的助理會聯絡妳通知檢查時間，好嗎？」

「凱特，妳保證沒問題嗎？」雖然知道這樣問毫無意義，但喬琪還是忍不住問出口。

掛電話前，凱特試圖安撫她：「喬琪，交給我，我會好好照顧妳的。」

喬琪坐立不安，便起身在小房間裡來回踱步，思考剛才是怎麼回事。她的朋友在隱瞞些什麼？到底是什麼事緊急到必須立刻做磁振造影，甚至要排到明天的週末，而不是等到下星期再做？

事情不太對勁。

凱特有事情沒告訴她。

她身後傳來開門的聲音，和琪拉．戴爾的打招呼聲。

「嗨，喬琪，早安！」

喬琪轉身，擠出一絲笑容。

「妳今天還好嗎？」

「如果說還好就是客套話了。羅傑狀況如何？」

「這個嘛，評估團隊剛剛才去看他，好消息是和昨天相比，他的狀況並沒有惡化。」

「這代表抗生素治療發揮效果了嗎？」她問道，心中又燃起了希望。

琪拉點點頭，但她的表情並沒有喬琪期望的那麼樂觀。「對，但我們有點擔心他的數值和血中含氧量……可能有敗血症的跡象。」她說。

聽到這個詞，喬琪瞬間陷入了恐懼的漩渦。「敗血症？那是會致命的，對吧？」她問道。

「若沒有及時治療是有可能致命沒錯，但在加護病房很少發生。醫療團隊會立刻為羅傑制定治療計畫和時間表。」

「時間表？」

她點點頭說：「如果羅傑的狀況還是沒有好轉，他們就必須動手術，看能不能找到問題的根源。」

「例如什麼？」

「最有可能是脾切除術區域周圍受到感染。」

喬琪想了一下，問道：「既然你們懷疑有感染，為什麼不直接開刀檢查？」

「喬琪，麻醉和手術會對病人造成很大的負擔，而他們不知道羅傑的狀況是否夠穩定，可以進行麻醉。」

喬琪盯著護理師，花了幾秒鐘才理解對方的意思。「妳的意思是你們擔心羅傑現在動手術的話，可能撐不過來，對吧？」她問道。

她沒有正面回答，只說：「希望藥物會發揮效果，不需要動手術。」

喬琪沮喪到說不出話來，在查房結束後靜靜跟著護理師走進加護病房，坐在羅傑旁邊，把手機設成靜音，放在床頭櫃上。羅傑正在睡覺，但她親吻他並握住他的手，試圖按照凱特的建議保持積極正向，跟他聊昨晚的課程，說馬克思・瓦倫丁也有參加，而且他的體力真的很差。

然後她陷入沉默。

這個惡夢到底何時才會結束？她心想。

要怎麼結束？

事情不太對勁。

切片。

難道是癌症？

她的手機發出震動，是凱特・克勞的助理打來詢問她明天中午能否來醫院做磁振造影。

喬琪回答可以並向對方道謝，一掛掉電話，她就上網搜尋子宮頸癌。過了半小時，她看完所有查得到的資料後，便後悔這麼做了。

73

一月十八日星期五

到了傍晚五點，喬琪因為極度擔心羅傑的狀況，上網查子宮頸癌的資訊後又十分害怕，覺得自己非常需要休息一下。醫療團隊剛開始進行傍晚的查房，她決定趁自己無法待在羅傑身邊時，利用時間補做昨晚偷懶跳過的飯店檢查。什麼都好，只要能轉移注意，讓她不再胡思亂想就好。

她駛出衛國街停車場，卻正好碰上星期五傍晚的車潮。她開著澤西廣播電台聽新聞報導，卻是左耳進右耳出，幾乎什麼都沒聽進去。到目前為止，抗生素還是沒有發揮效果，但不幸中的大幸是，至少羅傑今天的狀況都很穩定，或許那是好跡象吧。

但凱特的那通電話就不太妙了，她的話仍在喬琪的腦海中揮之不去。

我拿到了昨天切片的結果，事情不太對勁。

到底是什麼不對勁？

「不對勁」到她必須立刻做磁振造影？

這樣對她的寶寶不會有影響嗎？

羅傑會不會活不到寶寶出生的時候？

快忘了這念頭，要正向思考，羅傑會沒事的，妳會沒事的，小不點也會沒事的！

新聞播的都不是好消息，她便轉到音樂電台，電台碰巧在播放All Time Low樂團的〈一切安好〉[50]。

她跟著音樂小聲哼唱旋律。平常歌曲結束時，她都會大喊：「耶——！」

但今天她沒辦法。

平常從醫院開到飯店只要十分鐘，但今天她卻花了將近二十分鐘。她在傍晚五點四十五分停在健身房門口。整間飯店一片漆黑，希望愛德華多已經下班了。她手裡拿著鑰匙，打開健身房的門，開燈後便從裡面鎖門，還緊張地瞥了一眼牆上三個靜止不動的沙漏。就在那時，她的手機發出訊息通知聲，是客戶要臨時取消課程。

她忍不住咒罵一聲，但其實這樣她就能早點檢查完客房回醫院。她禮貌回應對方的道歉訊息後，便走到走廊上，按下電燈開關。燈亮了，讓她鬆了一口氣，一定是愛德華多修好了保險絲，她心懷感激。她沿路開燈，經過廚房，開始檢查房間，履行職責。

真奇怪，她心想，平常走在這些漆黑的長廊上，她都會感到害怕，但今晚卻不會。她不怕會有女鬼從浴缸裡爬出來，也不認為會有入侵者拿東西砸她的頭，因為她有更真實、更令人擔憂的事情要煩惱。

最後，她檢查完酒吧和餐廳，心想可以向湯姆·沃捷回報一切都沒問題，便沿著走廊往健身房的方向走，抵達唯一還沒檢查的地方，也就是廚房。她停在門外時，聽到了微弱的嗡嗡聲。

她推開門並走進廚房，開燈後環顧四周的各式爐具、水槽和流理台。嗡嗡聲變得更大了，是從廚房另一頭的鋼製大門傳來的，門旁邊亮著紅燈。

她站在原地思考，依稀記得湯姆．沃捷去年九月為她做的飯店導覽。這是冷凍室的入口，湯姆說他們會在裡面掛牛肉、羊肉和豬肉，也會存放魚、貝類和一些蔬菜。

但她之前怎麼從沒注意到嗡嗡聲？還有紅燈？

她試圖找到合理的解釋。冷凍室不可能自己打開，所以要麼是有人在她上次檢查後進來打開的，要麼就是她沒注意到。

她決定打給沃捷確認，便從聯絡人名單找到他的電話號碼。她打了國際電話。

「嗨，喬琪！」響了幾聲後，對方就接起電話。

「湯姆，不好意思打擾你。」她說。「關於飯店，我有一件事想快速確認一下。」

「沒問題，喬琪，是什麼事？」

「是冷凍室，我之前沒注意到，但電源是打開的，我只是想確認你整個冬天都會開著冷凍室嗎？」

「電源是打開的？」

㊿ All Time Low是一個美國龐克樂團，二〇〇三年發跡於美國馬利蘭州的巴爾的摩，於二〇一八年發行歌曲〈一切安好〉（Everything is Fine）。

「對，抱歉我現在才注意到，我是說……我不想隨隨便便打擾你，只是怕你不知道這件事，但你搞不好一直都有在冷凍室存放食材。」

「不，喬琪，我沒存放食材。冷凍室非常耗電，所以我們會在每季結束前用完或丟掉所有食材。妳的意思是它從九月底就一直開到現在嗎？」

她不想因為自己的疏失而顯得愚蠢，仔細思考後才回答：「我想沒有，我到剛剛才發現……如果之前就開著，我應該會注意到才對。」

對方沉默片刻後才開口：「我真的不知道怎麼會發生這種事。喬琪，裡面什麼也沒有，應該說不應該有。我的供應商在飯店開始營業前幾星期才會開始送貨。門的右邊有總開關，是一個紅色的大開關，請妳往上推，但我想最好先確認一下裡面沒有放肉或是會壞掉的東西，雖然我真的不認為有。」

「我馬上檢查。」

「謝謝！其他都還好嗎？」

「都沒問題，我才剛檢查完。」

「太棒了！關掉冷凍室的電源吧。真的很感謝妳發現這件事，我的電費已經夠高了。」

「應該的。你在滑雪嗎？」

「對啊，這個雪真棒，今天兩度，還出太陽。澤西天氣如何？」

「十一度而且狂風大作！」

「別擔心，孩子，再六個月就夏天了！愛德華多還好嗎？他還在穿小丑服嗎？他之前扮小丑時，把我嚇得屁滾尿流呢！」

「我也是！他還好，他今天休假，但我明天會跟他說冷凍室的事。」

掛掉電話後，喬琪大步走向冷凍室的門，那扇門跟銀行金庫的入口差不多大。在關掉電源之前，為了確認裡面沒東西，她轉動門把，試圖拉開門。

這扇門比看起來還要重，她用力一拉，門才緩緩打開，一股冷空氣迎面襲來。她盯著昏暗的冷凍室內部，只看到一排排空空如也的木架，她找到電燈開關後便打開。

冷凍室相當大，比她想的還要深，底部左右兩側都有凹室。她冷得直打哆嗦，繼續往裡面走，經過磁磚牆上一排掛肉的鉤子，鉤子下面有一條排水溝。她走到冷凍室另一頭，右邊的凹室一片漆黑，她用手機的手電筒照亮內部，看到一排大理石架。

她將手電筒轉向左邊的凹室，立刻就看到了地板正中央的物體。她的第一直覺是向前查看，但她只走了幾步，手電筒的光線就照到了他的臉龐。

74

一月十八日星期五

羅伯特．瑞斯邁躺在地上，一動也不動，臉色發青，睜開的雙眼彷彿盯著天花板上的某個東西。但他的眼皮沒有顫動，臉部肌肉沒有抽搐，胸口沒有起伏，也沒有發出呼吸聲，他的頭髮甚至結了霜。

喬琪的嘴巴呼出熱氣。在那一瞬間，她動彈不得，身體不住顫抖，因驚慌和恐懼而視線模糊。然後她衝向他，大喊：「羅伯特！羅伯特！」她跪下來觸碰他的臉頰，發現硬得跟石頭一樣。他好像她之前在杜莎夫人蠟像館（Madame Tussauds）看到的作品，像一尊蠟像，不像真人。

她摸他的手腕，一樣硬邦邦的，而且沒有脈搏。她往後一縮，感覺自己好像快要昏倒了。

她身後傳來了聲響，聽起來像拖著腳的聲音。她猛然轉身。「是誰？」她大喊。「誰在那裡？」

她仔細傾聽。

但她只聽到自己撲通撲通的心跳聲。

她在手機上戳了三次「9」，她的心跳聲聽起來就像拳擊手在狂揍沙袋一樣。她聽到了轟鳴聲，彷彿她站在地鐵月台上，有列車正要進站一樣。

手機並沒有響，她看一眼就立刻發現問題所在：這裡沒訊號。靠。

她必須離開冷凍室，到她聽到腳步聲的地方。是不是有人躲在外面，準備襲擊她？會不會是對瑞斯邁做這種事的人？

她盡可能提高音量，假裝自己在講電話：「你好，我要打給警察局，我需要救護車和警察。」幾秒後，喬琪繼續大聲說：「你好，我在聖勞倫斯貝爾皇家大飯店，我在廚房的冷凍室裡發現了一具屍體。」她把手機拿在面前，隨時準備拿來當武器，回到廚房，一邊瘋狂左右掃視，一邊走到走廊上。

完全沒有人影。

她站在原地傾聽，耳中的轟鳴聲仍然沒有消失，她全身顫抖，眼睛仍不斷掃視周遭，盯著陰影，確認是否有移動的人影。她的手機又有訊號了，她按下撥號鍵，幾乎馬上就打通了。

「這裡是求救電話，請問需要什麼服務？」一個平靜的女聲說道。

「救護車和警察，謝謝。」

她屏住氣息。走廊盡頭右轉彎處是不是有人影在動？

「請告訴我妳的姓名和所在位置。」

喬琪急忙提供資訊，並壓低聲音，怕被兇手聽到。「我剛剛在貝爾皇家大飯店的冷凍室裡發現了一個男人。他死了，我確定他死了。」

「喬琪，他有脈搏嗎？有呼吸嗎？」

「沒有，沒有，我、我有檢查，但什麼都沒有，我確定他死了。」

「喬琪，我們已經派救護車和警車過去了，十分鐘內會抵達。」

「謝謝妳。」她說，幾乎嚇得發不出聲音。她又往身後看一眼，走廊有人影在動嗎？

「喬琪，在他們抵達前，我都會跟妳保持通話。」

「謝謝。」她喘息道。

「妳在安全的地方嗎？」

「我……不知道，我、我不確定。」

「妳可以到外面等，帶醫護人員和警察到妳找到這個人的地方嗎？」

她遲疑了一下。她敢離開這裡嗎？「好。」她回答。

她深吸一口氣，沿著走廊走向飯店門廳，每走幾步就停下來傾聽。她終於抵達門廳，看到了靜悄悄的接待櫃檯，櫃檯後方有客房的信件格，桌上擺了一疊美國運通（American Express）的傳單和一疊澤西觀光地圖。旋轉門和無障礙側門都上鎖了。她知道鑰匙在後面辦公室印表機旁的抽屜裡，她跑進去拿，馬上跑出來開門，把門推開並衝到外面。夜晚的空氣迎面襲來。

「我到外面了。」她對接線員說。她能夠眺望圍繞聖奧賓灣行駛的車輛燈光。遠處傳來微弱的警笛聲，更遠處還有一道，兩者都越來越大聲。越來越近。

「喬琪，我能看到他們的位置。」接線員安撫道。「他們不到五分鐘就會到。」

「天啊，謝謝妳。」

「妳一個人嗎？」

她再次轉身，看向身後以及周遭的黑暗，回答：「我……我應該是一個人。」

幾分鐘後，警笛聲更近了，喬琪也看到了閃爍的亮光，接著看到藍光。車頭燈照亮了建築物轉角，條紋狀的藍光灑落，照亮了黑暗。她站在車道正中央，瘋狂招手，幾秒後，救護車就在她面前停了下來，兩名醫護人員跳下車。

「救護車來了。」喬琪說。

「警察再幾分鐘就到了。我們就通話到這邊可以嗎？」

「可以，好，可以，謝謝，謝謝妳。」

她麻木地帶領醫護人員穿越迷宮般的走廊，進入廚房的冷凍室，接著急忙回到門口。警車剛好抵達，她也把兩名警察帶到現場。

他們看到屍體時，都露出了震驚的表情。

「他怎麼會被鎖在這裡面？」一名年輕的女警一邊問道，一邊伸手關掉劈啪作響的無線電。

她沒有特別在問誰，只是提出這個疑問。「而且他在這裡多久了？」

「我不知道，但很奇怪……星期三晚上有人入侵，有兩名警察來調查，但我們什麼也沒找到，以為是小孩子在惡作劇。」

「妳在這裡工作嗎？」男警問道。

「我在這裡的健身房當教練，冬天和管理員一起照看這個地方，不過管理員今天休假。但我知道這個人是誰，他叫羅伯特．瑞斯邁，我昨天下午才看到他。」喬琪用顫抖的聲音回答。

「在這裡嗎？」警察問道。

「不是，在醫院，他是在澤西總醫院實習的醫學生。我昨天有看到他，他和產科顧問醫師馬克思．瓦倫丁在一起。」

「妳是什麼時候看到他的？」警察問道。

「下午三點左右。」

「妳在那之後還有看到他嗎？」

喬琪想了一下，想起他臉上奇怪的表情。現在想來，他當時似乎一副欲言又止的樣子。「沒有。」她回答，無法將目光從瑞斯邁身上移開。

「妳也在醫院工作嗎？」另一名警察問道。

「不是，我的未婚夫出了意外，正在住院。他在機場事故受了重傷，我……是去探望他。」

她的思緒一團亂。

怎麼會？到底怎麼……到底發生了什麼事？這個年輕人怎麼會死在這間飯店的冷凍室裡？而且為什麼？愛德華多和此事有關嗎？

接下來一小時，喬琪感到越來越無助。她打給湯姆．沃捷，告訴他發生了什麼事，並保證有更多消息會再通知他。他嚇壞了，簡直不敢相信，說他會馬上訂回來的機票後就掛斷了電話。警方在飯店正門圍了警戒線，她必須站在外面，更多警車也陸續抵達。值班督察也來了，和她簡短說了幾句話，說她是重要的目擊證人，請她不要離開，等等會有人來簡單做筆錄。

接下來抵達的是一個叫做薇姬的女子，她向喬琪介紹自己是鑑識科長。不久後又來了兩名犯罪現場調查員。

接近半夜時，喬琪感到筋疲力竭又快凍僵了，便去和一開始的男警聊聊，他在現場站崗，確保沒有閒雜人等進入。她告訴他自己懷孕了，詢問是否能回到車上等待。他深表同情，而且自己也冷得要命，便說當然可以。

她向他道謝，說她的車停在飯店後門，便匆匆回到車上，發動引擎，幾分鐘後把暖氣開到最大。十分鐘後，她終於覺得身體開始暖和起來了。

接近凌晨一點時，一名穿西裝的年輕男子走近，介紹自己是警探蘭代爾。他和她一起坐在車內，問她一些問題，用平板緩慢輸入她的回答，花了不少時間。結束後，他給她自己的名片，請她早上打給他，他會安排讓她到局裡做更詳細的筆錄。接著他建議她先回家休息一下。

她馬上照做。

75

一月十九日星期六

凱特·克勞和往常一樣，一大早就醒來了。她悄悄下床，以免吵醒丈夫。她睡得不好，因為有個揮之不去的念頭，就像蚊子在耳邊嗡嗡叫一樣，令她心煩不已，就是好友喬琪·麥克林的切片報告。

切片檢查結果診斷出癌症，她做陰道鏡檢查時怎麼會沒看到？那名病理學家做事一絲不苟，難道他搞錯了嗎？她覺得應該不會。但她自己也很嚴謹，而人非聖賢，誰能無過。

家裡靜悄悄的。查理肯定還在睡覺，幾小時後才會起床吃早餐，她還要花十分鐘把他搖醒。她穿上睡袍，想著今天的行程。鮑伯今天要載查理去打橄欖球，她也答應明天換自己載他去練習，這樣丈夫就能去打高爾夫球。雖然她週末休假，但她打算晚點去醫院，花幾小時趕一下越積越多的文書工作。

凱特幾乎是摸黑下樓，還差點絆到家裡的貓，因為牠總是喜歡在最後一階樓梯蜷曲著身體睡覺。那隻貓咪叫跳跳，因為牠小時候都會在家裡跳來跳去。凱特走進廚房並關上門，跳跳也跟著進來，一邊喵喵叫。

凱特打開一罐貓咪吃的魚罐頭，都還沒把食物全部舀進碗裡，跳跳就開始大快朵頤了。接著她打開收音機，一邊泡一杯瑪奇朵咖啡，一邊聽天氣預報和新聞。今明兩天的天氣預報都不錯，謝天謝地，因為她下週末要參加環島自行車比賽，打算先練習幾趟。

她透過窗戶看到太陽升起，正如天氣預報所說，早上天氣晴朗，於是她決定待會出門騎車。她聽著咖啡機運轉的聲音，一邊剝香蕉皮，並吃了一口，待會才有體力練習。報時信號響起，澤西廣播電台隨即開始播報早上七點的整點新聞。

第一則新聞是有人在島上的貝爾皇家大飯店發現一名男子的遺體，主播說在通知家屬後，才會公布男子的身分。接著警司史都華．雷文發表了聲明。

「我們懷疑這是一起非自然死亡。」他以莊嚴的語氣說道。「我轄下的重案組已經展開調查，今天早上也會進行驗屍。目前還沒有其他資訊，但我們今天稍晚會發布更多消息。」

幸運的是，這座島上很少發生隨機殺人事件，這在澤西可是重大新聞。可能是幾個員工發生了衝突吧，凱特猜想。下一則新聞是關於原訂為自然保留區的土地規劃爭議，接著是澤西州警察局（Jersey States Police）逮捕一名星期一機場事故嫌疑人的新聞。

很好，她心想。天啊，搞不好是某個亂操控無人機的白痴，沒有想到事情的嚴重性，因此釀成了這麼可怕的悲劇。

她吃完香蕉，喝完咖啡，便上樓去換上冬天的車衣。五分鐘後，她騎出車道，踩著踏板，沿著蜿蜒陡峭的山坡路往布利灣（Bouley Bay）騎。早晨的冷空氣讓她精神亢奮，她也很享受下坡路以及壯麗的海景。不過在踩踏板時，她注意到換到部分檔位時會發出奇怪的喀噠聲。在山腳騎了一小段平路後，她準備騎陡峭的上坡路。

在這段期間，她心裡一直掛念著自己的朋友。

喬琪那麼擔心未婚夫，狀況已經很差了，我怎能讓她經歷這麼糟糕的事情？

如果診斷無誤（做完磁振造影就能確認），那麼終止妊娠就是唯一明智的選擇了。如果是中、後的孕期，或許就能挽救胎兒的性命，但現在還在初期，胎兒無法存活。她怎能告訴喬琪這個壞消息？

她站了起來，開始重踩，鍊條卻突然在齒片上滑動，她差點跳檔，看來她必須在明天之前把車拿去檢查一下。她終於爬到最高點，心思馬上回到喬琪身上。

她騎在一段平坦的鄉間小路上，心情卻很沉重。通常她都盡量不對病人投入感情，但喬琪是她的朋友，所以不一樣。她試圖維持專業的立場，但她真的很同情喬琪嘗試懷孕多年，尤其是她自己和鮑伯也經歷過同樣的事情，那種挫折、失望、逐漸渺茫的希望，以及驗孕結果終於顯示為陽性的那一刻，那種難以言喻的喜悅。

當喬琪發現自己的夢想終於成真，凱特也在她的臉上看見了同樣的喜悅。但後來卻發生這麼可怕的意外，可憐的羅傑受了重傷。有些人受到那樣的打擊就有可能會流產，但幸運的是，到目前為止，這種狀況還沒有發生。如果喬琪在一波三折之後，還必須終止妊娠，那實在是太殘酷了。

她必須深入追查此事，她至少應該為喬琪做這點事。凱特立刻改變路線，向左急轉彎，騎入一條狹窄的小路，往聖赫利爾和醫院的方向騎。

二十分鐘後，凱特在將近早上八點經過醫院正門——腳踏車的喀噠聲更加明顯了——看到了一輛警車停在外面。她轉向葛妮絲．惠林翼樓，她總是把腳踏車鎖在那裡有遮雨棚的腳踏車架。星期六早上在醫院看到警察，其實並不是那麼稀奇的事，因為星期五晚上，鎮上常常會發生酒吧鬥毆事件，警察就會來醫院訊問傷患。

她走進翼樓的入口時，一名身穿制服的女警禮貌地向她打招呼。她似乎在站哨，還有一個穿西裝的男人站在她身後不遠處，凱特猜他應該是警探。

「請問妳來醫院有什麼事嗎？」女警問道。

「我是這間醫院的產科醫生，雖然看起來不像。」她注意到警察在打量她的車衣，便微笑道。

「妳介意我的同事問幾個問題嗎？」警察指向身後的男人問道。

「要問什麼呢？」她禮貌地問道。

「他會說明，他想了解一些背景資訊。」一名年輕女子走進醫院，立刻轉移了警察的注意力，她便匆匆說道。

凱特走向穿西裝的男人，說：「那位警察請我和你談談。」

他介紹自己是偵查佐彼得．謝雷夫斯。

「妳在這裡工作嗎？」謝雷夫斯問道。

「對，我是產科醫生。」

「妳有見過一名叫做羅伯特．瑞斯邁的男子嗎？」

「羅伯特．瑞斯邁？有啊，他是一名醫學生，跟在不同產科顧問醫師身邊學習。怎麼了嗎？」

「可以請妳去一趟加護病房旁邊的行政辦公室嗎？我在那裡的同事想跟所有他生前認識的人談談。」

她盯著他幾秒鐘，問道：「生前？」

但她話才剛說出口，就恍然大悟。

羅伯特．瑞斯邁。

她稍早才聽到有人在貝爾皇家大飯店發現一名男性遺體的新聞，難不成羅伯特就是被害人？

「請告訴我，羅伯特發生什麼事了嗎？」

警官面無表情，答道：「請上去行政辦公室，他們會說明一切。」

她匆匆爬上兩層樓梯，到加護病房的樓層，並沿著走廊趕到行政辦公室。早晨的陽光彷彿蒙上了一層烏雲。

76

一月十九日星期六

馬克思．瓦倫丁心神不寧，幾乎一夜無眠，凌晨三點還被因擔心病人狀況而打來的產科住院醫生吵醒，終於在破曉時進入夢鄉。但下一秒，他就被雙胞胎吵醒了，他們在羽絨被上爬來爬去，拉扯被子、他的耳朵和克萊兒的頭髮，還不停大喊大叫。

大喊大叫。

他忍不住吼回去：「閉嘴，他媽的，閉嘴！」

「馬克思！」同樣被吵醒的克萊兒責備道。

他把矛頭轉向她，質問道：「妳到底有什麼問題？」

「你啊。」她簡短回答。「你是怎麼了？他們只是小孩子。」

「我現在拚命工作，整個週末都要待命，還要當他們的玩具？我很累，我需要睡覺。」

「馬克思，他們也是你的小孩。」她說。「不只是我的。你大聲罵髒話時，他們會嚇到，而且不知道你有沒有注意到，但我也在拚命工作。」

瑞斯和愛蜜莉亞張著嘴巴盯著他，他們從來沒被那樣吼過，但效果立竿見影，他們馬上就閉嘴了。

「嘿，小朋友們！」馬克思說。他坐起來，把羽絨被蓋在他們頭上，然後開始隔著被子替他們搔癢。

雙胞胎很快又開始咯咯笑和扭動身體了，他更用力搔癢，他們也扭得更厲害，笑得更大聲。就在這時，床頭櫃上的收音機鬧鐘開始播早上八點的當地新聞。

第一則新聞是有人在貝爾皇家大飯店發現一名男子的遺體。

他整個人坐了起來，身體僵直。雙胞胎還在咯咯笑，但馬克思不理他們，全神貫注聽新聞報導。

「怎麼了？」克萊兒問道。

他揮揮手要她安靜，專心聆聽雷文警司的聲音。接著廣播開始播報土地規劃爭議的新聞。

「馬克思？」克萊兒問道。「你還好嗎？你的臉色很蒼白。」

嬰兒監護器傳來了科爾馬克的哭聲。

「是什麼事？」她追問道。「怎麼了？」

「沒事。」

「你今天要去公園跑嗎？」

「沒有，我在待命，要進醫院。」

馬克思下床，走進浴室後關上門，因為他需要思考。他沒有掀起馬桶蓋，就直接坐了下來。

他忍不住顫抖，甚至聽到了母親責罵他的聲音，好像她拿著擴音器，對著他的耳朵大吼一樣：「馬克思，你真讓人丟臉，你是個失敗者，一個徹頭徹尾的失敗者。你怎麼什麼事都做不好？」

冷凍室裡的屍體應該好幾個月後才會被發現才對，怎麼這麼快就被發現了？喬琪明明跟他說現在廚房都沒在使用，也沒有定期檢查。

他特別擔心一個問題：瑞斯邁有沒有跟誰說過跟他約見面的事？

他開始回想星期四的事，他請那名年輕醫學生到貝爾皇家大飯店與他碰面。

他回答：我今晚要約會，她要煮晚餐給我吃。

瑞斯邁跟女伴說了什麼？他說明遲到的理由是什麼？他有告訴她要去哪裡嗎？他有提到馬克思的名字嗎？

但他沒事的，他已經準備了不在場證明。他去上了喬琪．麥克林的教練課，後來又回到醫院，在運動服外面套了一件大衣，確保有好幾個人看到他，也和一些人聊了一兩句。由於他在待命，晚上去醫院再正常不過了。如果有人問，他就說他原本打算在交接給凱特．克勞前，請羅伯特．瑞斯邁去他的辦公室談談，但瑞斯邁並未赴約。

他稍微放鬆了點。星期四上完喬琪的課之後，他又回到飯店和瑞斯邁碰面。他在毛帽下面戴了泳帽，在大衣下面穿了潛水服，還戴了乳膠手套。沒有皮膚外露，現場也沒有留下DNA，他對這點很有把握。克萊兒過去幾年很愛看《CSI犯罪現場》[51]，至少他也因此對法醫學略知一二。

[51]《CSI犯罪現場》（*CSI: Crime Scene Investigation*，簡稱*CSI*）是一部美國刑事電視劇，講述一組刑事鑑識科學家的故事。

警察會試圖找出死因、嫌疑犯和動機。

他們會找指紋和DNA。

但他們不會找到他的指紋和DNA，就算找到了，由於他和瑞斯邁常常見面，指紋和DNA也無法作為證據。

太好了。

好，所以他們找到了遺體，沒什麼大不了的。希望警方光是調查遺體就會忙得不可開交，沒有明顯的動機，也不會有人懷疑他。

更重要的是喬琪，她的幸福和她的未來。他踏入淋浴間，打開蓮蓬頭，站在強力水柱下，又開始擔心瑞斯邁太早被發現的事。他的計畫需要緊急調整。

但他萬萬沒想到，有人在停車場目睹了一切。

77

一月十九日星期六

她站在門外，在走廊壁燈微弱的光線下，盯著房號：237。她手裡握著鑰匙，但她每次開門前都會遲疑，這次也不例外。今晚有種超自然的感覺，彷彿連空氣都在屏息等待。她用鑰匙開門並走進房間，比平常還要緊張。房間內相當冰冷，好像走進大型冷凍庫一樣，她甚至能看到嘴巴呼出的白煙。

她奮力移動雙腳，感覺好像在水深齊腰的水裡走路，慢慢走到臥室的門前，並將門打開。恐慌緊緊攫住了她的喉嚨，她試圖尖叫，卻發不出任何聲音。她嚇得目瞪舌僵，不斷嘗試尖叫，大聲呼救，卻只換來了沉默。她試圖往後退或轉身逃跑，雙腳卻動彈不得。

羅伯特．瑞斯邁一絲不掛，頭髮溼漉漉的，皮膚布滿綠色斑點。他從浴缸裡起身，撐著浴缸的扶手爬了起來，把腳跨到外面。她又試著往後退，但雙腳仍然不聽使喚。

他走向她，伸出雙手，臉上露出懇求的神色。他搖搖晃晃地朝她走來，用布滿斑點的雙手抱住她，將她拉向自己，臉頰幾乎貼著她的臉頰，低聲說了些什麼，但她卻聽不見。

嗶嗶嗶……嗶嗶嗶……

喬琪驚醒了，但恐懼感仍未消失。天亮了，她躺在床上，陽光從窗簾間的縫隙灑進房間。

嗶嗶嗶……嗶嗶嗶……

原來是鬧鐘的聲音，喬琪伸手按掉按鈕，鬧鐘就不響了。她躺在床上，汗流浹背且渾身發抖。天啊，那場夢實在太過鮮明，太過真實了。昨晚發生的事慢慢湧上心頭。

羅伯特．瑞斯邁躺在冷凍室凹室的地板上。

警察。

無數疑問在她腦中湧現。發生了什麼事？羅伯特怎麼會在冷凍室裡？為什麼？他是跌倒了，還是有人把他搬到裡面去的？是誰？為什麼要這麼做？她快受不了了，這種壓力對她和她的寶寶肯定不好。

她看了一眼時間，發現已經早上八點三十一分了。

星期六，現在是星期六早上。靠。她本想用走的參加公園跑，但現在已經來不及九點抵達起跑點了。時間太晚了，而且她也太累、太緊張了。她昨晚凌晨兩點後才睡，所以她才把鬧鐘設得比平常晚那麼多。

羅傑還好嗎？醫院沒有打電話來，讓人鬆了一口氣，沒事就是好事吧，至少她希望是如此。她好希望今天去看他時，護理師或醫生，什麼人都好，可以告訴她好消息，說他的狀況好轉，抗生素開始發揮效果了。

她中午要做磁振造影，她只要一想到就害怕。雖然凱特再三保證沒問題，但她知道醫生一定在擔心什麼，才會排定檢查，而且還這麼緊急。

她下床時，突然打了個冷顫，小時候母親總是說這是「有人在自己的墳頭上走過」的感覺。她一直都不太懂母親說這句話到底是什麼意思，但每次聽到都會打哆嗦。現在走進浴室時，她也打了個哆嗦。

她用冷水把臉打溼，接著花了兩分鐘認真刷牙，看著鏡中自己疲憊的面容，心想出門散步會不會感覺好一點。反正早上查房結束後她才能進去看羅傑，在那之前還有不少時間。她穿上運動服，坐在床上打給醫院，對方說羅傑晚上的狀況沒有變化。她掛掉電話後便走進客廳。

一走進客廳，她就注意到茶几上藍、白、金色相間的名片，上面還印有澤西州警察局的盾牌。她記得自己昨晚回家後，把名片放在茶几上，是為了提醒自己今天要打電話給警察，約時間到警察局做筆錄。她想了一下，她離開後警察還留在現場，而且很可能待了一整晚，現在應該在睡覺吧。她可以中午做完磁振造影，下午再去警察局。況且她昨晚基本上已經把自己知道的事情都告訴他了，至於那名醫學生怎麼會去飯店，又怎麼會死在冷凍室裡，她實在無從說明。

她喝了幾口之前做好放在冰箱的能量果昔，戴上粉紅色帽子便出門了，迎向寒冷但晴朗的早晨。她開始暖身，往維多利亞大道的方向快走。凱特叫她不要跑步，但說走路沒問題。

她向左轉，沿著人行道走到路口等紅綠燈。就算紅燈了，她還是遲疑了一下，確認所有車輛都停下來後才過馬路。她穿過樹籬，從舊站咖啡廳的一側走到海濱大道，再左轉，沿著海灣大步走向聖赫利爾。潮水退得很遠，海灘和泥灘上有一些人，他們的狗在沙地上自由奔跑。

她一邊走，一邊又回想起那場夢，那場惡夢。

羅伯特．瑞斯邁爬出浴缸，抱住她低語些什麼。

她從出生到現在，一直都會作異常鮮明的怪夢，而且很多夢都令人深感不安。之前她跟前夫麥克．錢德勒嘗試懷孕多年未果，她在不孕症專家的建議下去做心理諮商，因為他認為她的焦慮可能會讓她更難懷孕。

他推薦的精神科醫生叫做斯塔福德—瓊斯，他很樂觀又富有同情心，喬琪很信任他。他提倡佛洛伊德[52]夢的解析，他說夢境是大腦試圖在潛意識處理未解問題的產物，通常不會直接表達，而是以象徵的形式出現。如果她能解讀夢境想傳達的訊息，找出困擾著她潛意識的問題，那麼問題就會迎刃而解。

所以昨晚的夢境想傳達的訊息是什麼？是什麼未解問題困擾著她的潛意識？

從表面看來，問題好像清楚明瞭。羅伯特．瑞斯邁死了，而他之前和馬克思．瓦倫丁在一起。瓦倫丁替羅傑動手術，但羅傑的康復狀況不理想，大家都很擔心。馬克思．瓦倫丁是動脾切除術的合適人選嗎？他過去有沒有失誤或醫療疏失的紀錄？

有這麼簡單嗎？那場夢是想叫她多注意他嗎？她試圖回想瑞斯邁搖搖晃晃走向她時，他臉上的表情。那場夢是否隱含某種意義？還是只是呼應昨晚事件的惡夢？

她回想起斯塔福德—瓊斯醫生說過的話：未解問題，困擾她的潛意識。

她的潛意識在警告她有什麼可怕的事情正在發生嗎？

是什麼事情？

突然，她想起瓦倫丁在晚宴時對她說過奇怪的話。他問她有沒有怨恨過一個人，恨到想要殺掉對方，後來承認他恨自己的母親。

他為何會說那種話？

她發現自己對他幾乎一無所知，就接受了他是值得信賴的顧問醫師。她提醒自己之後要調查一下他的背景。

有一個辦法可以調查一個人的背景，她之前竟然都沒想到要這麼做。

她原本打算走更長的距離，但她現在決定馬上掉頭，用最快的速度走回家。

52 西格蒙德．佛洛伊德（Sigmund Freud）是奧地利心理學家、哲學家，精神分析學的創始人，被世人譽為「精神分析之父」。

78

一月十九日星期六

凱特．克勞走進行政辦公室時，看到辦公室裡坐著衣冠楚楚的一對男女。男人大概四十幾歲，身材矮小，鬍子刮得乾乾淨淨，留了平頭，穿著黑色西裝和閃閃發亮的黑色鞋子。凱特能輕易認出同樣有運動習慣的人，看他的體格就知道他平常有在跑步。女人大概三十幾歲，留著一頭及肩的棕色長髮，穿著海軍藍色的兩件式套裝。和同事相比，她可能比較少運動，但她的表情比較親切友善。他們看起來像警探，凱特一這麼想，男人就出示了一張警察委任證，證實了她的猜測。

「樓下入口的警察請我上來這裡。」凱特說。

兩人都站了起來。

「請問妳是？」男人問道。

「凱特．克勞，我是這裡的產科醫生。」

「謝謝妳來找我們。」他說話不苟言笑，語氣沒有透露任何情緒。「我是斯特頓偵查佐，我同事是坎貝爾警探。我們想問妳幾個問題，可以嗎？」

「好，但我可能不能待太久。」

「沒問題。」坎貝爾警探說，她有一點蘇格蘭口音。「請坐，我們只會耽誤妳幾分鐘的時間。」

凱特坐在他們對面，斯特頓偵查佐寫下凱特的姓名、地址和電話。

「凱特。」他說。「可以這樣稱呼妳嗎？」

「可以。」她微笑道。

「好，凱特，請問妳認識一位從羅馬尼亞醫學院來這裡實習的醫學生羅伯特．瑞斯邁嗎？」

「我認識，我星期一要開始帶他。」

「帶他？」坎貝爾警探問道。「怎麼說？」

「我們跟大部分的醫院一樣，都有開設給醫學生參加的計畫，他們會跟在不同部門的顧問醫師身邊學習。怎麼了嗎？」

「我們發現了他的遺體，但現階段不能透露更多。」

「遺體？」

雖然她在樓下門廳和警察說完話，心裡就有底了，但這幾個字還是宛如晴天霹靂，感覺好像有人揍了她的肚子一拳。「遺體？你是說羅伯特．瑞斯邁死了嗎？」

兩名警探點點頭。「恐怕是的。」斯特頓偵查佐用嚴肅的語氣說道。

「但……怎麼……我是說，我、我星期四才看到他。發……發生了什麼事？」

「現階段我們恐怕無法提供更多細節。妳說妳星期四才看到他？可以多說一點嗎？」斯特頓問道。

凱特的腦筋急速轉動，回想起今天早上在廣播聽到的新聞，問道：「我聽新聞說有人在貝爾皇家大飯店發現了一具屍體，跟這件事有關係嗎？」

看兩人的肢體語言，她一眼就知道自己猜中了。

「凱特，正如我剛才所說，我現階段沒辦法透露更多。」斯特頓重複道。「妳跟羅伯特·瑞斯邁熟嗎？」

「不太熟，之前是醫院的資深婦科腫瘤顧問醫師帶他，星期一開始換我，所以我只有見過他幾次。」

「妳對他有什麼特別的看法嗎？」

她聳肩道：「沒有耶，只覺得他非常熱情和聰明，是個不錯的年輕人，感覺志向遠大。真令人遺憾。」

「妳星期四有見到他。」坎貝爾警探說。「為什麼會見到他？」

那名產科醫生遲疑了一下，回想星期四的時候，那個年輕的羅馬尼亞人來辦公室找她，卻碰了一鼻子灰。「他只是來自我介紹而已。」她不想觸及麻煩事，就僅僅這樣回答。

「凱特，我可以問一個很直接的問題嗎？」斯特頓問道。

「請說。」

「羅伯特・瑞斯邁在醫院有樹敵嗎？」

「樹敵？什麼意思？」

「例如情敵之類的？凱特，我們現階段還不夠了解他的背景，但我們懷疑他可能有惹誰不高興，導致對方想置他於死地。」

「我真的跟他不夠熟，也完全不了解他的背景，只有聽說他和專科住院醫生巴納比・卡迪甘發生過幾次衝突，而馬克思・瓦倫丁也勸架了好幾次，但我不知道這跟此事有沒有關聯。」

「沒關係。」坎貝爾警探說。

斯特頓偵查佐打破了短暫的沉默。

「凱特，如果接下來一兩天有想到什麼事情，請打給我。」他遞給她一張名片，上面的電話號碼被劃掉了，有人用圓珠筆寫下了另一個電話號碼。「這是我的手機號碼，無論是白天或晚上，隨時都可以打給我。」他說。

那名產科醫生把名片放入背包，並拉上拉鍊。「好的。」她說。「沒問題。」

所有人都起身，兩名警探感謝她撥出時間回答問題，她便離開了。

79

一月十九日星期六

喬琪坐在沙發上，在筆記型電腦上搜尋「馬克思．瓦倫丁」這個名字。出現了一大串結果，大部分的馬克思．瓦倫丁都來自美國，一位來自千里達及托巴哥（Trinidad and Tobago），也有幾位來自英國。有一位馬克思．瓦倫丁是實習牙醫，有一位是物流專員，還有沃爾瑪超市（Walmart）的貨物上架員以及抵押銀行業分析師。

她輸入「馬克思．瓦倫丁產科醫生」，縮小搜尋範圍。

畫面上瞬間出現一排照片，其中三張有他的臉，另外兩張則是陌生人。她點進下面的連結。

FRCOG馬克思．瓦倫丁，婦科腫瘤顧問醫師，澤西，海峽群島。有一張馬克思．瓦倫丁穿著西裝，神情嚴肅的照片。

下面又有一長串連結，大部分的內容她都已經知道了，除了他幾年前為了支持心理健康慈善機構Mind[53]，從倫敦騎腳踏車到巴黎，最近還在澤西成立慈善機構，預計募款一千萬英鎊建立當地研究機構，已募得將近一半的金額。他有個名叫伊蓮的前妻，他們在十年前離婚了。

她繼續往下滑，瀏覽其他連結：患者感言、他對醫院新址直言不諱的意見，以及一篇關於麥克米倫癌症照護[54]的文章。

能查的差不多都查完了，這裡大部分的連結都是同名不同人的資訊。

她一路滑到第四頁底部，但沒有更多和他有關的連結。她回到他從倫敦到巴黎的騎車募款連結並點了進去。

嗨，謝謝你點進我的募款頁面。我要為Mind騎車募款，因為我當初肯定是瘋了，才會和現在即將離婚的妻子結婚，更不用說我母親的事了（開玩笑的啦！）。希望各位能幫我募到很多錢，等前妻在離婚時把我榨乾，我可能會來跟大家要更多錢！

真是太粗俗了，喬琪心想。公開寫這種話，並貶低慈善機構的宗旨，實在是很愚蠢。

她突然想到可以從馬克思的前妻伊蓮著手。

她在Facebook搜尋「伊蓮・瓦倫丁」，查到英國北部有兩位，東南部的薩里郡（Surrey）有一位「伊蓮・高爾（瓦倫丁）」。這個女人的頭貼馬上吸引了喬琪的目光。她的長相和克萊兒有幾分相似，但可能比她大十五歲左右。除了Facebook名稱，她的介紹沒有寫任何和馬克思有關的內容，但就地理位置來說，她離澤西最近，所以喬琪決定賭一把，看看對方到底是不是他的前

---

[53] Mind是英格蘭和威爾斯的心理健康慈善機構，於一九四六年成立，為有精神健康問題的人提供資訊與建議，並遊說政府和地方機關重視心理健康。

[54] 麥克米倫癌症支援組織（Macmillan Cancer Support）由道格拉斯・麥克米倫（Douglas Macmillan）於一九一一年創立，是英國最大的慈善機構之一，致力於改善英國癌症患者的生活。

妻。她傳送訊息給她，希望對方能按接受並閱讀訊息。

嗨，希望我沒有找錯人。妳不認識我，所以可能會覺得這則訊息很莫名其妙，但這真的很重要。請問妳是曾經嫁給顧問醫師馬克思．瓦倫丁的女士嗎？

令她驚訝的是，對方幾乎馬上就回覆了訊息。

很遺憾，是的。

喬琪讀了訊息：很遺憾。那是什麼意思？她還來不及回訊息，對方又傳了一句。

妳遇到麻煩了嗎？

喬琪回傳訊息：

不確定，但我很擔心一件事。請問我可以跟妳通電話嗎？我想問妳幾個問題，想說不要用網路。

伊蓮答應了，並向喬琪要了電話號碼。幾分鐘後，喬琪接了電話，對方講話很有修養，但明顯在提防著她。

「真的很謝謝妳打來。」喬琪說。

「我不知道能不能幫上忙，但我會盡我所能。」

「謝謝。這聽起來可能很奇怪，但我真的需要知道關於妳前夫的一些事。」

「喬琪娜，妳和他在交往嗎？」那女人用謹慎的語氣問道。

「他不是我的另一半，我是透過朋友認識他的，但最近發生了一些奇怪的事，我只是想知道他是否值得信任。」

「值得信任？」

喬琪聽得出來對方很驚訝。「是的。」

「馬克思一點也不值得信任。」

「妳可以多說一點嗎？我是說，為什麼他不值得信任？拜託請妳告訴我，我真的好擔心。」

對方沉默良久，才開口道：「我聽得出來妳很焦慮。一般來說，我不會對陌生人說這些話，但他有個黑暗面，是沒人能觸及的封閉內心。他小時候似乎發生了很奇怪的事，但他卻絕口不提。」

「什麼意思？是什麼樣的怪事？」

「這個嘛，之前他家裡有傳言說，他和他妹妹小時候，他把妹妹丟在廢棄的井裡過夜……他好像是說因為母親應該要接他們放學卻經常遲到，所以他要給母親一個教訓。他的父母驚慌失措，以為女兒被綁架了。」

「我的媽呀！」喬琪想了一下，回想她和馬克思在晚宴進行過的可怕對話，他指的就是這件事嗎？

「馬克思恐怕是個相當複雜且精神不正常的人。」伊蓮繼續說。「表面上他很有魅力，但根據我的經驗，他是個控制狂兼反社會人格者，而且並不是因為他是我前夫我才這麼說。我覺得自己能逃離很幸運。」

「冒昧請問一下，他是怎麼控制你們的婚姻的呢？」喬琪問道。現在感覺對方比較侃侃而談了。

「這個嘛，一開始都很好：他很迷人，和他在一起很有趣，我們過得很開心。但他的行為變得越來越可怕……他是個徹頭徹尾的自戀者，常常勃然大怒。我一開始還待在他身邊一段時間，希望他會住手，希望他能改變。但後來我明白自己必須離開——我曾經和同事偷情，沒有持續多久，但被馬克思發現了。當時我真的很害怕如果自己不離開，會發生很可怕的事情。」她再度遲疑，又繼續說下去：「我剛結婚後就懷孕了，但後來流產了。現在回想起來，我很確定他當時動了手腳，但沒有告訴我，因為他還沒準備好撫育子女。他很清楚自己在哪個人生階段想要有小孩，而時機未到。」

「妳的意思是他在妳不知情的狀況下，害妳失去了孩子嗎？」

「誰知道呢？」

「我很遺憾。」

「沒關係，我現在有兩個非常健康可愛的小孩，感情關係也很幸福。」

「他是怎麼樣的控制狂？」

「他癡迷於時間，簡直到了走火入魔的地步。」

喬琪再次回想晚宴那天，他不斷查看手錶的樣子，便說：「我也感覺他似乎對時間很執著。」

「不只如此！他的成長經歷很奇怪；他母親是個不折不扣的酒鬼，她死前幾乎都是馬克思在照顧她。她沒能實現演員夢，便靠教鋼琴課為生，還想逼馬克思成為鋼琴家。他跟我說，他如果漏彈哪個音，她就會敲他的指關節，尖叫道：『拍子、拍子、拍子！』我是說，那女人根本瘋了，他爸也好不到哪裡去，所以他才會變成這副德性。」

「我雖然和他不熟，但我感覺得出來他有哪裡怪怪的。」

「這是肯定的。他也過分講究整潔，他完全無法接受家裡有東西放錯位置。他會按照顏色排我的衣服，害我每次都找不到要穿的那件，還會把我的食譜按出版日期排序……真的有夠怪，對吧？」

喬琪頓了一下，問道：「我想請問，他會把妳的鞋帶塞進鞋子裡嗎？」

「天啊，他每次都會塞，超煩的！」

喬琪沉默片刻，渾身起雞皮疙瘩。她回想起兩天前，也就是星期四早上，她前一晚吃了瓦倫丁給她的安眠藥，醒來後發現房間被收拾得乾淨整潔，她那三雙運動鞋的鞋帶也都收得整整齊齊並塞進鞋子裡。

難道瓦倫丁趁她在睡覺時潛入公寓並做了這些事嗎？但他到底為何要這麼做？這一點道理也沒有。

但也不可能是她自己整理的。

她向女人道謝，提議下次她去英國時，兩人可以約見面。掛掉電話後，她呆坐在那裡很長一段時間，內心陷入混亂。

接著她打給露西。

80

一月十九日星期六

瑞斯邁過世的消息馬上就在醫院傳開了，謠言紛飛。在前往辦公室的路上，凱特．克勞被好幾位同事攔住，問她是否得知了這個可怕的消息。那位總是面帶微笑的醫學生相當受歡迎，所有人都震驚不已。

然後凱特碰到了馬克思．瓦倫丁的住院醫生巴納比．卡迪甘。他壓低聲音，猜測可能是羅馬尼亞幫派殺人事件——或許有販毒集團想在澤西取得一席之地，而瑞斯邁涉入其中？

凱特馬上氣得駁斥他的臆測，質問他怎麼可以因為和瑞斯邁意見相左就說他壞話？接著她問他馬克思進醫院了沒，他說他還沒看到他，但他應該快到了。「凱特，我要請他打給妳嗎？」他問道。

「麻煩了。」

她終於抵達辦公室，在這裡不會有人打擾她。她坐在辦公桌前，感到既震驚又悲傷。感覺好不真實，但可怕又令人難過的是，這一切都是已經發生的事實。羅伯特．瑞斯邁死在飯店的冷凍室裡。

樹敵？

那位勤奮的學生才來到澤西沒多久，到底是惹到誰才會被殺？卡迪甘和他顯然合不來，但應該不至於演變到殺人的地步吧？她對羅馬尼亞知之甚少，只知道該國人口和器官販賣猖獗，肯定也有毒梟吧。有沒有可能巴納比猜對了？雖然她其實不太懂，但瑞斯邁有沒有可能是臥底？然後不小心惹錯人？試圖跟別人搶地盤之類的？

不，不可能，這一切都不符合瑞斯邁真誠的個性，至少在她看來是如此。肯定還有其他可能性，或許其實根本沒那麼複雜，也沒那麼戲劇化，而她傾向於不相信毫無根據的刻板印象。

她還記得自己的學生時代，知道年輕醫生有多麼辛苦。日以繼夜、夜以繼日地工作，值班一而再，再而三地被延長，轉眼間你已經十八小時都沒有坐下來休息，宛如行屍走肉。雖然病人的生命掌握在你手中，絕對不能開錯藥，但你已經累到幾乎快搞不清楚自己在做什麼了。你常常不知道現在是白天還是晚上，也不在乎。你非常害怕出差錯，害怕失敗。有兩個跟她同屆的同學就因此崩潰自殺了。

難道羅伯特也是如此嗎？

不可能吧，況且這間醫院的壓力應該比英國本土的醫療服務小很多。而且與其慢慢凍死，醫學生肯定知道不少更快更有效的方法吧？而他也有辦法取得相關藥物。

雖然不太情願，但她還是把注意力轉移到更緊急的事情上。喬琪．麥克林預約兩小時後要做磁振造影。

她越想越覺得病理科的報告很奇怪。她怎麼會沒注意到喬琪已經到癌症晚期？怎麼會？她不可能犯這麼嚴重的錯誤。

她登入電腦，點開陰道鏡檢查的影像並一一檢查，但她不僅沒看到病理報告說的侵襲性二期腫瘤，連半點癌症的跡象都沒有。

為了喬琪，她只能祈禱磁振造影的結果和病理報告不同。

但如果一樣呢？

她又再次一一檢查所有影像。有件事一直困擾著她，無論如何，她都要在替喬琪做檢查前弄清楚。雖然沒有證據顯示磁振造影對胎兒有害，但無論風險有多小，凱特都不想讓任何病人承擔不必要的風險。

她離開辦公室，沿著走廊快步走下樓梯到一樓，再走到放射科。今天的櫃檯值班人員是黛安娜，她總是樂於助人，因此凱特很高興，但也有點驚訝她竟然週末也在上班。

「嗨，凱特！」黛安娜打招呼道。

「安迪今天有來嗎？」她問道。

「沒有，他星期一才上班。」

「討厭。」凱特說。安迪．博斯維克—克拉克是資深放射科醫師。「那今天是誰值班？」

「是安娜．高美斯，妳要找她嗎？」

那名年輕的放射科住院醫師是實習醫生，她在英國教學醫院完成了兩年的基礎實習課程，才剛來工作幾個月。雖然她還是實習醫生，但醫院的放射科顧問醫師團隊認為以她的能力，足以分析並報告掃描結果。之前她替凱特的病人做檢查時，她的勤奮不懈就讓這位產科醫生印象深刻。

「我想跟她說幾句話。」

「直接進去吧，她的下一位病人十分鐘後才要做檢查。」

凱特向她道謝，並走進放射科。最近放射科才投入大筆資金翻新，給人一種平靜的高科技氛圍，凱特每次來都會聯想到NASA分站。工作台的面積佔了房間的一半以上，工作台上方架了一大堆螢幕，房間內還有各式各樣的電子設備。

透過房間另一頭的大玻璃窗可以看到甜甜圈狀的MRI掃描器，儀器由醫事放射師及其助理所操作，六名放射科顧問醫師和新來的初級住院醫生安娜．高美斯則共用旁邊幾間辦公室。

安娜身高大概一百五十公分出頭，身材凹凸有致，留著一頭黑髮，雖然濃妝豔抹，但妝感很自然。她坐在最小的辦公室裡，輕敲著鍵盤，全神貫注地盯著螢幕。凱特進門時，她抬起頭，打招呼道：「噢，克勞醫生，妳好。」她似乎總是很緊張。

「嗨，安娜，最近好嗎？」

「嗯，很好，謝謝。我們今天要開始養狗，我和我老公今晚要去接牠回家。」

「是喔？是什麼品種？」

「是傑克羅素㹴，我們要叫牠奧利弗。」

「這種狗很不錯！不過在沙丘那邊要小心，去年有隻狗在那邊失蹤了好幾天——牠不小心挖洞鑽進兔子洞窟，結果就出不來了。」

那名住院醫生面露擔憂，皺眉問道：「竟然還有那種事？」

「可以去《澤西晚報》電子版看這篇報導。」

「我會的，謝謝。」她遲疑了一下，問道：「有什麼需要效勞的嗎？」

「其實有，妳中午要替我的病人做磁振造影。」

「中午嗎？」高美斯看了她的螢幕，在鍵盤上打字，確認道：「是喬琪娜．麥克林嗎？」

「對，我很擔心這位女士。我今天其實沒值班，所以待會就要走了。妳做完掃描可以盡快打給我嗎？我必須知道結果。她是我的朋友。」

「沒問題。」

凱特向她道謝，給她自己的電話號碼，並立刻回到自己的辦公室。她坐在辦公桌前，在聯絡人名單找到奈傑爾．柯克姆的私人手機號碼，便撥電話給他。

他接起電話時，她說：「不好意思週末打擾你。」

「沒問題，凱特，被打擾也不錯。我人在威爾特郡，正在努力為我兒子和他的未婚妻組裝雞舍。」

光想像這個畫面，她就不禁露出微笑，問道：「你會組裝東西喔？我都不知道！」

「這是要送給新娘的結婚禮物，他想要給她一個驚喜。他希望他們的婚後生活可以更加自給自足。我當初送我老婆鑽石項鍊，結果兒子送的是母雞！所以怎麼了？有什麼事嗎？」

「婚禮什麼時候開始啊？」

「大概兩小時後！」

「好，我不會打擾太久，只是想快速確認一件事：我星期四下午替一位叫做喬琪娜・麥克林的病人做陰道鏡檢查，然後給你做組織切片。你昨天打給我，說很擔心檢驗結果。」

「對，結果恐怕一點也不好。」

凱特盡量用委婉的方式問道：「奈傑爾，會不會有一種可能性，有沒有可能搞錯了，那其實是其他病人的切片？」

她立刻感覺到對方的語氣改變了，變得有所戒備。「不可能，凱特。老實說，我很驚訝妳竟然會問這種問題。我們共事了那麼久，妳應該知道我不會犯這種錯吧？」然後他叫了聲：「哎喲！」

「沒事吧？」

「我被該死的碎片刺到了！聽著，凱特，完全不可能。六西格瑪，這是我一直以來在醫院努力達成的標準，也是我們堅持的原則。」

「六西格瑪？那是什麼？」

「簡而言之，那是一種非常嚴格的品質管理標準，能夠達標的機構根本不會需要設立退貨或客訴部門。凱特，不是我在自誇，我們真的不會犯錯。在我們的品質管控下，是絕對不可能有任何病理組織殘留的。」

「殘留」是病理實驗室偶爾會發生的問題，就是設備沒有完全消毒乾淨，導致之前檢查的組織還殘留在上面。

她意識到自己的問題可能冒犯到他了，便解釋道：「奈傑爾，我不是想質疑你們的檢驗流程，只是想弄清楚為何結果跟我看到的完全不一樣。我不是在質疑你們的檢驗方法。我今天要讓病人做磁振造影，應該能進一步釐清問題。我在想會不會是標籤貼錯了。是誰把切片樣本拿給你的？」

「是馬克思．瓦倫丁。」他說。「還有什麼事嗎，凱特？我得去換衣服了。」

「馬克思？」

「對，他把所有陰道鏡檢查的切片樣本都拿下來了。」

「謝謝你，奈傑爾，祝婚禮一切順利。」

他掛了電話。

一般來說，負責把陰道鏡檢查的樣本拿到病理實驗室的不會是顧問醫師，不過凱特之前也這麼做過，畢竟只是舉手之勞。

她的電話響了，接起後，她聽到瓦倫丁的聲音：「喂，凱特，妳找我嗎？」

「對，沒錯，謝謝你打來，馬克思。」她說。「我只是想確認一件事，你星期四下午有替病人做陰道鏡檢查，對吧？」

「星期四？」他沉默了幾秒鐘，說：「對，有啊，星期四下午，我們還有在走廊上遇到。」

「對，我在你前面做檢查，然後聽說你好心幫忙把下午所有的組織樣本都拿下樓給奈傑爾．柯克姆做切片了。」

「星期四嗎？」他似乎正在努力回想。「啊，對，沒錯，因為我本來就要跑一趟，就順便拿了。」

「你有注意到樣本瓶上的標籤嗎？」

「標籤？」

「應該沒有樣本瓶的標籤脫落了吧？」

「沒有耶，我沒注意到。」他頓了一下，說：「沒有，絕對沒有。怎麼了，有什麼……問題嗎？」他試探道。

「對，我發現了異常狀況。我對喬琪．麥克林做陰道鏡檢查的結果，和奈傑爾．柯克姆給我的切片結果對不上。」

「但我們做切片不就是為了檢查肉眼看不到的東西嗎？看切片結果就能確認到底發生了什麼事。」

「我也是這麼想，但這次我不確定，我怎麼想都想不透。我想掃描結束後應該就能確認了吧。」

「真希望她沒事，她要操心的事情已經夠多了，真可憐。」

「真的。你週末有空嗎？有需要的話，我可以跟你討論掃描結果嗎？不是作為同事，而是作為朋友。」

「我這週末幾乎都在家，但如果妳需要我的話，我很樂意進醫院和妳一起分析檢查結果，凱特。妳拿到結果後隨時都可以打給我，完全沒問題，這是我該做的。」

「好。」她說。「我很重視你的意見。」

「沒問題。而且她那麼擔心羅傑，我們真的應該特別小心謹慎處理這件事。」

「是啊。」

「對了，她是幾點做掃描啊？」

「正午。」她回答。「我跟他們說很緊急，他們就把檢查排進去了。」

「妳這樣做就對了。」他柔聲說。

81

一月十九日星期六

喬琪在早上十一點出頭離開衛國街停車場，過了馬路，快步走向醫院入口。冬日陽光明媚，但她幾乎渾然不覺，只感覺內心有股深沉的黑暗，看到醫院外面停了兩輛警車時，那種感覺越發強烈。

她匆匆走上斜坡並通過自動門，有一名身穿制服的警察站在門內，對她露出禮貌的微笑。

「妳好，請問妳來醫院有什麼事嗎？」她問道。

「我要來探望住加護病房的未婚夫，然後要做磁振造影。」

「了解，謝謝妳。」

喬琪爬樓梯上樓時，她的手機傳來通知聲，是她的朋友露西說一點半可以簡單吃個午餐。她回傳訊息確認，很期待能見到她並且有人陪。她走進親屬等候室，沒想到裡面已經坐了一男一女。她對他們微笑，並坐在離他們有段距離的位子上。

還沒人來得及開口聊天，加護病房的門就打開了。琪拉．戴爾探頭進來，說：「啊，太好了，喬琪，妳來了，跟我來吧。」

她離開親屬等候室，兩人走到加護病房門口時，她噴了乾洗手並搓了搓。「羅傑今天早上還好嗎？」她焦急地問道。看到資深護理師的表情，她完全放不下心來。

「他昨晚的狀況很穩定，但抗生素還是沒有起作用。醫生要改用更強效的藥物，看看狀況會不會好轉。」她對喬琪微笑說：「希望會。」

接下來四十分鐘，喬琪坐在羅傑的床邊，故作開朗，試圖跟他聊天，告訴他自己的親戚克蘿伊傳訊息給她，說她和她丈夫祝羅傑早日康復，還有她懷了第二個孩子。她絕口不提昨晚的恐怖遭遇。有時羅傑會睜開眼睛，看著她幾秒鐘後又閉上。他每次睜開眼睛，喬琪的心中就會燃起希望。至少他有意識到她的存在，比起昨天應該算有進步吧？

早上十一點四十五分，她試圖用最積極正向的說法，告訴羅傑自己接下來的行程：「親愛的，我要下去放射科一趟。凱特想要我做磁振造影，確認我和小不點一切都沒問題。之後我會和露西吃個午餐，我會盡量早點回來。」

她沒有說吃完午餐，她還要去警局做筆錄。

她親吻他的額頭，說：「我愛你，要堅強喔。」她不禁哽咽，淚眼汪汪地轉身走出病房並下樓。

下樓後，她依照指標走下長長的斜坡，心裡感到不安。他們到底會檢查出什麼呢？而且她很怕那個機器。她幾年前也做過磁振造影，到現在都還清楚記得躺在裡面的幽閉恐懼感，以及機器嘈雜的運轉聲。

她在兩道一模一樣的花崗岩拱門前停下來看指標。左邊的拱門通往電梯門，有個洋紅色的立牌寫著：「敬愛的訪客：為預防諾羅病毒傳染，若您過去三天有腹瀉或嘔吐的症狀，請勿來醫院。」

警示牌的英文下面還有某個斯拉夫語言和葡萄牙文的翻譯。

右邊的拱門則通往雙開門，上方的指標寫著「花崗岩大樓——內視鏡」與「巴特利特，放射科（X光）」。

她一走近，門就自動打開了。她通過自動門，沿著長廊走進一間十分現代、色彩柔和的候診室。其中一面牆上用銀色的字寫著「歡迎蒞臨燈塔MRI」，房間內還有幾排椅子、一張雙人沙發、一個擺滿書刊的時尚雜誌架，以及裝在牆上的電視，正在播放烹飪節目。

一名面帶微笑、身材豐腴的年輕女人走了進來，手裡拿著一大堆表格。「妳好，請問妳是喬琪娜．麥克林嗎？」她問道。喬琪覺得她說話似乎有地中海口音。

「是的。」

「好，很好，我是專科住院醫生。我們要先來完成一些表格，接著就準備做掃描。妳有想放什麼音樂嗎？」

「音樂？」

「妳在掃描器裡面時，我們可以播放妳喜歡的音樂。」

「喔，好。」她開始思考要選什麼音樂。范．莫里森嗎？不要，那可能反而會讓她更沮喪。

誰的歌聲能夠舒緩身心?艾力克・班傑明[55]嗎?「有艾力克・班傑明的歌嗎?」她問道。

「好,沒問題,大部分的歌我們都找得到!」那個女人用開朗的聲音說道。

兩人都坐了下來。喬琪接過了一張兩頁的表格和一支筆,一邊填寫,一邊回答住院醫生關於健康狀況和體內是否有金屬植入物等問題。直到填寫到親屬欄位時,她的內心才開始動搖。

她寫了「羅傑・理查森」,差點還寫上「老天保佑」。

「喬琪娜,妳有幽閉恐懼症嗎?」

「有,很嚴重。」

「妳需要鎮靜劑嗎?」

她搖搖頭說:「沒事的,謝謝妳。」希望沒事,她心想。

她填完表格後,住院醫生拿了一件檢查服和一雙拖鞋,帶她去圍了鮮豔簾子的更衣間。

「請取下妳身上的所有金屬製品,包含戒指。」她說。

「好。」

喬琪走進小小的空間,聽到身後傳來簾子拉上的聲音,越發感到恐懼。

---

[55] 艾力克・班傑明(Alec Benjamin)是一位美國創作歌手,生於美國亞利桑那州的鳳凰城。知名作品有〈慢慢接受〉(Let Me Down Slowly)和〈自造朋友〉(I Built a Friend)等。

82

一月十九日星期六

馬克思・瓦倫丁走進安靜的放射科。一名年輕女助理一邊盯著螢幕一邊打字。醫事放射師是一名黑髮的年輕男子，他在MRI掃描器內部的畫面以及出現在螢幕上的影像之間切換。現在是中午十二點二十分，掃描早就開始了。

「嗨。」他說。

兩人都瞥了他一眼。

「我是來找安娜・高美斯的，凱特・克勞請我跟她討論喬琪・麥克林的掃描結果。」

「瓦倫丁醫生，安娜正在監控掃描器。」醫事放射師說。「大概二十分鐘後好。」

「太好了，謝謝你，那我等她，你們繼續忙吧。」

兩人繼續工作，他則靜靜站在原地，不想害他們分心，畢竟他們在做的事情很重要。躺在掃描器裡面的女人對他來說也很重要。

她是他的未來。

喬琪身處的房間充滿柔和的天藍色光線，正中央的白色機器甚至有種超凡的美感。他看得到她的頭，也知道她在裡面會有什麼樣的感覺。機器弧形的內壁離她的臉可能只有十幾公分，耳邊響起斷斷續續的金屬噪音，而且必須保持一動也不動。他問助理麥克林小姐是否有選要播放的音樂。

「是這個，你看。」助理回答。

是艾力克．班傑明的〈只要我們擁有彼此〉（If We Have Each Other）。這選曲真有趣，馬克思心想，便跳了幾首歌，跳到艾力克．班傑明的〈為妳殺人〉（If I Killed Someone For You）。這首歌合適多了，因為是在講述為了所愛之人改變。好吧，與其說是「改變」，不如說是變得更「充實」，他心想。她很快就會感謝他的。

他看著在螢幕上出現的影像，全部都是黑白的，而且每秒都會出現新影像，快到他當下根本無法直接評估。但這不重要，唯一重要的是那位初級住院醫生。今天，眾神都眷顧著他，六名放射科醫師都沒有值班，而是讓安娜．高美斯分析掃描結果。他很走運，但不久之後，他就能知道幸運女神是否真的站在他這邊。現在他能做的只有等待。

還有思考。

以及作夢。

他想像掃描器透過她的衣服看到了什麼：她的裸體，多麼脆弱啊，她需要人保護，她的未婚夫為什麼沒有保護她？

羅傑．理查森躺在上面兩層樓的加護病房裡，隨著敗血症惡化，他的生命正一天一天、一點一滴地流逝。馬克思希望自己的好運氣能保持下去，醫生決定不要開刀，其實真的也沒有必要。

醫事放射師終於轉向他，說：「好了，瓦倫丁醫生。安娜在左邊第二間辦公室，我把影像傳給她了。」

道謝後，他悄悄走進辦公室區，禮貌地敲了敲門，便走了進去。

安娜．高美斯坐在小房間裡的辦公桌前，面前架了四個螢幕。

「嗨，安娜。」他說。

她轉頭，認出他後便露出充滿尊敬的微笑，說：「你好，瓦倫丁醫生，請問你需要什麼嗎？」

「這些是喬琪．麥克林的掃描結果嗎？」

「對，才剛出爐。」

「凱特．克勞今天休假，但她很擔心這位病人，就請我在掃描後先幫她評估看看。」

「沒問題，謝謝你，我很重視你的意見。」

「這是我的榮幸，安娜。妳在這裡工作都還好嗎？」

「我很喜歡這裡，大家都很友善且樂於助人，比我之前在英國的醫院好很多。」

「太好了！」他說。「那妳會考慮待在我們這裡嗎？」

「希望可以。我丈夫很喜歡他在靛藍醫療診所的工作，而且我們打算開始養狗，所以我很希望能繼續在這裡工作！」

瓦倫丁露出燦爛的笑容，說：「我想我肯定能幫妳，安娜。我的同事都對妳的工作能力刮目相看——還有妳的態度，這點也很重要。我們是緊密合作的團隊，也很重視互相尊重。如果妳願意接受我的指導，我會盡我所能確保妳未來也能在這個部門和我們一起共事。」

安娜雙眼圓睜，說：「真的嗎？你人真是太好了。」

他搖搖頭說：「不，這跟人好不好無關，而是能不能慧眼識英雄。我們這間醫院的標準很高。安娜，我有聽說妳的工作狀況，而我認為妳絕對能勝任這裡的工作。」

「謝謝你。」她說，一副很高興的樣子。「非常感謝你的讚美。我會盡我所能，不會辜負你和醫院對我的期望。」

「我知道，看得出來妳有這個意志和決心。」他再次微笑道。

「你人真好。」

「我只是希望我最愛的醫院能招攬到最棒的人才。」

「謝謝你，我一定會竭盡全力的。」

「我相信妳。那我可以看看掃描影像嗎？」

「當然可以。」

其中一個螢幕的分割畫面顯示四張不同的黑白影像，都是喬琪．麥克林的子宮內膜。另一個螢幕整個畫面都是她的子宮頸，她的胎盤覆蓋了大部分的子宮頸。

他太走運了，幾乎難掩興奮之情，這真是上天賜予他的禮物！

他湊近螢幕仔細看。每張影像的右上角寫著「acc. no. 91870499」，下面寫著「年齡：41

歲」，再下面是「性別：女」，四張影像各標記為「a」、「b」、「l」和「r」。

他感興趣的是第三個畫面的「b」影像。他傾身仔細看，有個大囊膜覆蓋大部分的子宮頸，看起來有點像弓著身子的齧齒動物。

「那麼，安娜，說說看妳的評估結果吧。」

那名住院醫生觀察他在看的部分，回答：「在我看來是前置胎盤，低位且有覆蓋子宮頸的狀況。你的判斷也是如此嗎？」

「不是。」他搖搖頭說。「我也覺得看起來像是覆蓋子宮頸的低位胎盤，但我早年犯過同樣的錯誤，因此對病人帶來不堪設想的後果。過了將近二十年，我還是會感到內疚。」

「真的嗎？」她一臉震驚，轉身面對他。

他點點頭，看起來非常難過。「她幾個月後就死於子宮頸癌了。這恐怕是經驗不足的新手很容易犯的錯誤，我也可以理解，真的很容易遺漏掉真正的問題所在。」他指著影像問道：「妳看到那塊白色區域了嗎？」

她轉頭看螢幕上他指的地方，並點點頭。

「子宮頸區域出現『高訊號』。這位女士的陰道鏡檢查結果顯示為二期癌症，組織切片也是同樣的結果。」

「我的天啊。」安娜．高美斯驚呼道。「我竟然沒注意到。」

「說真的，別沮喪。就像我剛才說的，很容易犯這種錯誤。我很樂意幫妳寫報告。」

安娜轉向他，眼神閃閃發亮，眼中充滿感激。「真的嗎？非常感謝你。」她說。

「我總是告訴我的學生，他們剛入行學習的第一件事就是醫學是一門非常不精確的科學。」

「我想我剛剛學到了寶貴的一堂課。」

「我想也是，安娜。」他微笑道。

83

一月十九日星期六

「喬喬，人們對自己的前夫或前妻可能多少都有無法釋懷的地方。」露西說。「我覺得妳不能完全相信那女人對妳說的話。」

喬琪和露西坐在遊艇俱樂部的酒吧裡，眺望著聖赫利爾港。現在才下午兩點十五分，但天空烏雲密布，感覺一天好像已經要結束了。露西的頭髮看起來狂放不羈，但又好像是精心整理過的。她穿著高領毛衣、牛仔褲和皮靴，毛衣外面套了一件縫有柔軟襯芯的Barbour油布大衣，一如既往地優雅。喬琪很嚮往成為像她那樣的人——沉著冷靜，遇到任何事情似乎都能從容應對，很愛自己的工作和進修，但不會因此走火入魔，忘記生活。

露西啜飲一口酒，喬琪只能眼巴巴看著，她自己點的萊姆汽水和鮪魚沙拉都放在桌上，完全沒動過。

「所以放射科的人不告訴妳任何資訊？」

喬琪搖搖頭說：「他們說報告會直接送到我的產科醫生那邊，她會再跟我聯絡。幸好醫生也是我的朋友，所以這件事交給她我很放心。她就是會參加鐵人三項的那個朋友。」

「凱特．克勞，對嗎？」

「對。」

「她很棒，我姊姊的兩個小孩都是她接生的，我們很喜歡她。」

喬琪點點頭，卻一副悶悶不樂的樣子。「我知道她很關心我，但是……」她的聲音越來越小。

「但是什麼？」

「我也不知道，只是有種非常不好的預感。我是說，如果她不擔心的話，為什麼要急著讓我在星期六做掃描？」

「換作是我就不會想太多，她做事本來就很認真。」

「露露，我有問他們是不是常常在星期六做檢查，他們說星期六通常是在補做之前沒時間做的工作，但如果醫生很擔心，想要盡快拿到結果，他們就會做掃描。該死，早知道我就不問了。」喬琪低下頭，眼眶泛淚，聲音嘶啞。「天啊，我到底做了什麼，為什麼會遭遇這些事情？」

她的朋友伸手越過桌子，撫摸她的手臂，說：「親愛的，妳真的辛苦了。這一切都結束後，我們就來慶祝吧。」

「一個月前，我真的好開心。當驗孕結果顯示為陽性，說真的，那是我人生中最棒的時刻之一。但從那時起，一切都糟透了。」她感覺到露西的手放在她的手臂上。她閉上眼睛，不讓她朋友看到自己的淚水，然後移開視線，嘆氣道：「我真的不知道現在到底是怎麼回事……還有我到底還能承受多少。」

露西沉默了一會兒，然後說：「可憐的羅傑發生意外後幾天，妳就在冷凍室發現了那具屍體，妳想必受到了很大的驚嚇，我想這對妳來說是很嚴重的心理衝擊。羅傑會沒事的，相信我，他會康復的。」

喬琪又閉上眼睛，說：「真希望我能相信妳。」

「喬琪，我有個朋友也有類似的遭遇。她騎機車出了車禍，在加護病房住了超過一個月，病況才開始好轉。她現在已經完全康復了，也有在繼續騎車。」

喬琪點點頭。

「妳今天過得不太好，對吧？到加護病房探望羅傑，做磁振造影，那個檢查本身就很可怕了，待會還要去警察局做筆錄？我很想陪妳去，但我答應我姊要去派對接她的兒子哈利。」

喬琪露出疲憊的笑容，說：「是啊，今天肯定不是我人生中『最棒』的一天。」

而且還可能變得更糟，她沮喪地想。

84

一月十九日星期六

下午兩點四十分，凱特還穿著車衣，坐在腳踏車店的沙發上，翻閱一本腳踏車雜誌。腳踏車的問題比修理工克里斯原本想的還要嚴重，他在店後面，把整個鍊條和齒輪組都拆開了。他解釋了一些關於定位不正、張力和變速器的問題，她就請他趕快修理。他原本預估半小時就能修好，發現問題的嚴重性後，就延長到一小時，再延到一個半小時。從她走進店門口到現在，已經過了將近兩小時了。

她看了一眼手錶，感到有點慌張，感覺今天都快過完了。她得去採買很多食材，然後她和鮑伯打算早點吃東西，再去歌劇院聽交響音樂會。她起身走到腳踏車店後面，看看克里斯修得如何，發現腳踏車已組裝完畢，讓她鬆了一口氣。他把腳踏車架在修車架上，測試踏板並一一檢查齒輪運作有無問題。

她的手機響了，她接起後，聽到了那名年輕放射科醫師的聲音。

「嗨，安娜。」她說。「等我一下喔！」

她走回沙發旁邊，坐在扶手上，說：「我在一間店裡，旁邊人很多，所以只能小聲講話。」

「我打給妳是要跟妳報告喬琪娜．麥克林的檢驗結果。」

「好，謝謝妳。」她等對方繼續說。

「檢驗結果不太樂觀。」安娜說。

「老實說我也不意外。」

「幸好瓦倫丁醫生有來幫我分析影像。」

「好，太好了。」凱特說。他人真好，她心想，他今天在醫院應該不忙吧。而且這位缺乏經驗的放射科醫師有一個經驗豐富的醫生在旁邊幫忙，讓她感到欣慰，這樣她星期一就不用再找其他放射科顧問醫師來確認結果了。「好，告訴我吧，安娜。」她說。

凱特結束通話時，腳踏車已經修好了。付款後，她把腳踏車推到人行道上，然後停下來戴上安全帽。天色漸暗，也開始刮風了，感覺好像冷風直接穿過她的身體一樣。做她這行本來就需要傳達壞消息，雖然這對她來說並不容易，但她通常會和病人保持距離，即便深表同情還是能保持冷靜。但喬琪不一樣，她是她的好友。她實在不知道該怎麼告訴她，做過再多的專業訓練都沒用。

她花了二十分鐘騎腳踏車回家，並趁這段時間整理思緒，思考她要告訴喬琪什麼，還有要用什麼方式告訴她。

85

一月十九日星期六

喬琪在警察局的等候區等了好一段時間，一位穿著西裝的年輕男子才從玻璃門走進來，介紹自己是警探普萊斯。他說抱歉讓她久等了，然後帶著她通過一扇門，走向電梯。

「你們知道發生了什麼事嗎？」她問道。

「現階段恐怕還不知道事情的全貌，所以希望妳能協助我們。」

他們來到二樓的開放式空間，他帶她經過一些在工作站辦公的人們，然後走進一間整潔漂亮的會議室，裡面坐著一個留著濃密大鬍子的中年男子，他起身與她握手。

「我是偵緝督察約翰．康寧漢。」他說。「麥克林小姐，謝謝妳前來。要喝點什麼嗎？」

「茶好了，謝謝，不要加糖，加點牛奶就好。」

年輕男子走了出去，她則在督察對面坐了下來。他面前放了平板電腦和錄音機。「麥克林小姐，我想強調一點，妳並不是嫌疑犯，我們只是想問妳一些問題，了解星期四晚上在貝爾皇家大飯店到底發生了什麼事，也想請妳在離開前提供指紋，供我們排除現場指紋。」他說。

「沒問題。」她說。

從窗戶可以看到警察局前面的圓環，以及另一端的隧道入口。天色漸暗，一輛貨運公司的白色大卡車開著前燈駛出隧道，後面跟著一排車流。

他們閒聊了幾分鐘，聊她在澤西住了多久，還有住在哪裡，他告訴她自己在澤西住了十年，在那之前則是在諾福克郡（Norfolk）當警察。

普萊斯警探端了茶回來，坐在他同事旁邊，他們便開始正式訊問。

「麥克林小姐，我們可以錄音嗎？」督察問道。

「好，請錄，還有叫我喬琪就好。」

訊問過程相當耗時，她鉅細靡遺地講述從抵達飯店到發現羅伯特．瑞斯邁的屍體之間發生了什麼事情。兩名員警會時不時打斷她，請她釐清一些細節。

他們一直反覆詢問瑞斯邁是怎麼跑到飯店裡的，以及這是否與幾天前的事件有關。所有窗戶都有關好，外門也都有上鎖，目前犯罪現場調查員仍無法確定進入點。喬琪也無從解釋，她告訴他們，自己檢查客房時都會鎖上從外面進來健身房的門。不過她提到愛德華多也有鑰匙，而他當天休假，所以她不太確定他在哪裡，或許他們可以和他談談。

她的手機突然響了。她向警察說聲不好意思，並從包包裡取出手機，發現是凱特打來的。

「如果是急事的話，請接沒關係。」康寧漢督察說。

她很想馬上接電話，因為凱特肯定是要跟她說掃描結果，但那可不是三十秒就能結束的話題。她把手機設定成靜音並放回包包裡，但心思早已不在訊問上面。「沒關係，謝謝你，我晚點再回撥就好。」她說。

到底是什麼消息？頓時，她的思緒亂成一團。是好消息還是壞消息？

「喬琪，」督察說。「飯店——或是健身房——在星期四晚上或甚至更之前有發生過什麼不尋常的事情嗎？妳有注意到什麼奇怪的地方嗎？」

她皺眉，並重新集中精神，說：「這個嘛，除了前一天發生的怪事之外，沒有。我——」她突然想到一件事，不知道和命案有沒有關聯？「這陣子我在飯店時，一直覺得附近好像有人。這地方很難確保百分之百安全，窗戶的門都很老舊，想入侵應該不會很困難。」

「妳有親眼看到什麼人嗎？」警探問道。

她又講了一遍沙漏的事情，還有當時到場的警察認為可能是小孩子不知道用什麼方式溜進飯店裡，她也想不到更合理的解釋，只好接受這個說法。

「這樣做實在沒什麼道理。」康寧漢說。

「不知道耶，如果你想要嚇人，那效果是滿好的，我就快嚇死了！」

「但妳沒看到小孩子或其他人，也沒有別人看到被動過的沙漏嗎？」

「沒有，我當時是一個人。但我想當地人應該知道很多飯店冬天都歇業，而就像我說的，要溜進飯店應該不難。」

「白天還有其他人在飯店工作嗎？」

「只有管理員愛德華多。」

「但他晚上都不在？」

「他有時會在奇怪的時間進出飯店。他平常會扮演小丑，為小朋友表演，有時也會在城裡進行卡巴萊[56]歌舞表演。他都把服裝和道具放在管理室。」

「小丑？」康寧漢確認道。

她點點頭。

他皺眉道：「不知為何，但我總覺得小丑怪可怕的。」

「我也覺得。」她說。「但愛德華多人不錯啦。」

「好，我們有他的全名和聯絡方式，之後會和他聊聊。」他說，並做了筆記，打算之後確認。「這點可能很重要。瑞斯邁的遺體被發現時，他身上和附近都沒有手機，但錢包還在，裡面有超過一百英鎊。可能有人想搶他的手機，但只拿手機不拿錢包，這就奇怪了。我們必須盡快和這位管理員談談。」

「而且這也無法解釋瑞斯邁為何會在飯店，對吧？」

他搖搖頭，問道：「你們私下沒有交情嗎？」

---

[56] 卡巴萊（Cabaret）是一種具有喜劇、歌曲、舞蹈及話劇等元素的娛樂表演，盛行於歐洲。表演場地主要為設有舞台的餐廳或夜總會。

「沒有，我跟他不太熟，只有去醫院時會碰到。你們知道發生了什麼事嗎？他怎麼會死？冷凍室可以從內部打開，他並沒有被鎖在裡面，所以我猜他不是昏倒就是喪失行動能力了。」

兩名警探互看了一眼。「喬琪，請妳見諒，我們現階段沒辦法透露太多。驗屍後應該就能知道更多情報，但我們得等他的遺體完全解凍，還要等內政部病理學家從英國過來。」康寧漢隔著桌子傾身向前說：「這件事不要傳出去：那天傍晚，羅伯特．瑞斯邁本應在醫院和教導他的顧問醫師碰面，但卻沒有出現。」

「馬克思．瓦倫丁嗎？」

「對，應該是這個名字沒錯。」

馬克思的問題可大了，但現在這不是重點。

「在那之後，瑞斯邁原本要去見他的女朋友，她那天休假，打算煮飯給他吃。」

「女朋友？」喬琪問道。

「是醫院的護理師。她也在這裡，情緒徹底崩潰，對於事發經過毫無頭緒。有人在星期四晚上七點半左右在產科病房看到他，那是他最後一次出現的地方。我們在他身上找到了他的通行證，高科技犯罪部門應該能查出通行證最後一次的使用時間，我們就能知道他離開醫院的確切時間。」他聳肩道：「案件謎團重重，現在我們很想盡快和這位管理員談談。」

終於結束後，督察說喬琪如果接下來幾天有想到其他事情，無論是多麼細微末節的事都好，請告訴他，他也謝謝她的協助。

「我好像也沒幫上什麼忙。」她說。「我只是為他感到遺憾，還有他的女朋友，和他在羅馬尼亞的家人。或許愛德華多有什麼發現，能讓案件有所進展。」

「我們會查個水落石出。」督察說。「我們通常都能破案。」

「但不是每次，對吧？」她微笑道。

他也報以微笑，說：「這座島嶼是個小社區，這種性質的案件十分罕見，謝天謝地。我們現在才剛展開調查，我相信最終會真相大白的。」

「希望如此。」

她穿了大衣，戴上手套，在傍晚五點過後離開警察局，回到陰暗寒冷的街道上。她馬上掏出手機查看語音信箱，只有一則留言，就是來自凱特．克勞。

「嗨，喬琪，我是凱特，有空時請回撥給我。」

她的聲音平常都很開朗，現在卻多了一絲遲疑，喬琪馬上覺得事情不對勁。她停下腳步回撥電話，卻轉到凱特的語音信箱。她留言說自己是回撥電話後，便快步走向市中心和醫院。

國王街（King's Street）總是人山人海，而且現在幾乎所有店家都推出一月促銷活動。喬琪走進國王街並匆匆穿越徒步區，手裡緊抓著手機，希望產科醫生趕快回撥。

幸好幾分鐘後，手機螢幕就亮了起來，也響起來電鈴聲。

「嗨，凱特。」她立刻接起電話。

那個平常樂觀開朗的女人現在聽起來卻悶悶不樂的。「喬琪，我剛拿到了磁振造影的掃描結果。」她說。

「還真快。」喬琪說。

「對，問題是我做陰道鏡檢查時，並沒有發現任何異常，但組織切片結果顯示狀況可能不太對勁。現在我拿到了掃描結果，但令我不甚滿意，所以希望星期一早上能跟妳約診。我知道要等一天多的時間，但在那之前我們什麼也做不了，所以明天盡量好好放鬆，等妳來找我，我們兩個都有精神時再來解決所有問題。」

喬琪神情恍惚，走進一間店面門口。「我的天啊，凱特，什麼意思？妳到底想告訴我什麼？」她問道。

「妳可能會需要做決定。」克勞說。

「什麼意思？」喬琪問道，感到不知所措。「什麼樣的決定？」

「我們星期一再討論吧。」

「拜託告訴我，凱特，告訴我實話，掃……掃描結果到底怎麼樣？」

「喬琪，我不想讓妳擔心，這件事面對面談比較好。」

「妳不想讓我擔心？身為妳的朋友，我告訴妳，我他媽的很擔心，懂嗎？」

「嘿，別擔心，有很多可行的辦法。相信我，妳會沒事的，我們只是需要做一些決定。」

「相信妳？什麼樣的決定？」

凱特的語氣比之前更加嚴肅、堅定。「星期一早上十點來醫院見我，我們到時再討論。」

「凱特，為什麼不能現在討論？」

「因為我還需要更多資訊。拜託，親愛的，試著放鬆，正如我所說，有很多可行的辦法。」

「那有沒有一個辦法是我是健康的準媽媽，磁振造影結果完全沒問題，星期一我愛的男人就能下床，在加護病房活蹦亂跳的？」

對方沉默了。

86

一月二十一日星期一

星期一早上六點零五分，喬琪雖然感到筋疲力盡，但還是決定放棄入睡，從床上坐了起來。她在思考並整理思緒。

自從羅傑發生意外已經過了一星期。

他本該和她一起躺在這張大床上，但她旁邊只有一個空洞。

一個羅傑大小的空洞。

他還住在加護病房，和昨天相比，狀況並沒有好轉，還進一步惡化了。醫護人員安撫她說並不嚴重，但那還是惡化。

他要死了嗎？敗血症在醫院並不少見，這個疾病是不是正在一步步殘害他的內臟？

自從星期六離開警察局，和凱特通話後，恐懼就緊緊攫住了她。星期天一整天她都坐在羅傑床邊，擔心得要命，不僅是擔心他，還有擔心自己。凱特到底在隱瞞些什麼？

她試圖搞懂那通電話，一字一句努力回想，思考其中的含意。

再過幾小時就能跟她見面，真相就會大白。*天啊，希望一切都沒事。*她閉上眼睛，筋疲力盡但又精神緊繃。她又睜開眼睛，看了一眼手機上的行事曆，查看接下來一星期的行程，發現她早上十一點和美髮師有約。她會和凱特．克勞談多久？談完之後，她會感覺如何？如果她的寶寶、未婚夫和她自己早晚都會死，她為何還要去剪頭髮？

她振作起來，心想待會美容院一開，就要打電話問預約時間能不能延後，不行的話就改期。接著她下床，穿上運動服並出門，步入黎明前的黑暗。

迎面而來的冷風感覺很舒服，她真希望自己能夠跑起來，而不是用走的。做完溫和的走路暖身後，她沿著海濱大道左轉，朝著聖赫利爾的燈火開始健走。她按照這個速度一直往前走，開始感覺比較好，甚至好多了，她感覺很好。

去你們的，我不會有事的！小不點也不會有事！羅傑也不會有事！船到橋頭自然直。

87

一月二十一日星期一

馬克思・瓦倫丁感覺很好，對，沒錯，非常好！他撫摸雙胞胎的頭，他們一如往常在早上六點左右爬到他們的床上睡，通常都會吵醒他。

但今天他們沒有吵醒他，因為他已經醒來很久了。

克萊兒還在熟睡。

他又撫摸他們的頭，面露慈愛但又心不在焉。在沒有克萊兒之後的理想生活，他要選擇何時要見自己的小孩，而且絕對不會是每天早上六點，因為清晨他要和喬琪在床上度過。他們對彼此的渴望永無止境，他們的慾火將始終不渝，絕對不會像他和克萊兒的感情一樣變得宛如雞肋。

他們命中注定要在一起。

一切都進行得非常順利。

他起床時心情很好，悠悠哉哉洗完澡後感覺又更棒了。他穿上衣服並走下樓，把其中一個心愛的時鐘調準後，便坐了下來。

他在手機上開啟跑步大師，發現喬琪・麥克林清晨已經出門跑步了，真了不起。但她的時間就不怎麼樣了，幾乎是用走的速度，他可以跑得比她快，簡直輕而易舉！

這就是懷孕的副作用之一，小姐。

不過別擔心，幾天後，我就會處理好一切。妳會有一陣子無法跑步，但真的不用擔心，春天來臨時，妳就會恢復健康，心情也會變得輕鬆無負擔！全新的人生呼喚著妳，到時羅傑早就不在了，那些告訴妳要繁殖的愚蠢賀爾蒙也將灰飛煙滅。這將會是妳腹中胎兒的下場，幾天後，它就會在醫院的焚化爐燃燒殆盡，化為黑煙從建築物後面那座高高的煙囪裊裊升起。

我會讓妳獲得自由！

88

一月二十一日星期一

早上十點整，喬琪敲了凱特．克勞辦公室的門，心情忐忑不安。

「請進！」

她進門時，發現好友不是穿著平常的工作服，而是穿著一套漂亮的西裝坐在辦公桌前。她沒有露出平常的溫暖笑容，而明顯是在強顏歡笑。凱特起身，緊緊擁抱她，然後指著一張椅子請她坐下。「喬琪，進來吧，親愛的。妳肯定感覺很糟，糟糕透頂。」

「沒錯，凱特，真的是糟糕透頂，這個形容很貼切。」

那名顧問醫師點點頭，深表同情，問道：「羅傑的狀況如何？有好轉嗎？」

「沒有……他們又換藥了。」

凱特低頭看桌面，移動了幾張紙，然後盯著她的電腦螢幕一會兒。

「好，我就不拐彎抹角了。我很抱歉，上次做陰道鏡檢查時，我並沒有發現什麼異常，但檢驗報告顯示我上星期四做的切片有癌細胞，磁振造影也確認了這個結果。喬琪，這不是好消息，我們必須處理，也一定會處理。」

喬琪感到麻木，沉默了好一會兒才開口：「好，我知道了。我是說……狀況到底多糟？」

凱特稍微放鬆了點，語氣變得比較正向：「是二期子宮頸腺癌，意思是很嚴重，但如果妳同意接受治療，是很有機會痊癒的。它是侵襲性癌症，代表每一天都很關鍵，所以要盡快開始治療，這點至關重要。」

喬琪盯著她，問道：「是什麼樣的治療？」

「這個嘛，這是比較困難的部分。我跟瓦倫丁醫生討論過，也跟英國專門治療癌症的頂尖醫院皇家馬斯登醫院談過了。妳會需要進行六星期的化學放射治療，但由於這可能會對妳的寶寶造成危害，所以恐怕不能在懷孕期間進行。」

兩人沉默良久，喬琪的心情宛如自由落體般跌入谷底。

當她終於開口，她全身都在顫抖。「凱特，這是什麼意思？妳是說我要等寶寶出生才能開始治療嗎？」

「如果要我老實說，我和瓦倫丁醫生都認為如果等到那時，妳自己很可能會有生命危險。瓦倫丁醫生覺得如果妳等到寶寶足月，癌症幾乎可以肯定會惡化，皇家馬斯登醫院的人也這麼認為。如果我們立刻採取行動，幸運的話，我們可以遏止癌細胞擴散。喬琪，我不想這麼說，但我建議終止妊娠。」

「終止妊娠？不要，天啊，不要。拜託……肯定有替代方案吧？」

感覺好像房間裡的所有空氣都被抽走了，好像她身處某種減壓室一樣。她的耳膜脹痛，她低下頭盯著地板，恐懼緊緊攫住她的內心，她感到六神無主。天啊，她試了那麼多年，現在體內有個健康的寶寶一天一天在長大。

「妳、妳會怎麼……我、我的寶寶會怎麼樣？」

「妳需要進行子宮切開術，意思是要通過腹部取出胎兒。傷口癒合後，我會安排讓妳到皇家馬斯登醫院進行化學放射治療。」

「子宮切除術？要移除我的子宮嗎？」

克勞搖搖頭說：「不是，喬琪，是子宮『切開』術，跟做剖腹產時一樣。」

「那……那我的寶寶會怎麼樣？」

「親愛的，我有其他病人也有同樣的經歷，有些人請了牧師來主持喪禮。」

「什麼？」她尖叫道。「喪禮？我的寶寶必須死？要做治療就要殺死它？我，他媽的，絕對，不要，凱特。不要，不要，不要！」

凱特沒有告訴喬琪，之前有一位病人做了寶寶的腳模型，有一位用寶寶的骨灰刺了刺青，還有一位把骨灰存放在項鍊的玻璃墜飾中。每個人面對和處理悲傷的方式不盡相同。現在喬琪的世界正在分崩離析，她需要時間消化這宛如晴天霹靂的噩耗。凱特為她感到揪心。

喬琪一臉麻木，陷入沉默，後來卻再也克制不了自己的情緒，嚎啕大哭起來。「我不能失去它，不行，我真的會受不了，我不能失去我的寶寶。」

89

一月二十一日星期一

幾分鐘後，喬琪的情緒稍微平復下來，凱特便拉了一張椅子，在她旁邊坐下，並遞給她一盒衛生紙。

「喬琪，我知道這是個噩耗，要告訴妳這件事情，我心裡也很難受。」

喬琪瞪大布滿血絲的眼睛，直盯著她。她抽了一張衛生紙，然後把它揉爛捏在手裡，說：「我要死了，對不對？我的寶寶要死了，羅傑要死了，現在我也要死了。」

「不，喬琪，妳不會死。這類型的癌症如果及早發現，預後也會很好，我們只要不拖延就來得及，好嗎？」

她點點頭，一臉茫然道：「真是一團亂……這全都是一場該死的惡夢。」

凱特摟住她的肩膀，面對她說：「喬琪，加護病房團隊會治好羅傑，讓他順利康復，這點我敢肯定。但我們必須進行人工流產，我知道這對妳來說有多麼煎熬。」

喬琪一隻手放在眉毛上，把頭髮往後梳，另一隻手放在肚子上，說：「我連它是男生還是女生都不知道。」

「妳還記得我有寄給妳一個信封嗎？」凱特用溫柔的語氣說。「如果妳想知道的話，就打開它吧。」

淚水滑落她的臉頰。「凱特，我不知道，我怎能決定這種事？我的人生真是一團糟。我甚至會想，我有權利為了提高自己的存活率而去殺死它嗎？」她說。

凱特又抽出一張衛生紙，擦掉喬琪不斷湧出的淚水。

「不要這樣折磨自己，好好想想吧，如果妳就這樣等到足月，沒有進行任何治療，寶寶很可能出生後沒多久就會失去母親……這樣妳會作何感想？誰要照顧它？」

喬琪坐在椅子上，陷入痛苦的沉默，思緒一團亂，好希望她能和羅傑談談。兩個人一起面對，肯定就能解決問題。

「妳要何時動手術？」她問道，聲音小到幾乎聽不到。

「我希望明天就能讓妳進手術室。」

「等我做完化療和放射治療，如果一切順利，我還有機會懷孕嗎？」喬琪問道。

克勞露出了難過的笑容，說：「恐怕沒辦法，放療和化療所造成的傷害是不可逆的。」

喬琪說：「我讀過有人在進行癌症治療前，會去凍卵或把卵巢冷凍保存，有這個可能性嗎？」

凱特搖搖頭說：「要這麼做的話，我得先用藥物刺激排卵，那需要時間，而且還會加速癌細胞擴散。另外，妳的卵巢很有可能也有癌細胞，我們不能冒險保存卵巢，留下後患。」

「好極了。」她語帶憤恨。「這根本就他媽的爛透了，對不對？我感覺自己好像什麼三層狗屎三明治裡的夾心。」

克勞露出了同情的微笑，說：「這個比喻還挺貼切的。」

喬琪陷入沉思，過了一會兒說：「所以明天……妳想要明天動手術嗎？」

「對，我已經跟馬斯登醫院的人談過了，也預約了下星期一開始讓妳做治療。」

「下星期一？妳已經幫我預約了？那羅傑呢？我想跟他討論後再做決定。」

「希望下星期他的狀況就會好很多，但無論他的狀況如何，如果妳因為他而延後治療時程，我想他應該會很難過。現在真的是分秒必爭。」

「動完手……進行人工流產後需要休息多久？」

「動完手術後，妳會需要住院，可能要幾天的時間才能恢復，但星期一早上應該就能搭飛機了。澤西政府將支付交通與醫療費用，所以妳不需要付半毛錢。」

「我才不在乎什麼錢。」她說。

「費用不便宜，我不想讓妳擔心錢的問題。」

「想得還真周到。」喬琪的語氣比自己想的還要憤世嫉俗。

「我也跟瓦倫丁醫生談過了。他明天沒有排定手術，本來一整天都是在私人診間看診，但他人很好，說自己可以排開時間，在下午兩點替妳動手術。」

「什麼？」她說，馬上直挺挺地坐了起來。「馬克思．瓦倫丁？妳的意思是他要負責開刀？」

「是的，喬琪，我想讓我們頂尖的婦科腫瘤醫師替妳開刀。」

她猛搖頭，並大喊：「不要！」她的強烈反對嚇到了凱特。

「他是我們最優秀的醫生，妳可以儘管放心。」

「喔是嗎，凱特？我不相信，他讓我感到不舒服。一定有其他方案，拜託妳。」

那名產科醫生看著她說：「喬琪，換作是我的話，我會請瓦倫丁醫生替我開刀。」

她搖搖頭，問道：「妳不能做嗎？妳一定可以做吧？」

「妳真的希望給我做嗎？」

「真的。」

克勞開啟自己的行事曆，看了一會兒後說：「這個嘛，好吧，我應該可以蹺掉一個會議。」

「謝謝妳。」

喬琪明顯鬆了一口氣。畢竟這是喬琪的決定，如果交給凱特來做，她會比較安心，那就這麼辦吧。

但那名產科醫生還是很好奇，為何喬琪那麼強烈反對讓瓦倫丁來做？她完全無法想像她的內心情緒有多麼混亂。是因為她偏好女外科醫生嗎？如果能讓喬琪稍稍放心一點，何不就由她來做呢？

儘管如此，如果交給馬克思．瓦倫丁來做，她自己會放心許多。他的經驗遠比她豐富，也更有能力評估喬琪體內的狀況。

「好。」她說。「明天早上十一點前請到婦科病房報到。早上八點後禁食，十一點後禁止飲水，明白嗎？」

「明白，謝謝妳，凱特。」喬琪低聲說。

90

一月二十一日星期一

喬琪一離開，凱特．克勞就撥打了馬克思．瓦倫丁的院內電話，才響了一聲他就接了。

「我是凱特，你有五分鐘的空檔嗎？」

他遲疑了一下，說：「我待會要開會……但可以，最多五分鐘。我去妳的辦公室嗎？」

「對，請來我的辦公室。」

「我馬上過去。」

不一會兒，他就穿著深色西裝走了進來，問道：「怎麼了？」

她請他坐在喬琪剛才坐的椅子上，並坐在對面，目不轉睛地看著他，說：「我想談談幾件事，第一件事是我對羅伯特．瑞斯邁的死感到萬分遺憾。」

「我也是。」他回答。「這太令人震驚了，真是痛失英才。他是個友善、聰明的年輕人，前途一片光明。我告訴他，以他的素質，絕對能成為一位偉大的醫生。」

他的肢體語言完全表現出了發自內心的難過。

「我沒機會像你一樣和他深交。」她說。「但我對他也有同樣的好印象，其他醫院同仁也是。」

「是啊。」

「馬克思，有件事情我之前不想告訴你，因為我不希望他因為和你意見相左而惹上麻煩。」

「喔？什麼意思啊，凱特？」他微笑道。「好隱晦的說法。」

「這個嘛，他現在死了，所以也沒差了，真可憐。羅伯特．瑞斯邁星期四有來找我，說你替羅傑．理查森切除脾臟時，他有從旁協助。」

「對啊，沒錯。」他皺眉，問道：「他來找妳？」

她遲疑了一下，繼續說：「我也不想這麼說，但他告訴我他確信自己看到了羅傑．理查森的腸道有傷口，而你沒注意到。」

他頓時面露慍色，說：「喔，拜託，凱特！他也這麼跟我說。那是之前探查性手術留下的疤痕組織，可能是好幾年前的事了。荒唐至極！但我想這是學生很容易犯的錯誤吧。」

「我也是這麼告訴他的。」

「那就好。」

「另一件事是喬琪．麥克林希望由我替她做終止妊娠手術。」

有一瞬間，他的臉似乎繃了起來，但又隨即放鬆下來。「是喔？好，沒關係，她太可憐了，如果那樣會讓她感覺比較好的話，我沒有異議。老實說，我在邦聖醫療中心也要忙一整天。」他說。

「好，謝謝你，馬克思。我可以直接用你預約的手術時段嗎？」

「喔，當然，省得重新排。」

「你最棒了！」

他微笑道：「她的預後實在堪憂。」

「是啊。」

「凱特，我能給妳一點建議嗎？看得出來妳很在乎這位女士，但不要投入太多感情，好嗎？」

她點點頭說：「謝謝你。」

「凱特，我們是個團隊，妳知道妳隨時可以找我幫忙。」

91

一月二十一日星期一

馬克思·瓦倫丁離開凱特·克勞的辦公室後，便匆匆下樓參加醫院腫瘤科團隊的會議。接下來一小時，他幾乎什麼也沒聽進去，也幾乎沒有發言。他的心思完全放在明天以及剛剛那名產科醫生告訴他的話。

讓那女人動終止妊娠手術風險太大了。如果她看到了，或者說，沒看到異狀，那該怎麼辦？而且他不喜歡她剛才看他的眼神，她是不是在懷疑他？

所以瑞斯邁那個臭傢伙對她信口開河，還有誰？

他必須盡快收拾這個爛攤子，他精心策劃的這一連串事件才不會功虧一簣。

其他與會同事專心看著螢幕上一張又一張的投影片，他卻忙著思考計策。一個修正過的計畫慢慢在腦海裡成形，起初毫無章法，但逐漸變得明朗具體，似乎行得通。

行得通。

一定要成功。

有時你必須要大膽一點，做出最大的飛躍才能取得最大的勝利。

他記得凱特前陣子告訴他，她的兒子，也就是他的教子在學校被霸凌。她很擔心，因為查理不斷暗示自己打算對霸凌者展開復仇，但又不願進一步說明。

或許能從這裡著手，他只需要稍微調查一下就好。

會議一結束，他就必須去私人診間看診。他請他的住院醫生先過去，並請他的助理向預約的病人道歉，說他會盡快趕過去。接著他匆匆回到樓上的辦公室。他試圖回想查理的學校叫什麼名字，突然後悔自己這些年來沒有多關心他。

他坐在辦公桌前，登入電腦並點進凱特·克勞的Facebook頁面。

他開始瀏覽她的貼文：她丈夫在他們湖區的家和羊群的合照；她穿著跑步運動服，在十公里路跑率先衝過終點線的照片和貼文；接著是她穿著車衣，站在她那金髮兒子旁邊的照片。他們身後有兩輛靠在橋上矮牆的公路車，背景有一條運河穿過一座美麗的小鎮。

我和我兒子查理夏天在法國最美小鎮安錫騎車！

馬克思不禁微笑，他怎麼沒想到呢？他的教子肯定也有自己的社群帳號吧。

他的確有。

馬克思只花了幾分鐘就在Instagram上找到查理，而且他很常發文。

在最新的貼文照片中，那男孩穿著橄欖球衣，躺在球場上的泥巴裡。圖說寫著：

第三次達陣！U10少年橄欖球聯賽：格雷夫德勒科學校vs.格魯維爾學院

他上網搜尋格雷夫德勒科學校。

那間學校有經營Facebook粉絲專頁。他也點進其他連結，看到所有老師的照片和下面的簡介，還有最近的體育競賽成就列表。有一張團體照的標題寫著「U10橄欖球隊」。

查理拿著橄欖球坐著，身邊圍繞著其他隊員。

他對教子一向都很慷慨大方，不僅送他奢華的受洗禮物，每年也都會送他昂貴的生日和聖誕禮物。近幾年他比較少見到他，或許他應該更關心他才對，那些付出現在就能派上用場了。但算了，人只能向前看。

好了，查理，是時候回報我了，這次就換你幫你的教父一點小忙吧！

92

一月二十一日星期一

喬琪坐在餐桌前，不發一語，又給自己倒了一杯酒，反正禁酒也沒意義了。她喝掉了冰箱裡酒瓶中剩下的一點點白酒，因為沒別的東西可以喝了，便開始喝一瓶紅酒。這是羅傑打算在特殊場合開瓶慶祝的紅酒，但算了，管他的，這也算是特殊場合，應該說是特殊需求。

她把商品標籤拍起來，心想要記得再去買一瓶。明天她會上網找找看有沒有同樣的紅酒，希望不要貴得太離譜。

「親愛的，來為你的康復乾杯，拜託早日康復！」她舉杯道。

天啊。

在她的人生中，糟糕的日子不算少，但和今天相比全都黯然失色。今天可是爛日子中的爛日子。她猛地放下酒瓶，卻比她想像的大力，導致瓶身搖晃，差點翻倒，幸好她及時扶住了。她盯著酒瓶，試圖把視線聚焦在標籤上：拉菲酒莊，一九八九年。

肯定過了保存期限，她心想，不禁莞爾一笑。人們是怎麼知道酒越陳越香的？明明其他食品過了保存期限就會被丟掉，人們是何時發現過期的酒味道反而更棒的？為何沒有三十年上等鮪魚？起司能夠保存多久？會不會最後自己長腳走出廚房？

我喝得爛醉如泥。她知道隔天早上要麻醉，或許不應該喝酒，但她已經不在乎了。我現在已經跟死了沒兩樣了。

現在是晚上十一點。稍早，她做了每次心情不好時都會做的事，也就是換上運動服去跑步。她一直跑一直跑，甚至跑到了山上的貝爾皇家大飯店，但那邊還有警察站崗，閒雜人等不得進入。所以她就繼續跑，跑了十二公里左右，卻沒有感覺比較好。她在房子裡無精打采地走來走去，無法靜下心來，覺得自己需要陪伴，便打給了露西。她們講電話講了一個多小時，幾乎都是在講喬琪以及她必須做的事。露西說可以過來煮飯給喬琪吃，但她拒絕了，因為她需要時間獨處。露西為了讓好友振作起來，也分享了最近使用交友軟體和快速約會的奇遇。

雖然最後都以失敗收場，但露西還是很樂觀。她的真命天子肯定在等著她，她只需要找到他就行了。就像妳和羅傑找到彼此一樣，她補充道。

結束通話時，喬琪覺得心情比較好了。但她又做了蠢事——她又上網搜尋子宮頸癌，前一個小時和好友聊天的撫慰效果全都付諸東流。她花了將近兩小時看圖片、瀏覽論壇，以及研究替代療法，還有專家對這些療法不屑一顧的報告。

去他們的專家。

羅傑總是對專家抱持保留態度。每次有專家在電視上或報紙上針對重要議題發表高見時，羅傑都會說：世界末日的那一天，人們最後聽到的聲音肯定是專家解釋為何世界末日不可能會發生。

然後她就開始喝酒了，心想已經沒差了。她想起之前確定懷孕時，凱特和助產士都曾警告她，酒精可能會傷害到她尚未出生的孩子。對啦對啦，她在內心訕笑。就算酒精對胎兒不好，但也比不上墮胎，對吧？

她伸手拿酒杯，然後用狐疑的眼神盯著它，試圖集中注意力。酒杯竟然是空的。

我不是才剛倒一杯嗎？

她伸手拿酒瓶，這次真的撞倒了，但只打翻了幾滴，因為酒已經見底了。

靠。

她試圖起身，但沒什麼把握，她的身體搖搖晃晃，她必須扶住餐桌才不會跌倒。她又一屁股坐了下來，但比想像中還要用力許多。接著她低頭看著凱特．克勞去年聖誕節前給她和羅傑的超音波掃描影像，那時她體內的小生命才差不多三公分大呢。這張照片她今晚已經看了不下上百次了。那是還不到一個月前的事，天啊，他們當時多麼高興啊。

你現在長多大了呢？她心想，不禁淚流滿面。

照片旁邊擺著凱特寄來的信封，內含寶寶的性別資訊，她還沒打開，應該現在打開來看嗎？

這樣只會感覺更糟吧？

她把信封撕成一半，再撕成四分之一，然後把信封連同裡面的紙撕成小碎片。她拾起桌上的碎片並扔進垃圾桶，然後又坐了下來。

她本來希望能透過喝酒麻木情緒，不會感覺那麼痛苦，沒想到借酒澆愁愁更愁。

「對不起。」她低聲說。「真的很對不起。」

她的眼皮很沉重，她的頭在和重力的拔河中敗下陣來，落在餐桌上。她把臉頰貼在堅硬、溫暖的木頭上，不到幾秒鐘就睡著了。

醒來後，她四處張望，一時搞不清楚狀況。時鐘顯示現在是兩點五十五分。什麼？

感覺好像有人拿著噴槍在她的腦袋裡戳來戳去一樣，而且她渴得要命。她配水吞了兩顆普拿疼，搖搖晃晃走進房間，脫下衣服後倒頭就睡。幸好她還有記得設鬧鐘。

93

一月二十二日星期二

早上十點十五分，喬琪在醫院病人和訪客專用的立體停車場下面的樓層繞來繞去，慢慢找停車位。其實她昨天喝那麼多，也不太確定今天是否應該開車。出門前，她延後了客戶的上課時間。她感覺糟透了，好像隨時都有可能會吐。噴槍灼燒腦袋的感覺仍然揮之不去，她的雙手不住顫抖，全身發冷。

她懷孕了，肚子裡有她的小孩，他們的小孩，她和羅傑的小孩。

她是準媽媽。

這是她多年來的夢想。

幾小時後，她就不再是準媽媽了。

沒有足月就從他母親的腹中剖出來。[57]

[57] 原文：From his mother's womb, untimely ripped，引自莎士比亞最短的悲劇《馬克白》（*Macbeth*）。蘇格蘭暴君馬克白與法夫勳爵麥克德夫（Macduff）展開對決，馬克白聲稱：「他不必害怕麥克德夫，因為他不會被任何婦人所生之人殺死。」但對方說自己是剖腹產出生的，不算是「從婦人生出來的」，隨即將馬克白斬首。

這句話在她的腦中浮現。是《馬克白》的麥克德夫說的話嗎？她沒有特別喜歡莎士比亞，但《馬克白》這齣劇特別令她著迷，因為馬克白夫人實在是太邪惡、太迷人了。

她現在後悔沒拜託露西陪她來了，但當時她的自尊心太強，沒能把話說出口。她以為自己一個人能夠面對，但當她倒車進狹窄的停車格並熄火，心裡卻感到相當掙扎。

她拍拍自己的肚子，想安撫小不點，但她心裡只有滿滿的愧疚感。

她的寶寶在她的肚子裡。到底該跟準備拿掉的胎兒說什麼呢？無論機會多麼渺茫，為了讓自己能夠活下去，她即將殺死這個嬰兒。

下次回到車上時，就什麼也沒了。

她現在已經感覺自己被挖空了。

羅傑會原諒她嗎？

天啊，羅傑，我們真的好需要你。

她這輩子能夠原諒自己嗎？能夠帶著這份愧疚感苟活下去嗎？

她在車子裡坐了一會兒，澤西廣播電台小聲播放著一首比利・喬[58]的歌。

很久很久以來……

羅傑很愛比利・喬，他想在他們的婚禮播放他的歌曲。平常她也很愛這位歌手。

但現在她實在聽不下去。她關掉車子的點火開關，音樂便戛然而止。她從手提包裡取出印出來的掃描影像，坐在車子裡盯著它，又開始哭泣。過了一會兒，雖然她依依不捨，最終還是把照片放回手提包，並將包包闔起來。

她下了車，用手機app付停車費，提著過夜的包包，拖著沉重的腳步慢慢走向醫院，感覺自己所愛的一切都已然死去。

58 比利．喬（Billy Joel）是一位美國創作歌手兼音樂家，因其一九七三年的成名曲〈Piano Man〉而被暱稱為「鋼琴師」。書中的歌詞引自其一九八四年的歌曲〈The Longest Time〉。

94

一月二十二日星期二

距離開刀報到只剩下一點點時間，喬琪便上樓到加護病房，看看羅傑昨晚狀況如何。幸好今天值班的重症加護病房主任是琪拉．戴爾。琪拉從病房裡探出頭來，請她先在親屬等候室稍候，她很快就出來。

五分鐘後，她急急忙忙走進親屬等候室，說：「不好意思，剛剛在處理一些緊急狀況。妳今天比較早到呢！」

「我今天一整天都有事……我只是想看看羅傑的狀況。有變化嗎？」

令人失望的是，那名護理師也無法消除她日益加深的沮喪感。「很穩定。」她一邊點頭一邊說，語氣卻讓人感覺有些疏離。「穩定是好事。」

「很穩定？」喬琪上星期和她說話時，那名護理師無論是表情還是語氣都相當積極正向，但現在她的肢體語言讓喬琪不禁感到擔心。「穩定的意思是漸入佳境，還是每況愈……？」

「羅傑的狀況尚未好轉……但他才剛換藥沒多久。」

「琪拉，有任何好轉的跡象嗎？還是狀況正在惡化？」

她頓了一下，還沒開口，喬琪就已經知道答案了。「他的狀況還是沒有我們預期的那麼好。」她終於開口道。「相信我，喬琪，我真的很想告訴妳好消息，整個團隊都是如此……我相信很快就會有好消息的。」

喬琪直盯著護理師的眼睛，但對方很快就別開視線，似乎感到不安。「妳確定嗎？」她問道。

「我得回去病房了，但對於這點我很確定。那妳今天有什麼打算？有什麼有趣的安排嗎？」

「沒有。」她說，無法掩飾自己憤恨的情緒。「沒什麼有趣的安排，我要去墮胎。」

「什麼？」那名護理師看著她，一臉震驚的樣子。「墮胎？」

她有氣無力地點點頭。

「天啊，怎麼會這樣？」

「我得了二期子宮頸癌，似乎是侵襲性特別強的腫瘤。」

「是何時診斷出來的？妳是什麼時候得知的？」

「昨天。」

「昨天診斷出來的？天啊，喬琪，我真的很抱歉。有前兆或什麼症狀嗎？」

「大約十八個月前，我有診斷出一期子宮頸癌前病變。當時有切除，凱特．克勞很肯定我已經沒問題了，但現在看來並非如此。她要我下星期開始在皇家馬斯登醫院進行化學放射治療。」她雙手環抱肚子，好像在保護腹中胎兒一樣。「我別無選擇，只能拿掉小孩。」

琪拉搖搖頭，一副難以置信的樣子。「太可憐了，羅傑還在加護病房，現在又發生這種事？」

「對啊，至少我可以累積不少醫院會員卡點數。」她勉強開了個玩笑。

護理師皺眉道：「我真的替妳感到遺憾。聽著，如果有什麼……有任何我可以幫忙的地方，請告訴我。」

「或許妳能找一根魔杖然後手一揮，把我和羅傑變回原本的樣子。」

「我也希望可以。」她低頭看了一眼手錶，說：「我得走了……如果羅傑甦醒過來，我想妳應該會希望我保密吧？」

喬琪點點頭。「謝謝妳。」她低聲說。

護理師離開後，距離報到還有幾分鐘的時間。喬琪在椅子上坐了下來，開始思考，這個問題她想了千百次都想不透。為何羅傑的狀況沒有好轉？發生意外前，他的身體狀況很好，而且據她所知，他從小到大都很健康。她幾年前第一次聽到「敗血症」這個詞，現在好像常常在新聞上看到。但如果他的血液被感染了，為何這些該死的專家都遲遲找不出成因？

她看了一眼手錶，時候到了。

她起身，緊張得要命，又抱住自己的肚子，低聲說：「對不起，真的很對不起。」

她走向婦科病房，感覺好像被判處死刑的囚犯，越接近腳步就放得越慢。抵達入口時，她幾乎是拖著腳步走到櫃檯的。一位戴著大框眼鏡，態度友善的女人用簡潔幹練的語氣打招呼道：「妳好，請問需要什麼嗎？」

喬琪一時說不出話來，好像她的喉嚨拒絕發出聲音一樣。最後，她用幾乎聽不見的沙啞聲音說出自己的名字。

櫃檯人員查看了一份名單，皺了一下眉頭，然後抬起頭對她微笑道：「喬琪娜．麥克林嗎？」

她點點頭。

「好，我需要妳填寫這份病史表。」她指向幾張椅子說：「請坐，待會護理師會帶妳到妳的病房，216號房。然後克勞醫生等一下會去找妳，跟妳說明手術流程，然後請妳簽署同意書。」

喬琪向她道謝，拿了表格和一支筆，在椅子上坐了下來，然後盯著表格上的文字。她的雙手不住顫抖，導致她根本無法辨識不斷晃動的文字，而且她好冷，真的好冷。

「請問妳是喬琪娜．麥克林嗎？」一個溫和友善、帶有愛爾蘭口音的聲音問道。

她黯然地抬起頭，看到一個年約五十出頭、一頭灰髮的矮個子女人站在她面前。她的名牌上寫著「蘿拉．歐姬芙護理師」。

「是的。」

「我會在妳進手術室前照顧妳，等妳在恢復室醒來時，我也會陪著妳。」她微笑道，稍稍化解了喬琪緊張的情緒。

「謝謝妳。」

「我帶妳去妳的病房，妳可以在那裡填完表格，之後再換衣服。」

她們沿著走廊走了一小段路，然後護理師打開一扇門，喬琪跟著她走了進去。

「我現在恐怕不能給妳吃的和喝的，但之後想吃什麼喝什麼都可以。」

「一大杯威士忌可以嗎？」

「一杯就好嗎？」

喬琪勉強擠出微笑。

95

一月二十二日星期二

十分鐘後，喬琪獨自一人坐在小房間內的病床床緣，牆上的時鐘顯示現在是早上十一點十五分。病房裡沒有什麼擺設，只有一個裝在活動式壁掛架上的電視、各式各樣的儀器和不同形狀的插座，以及一張硬椅子，她在椅子上放了過夜的小旅行箱。她的左邊有一扇通往浴室的門，右邊則有一扇窗戶，可以看到醜陋的建築群和醫院的焚化爐煙囪。一陣冷風吹了進來，天空也烏雲密布，很符合她現在的心情。

她把注意力放在表格上，勾選病史相關問題，有需要時填寫一些細節。她寫完時，歐姬芙護理師剛好拿著手術服和拖鞋回來。她替她量血壓和體溫，並讓她戴上手環。她告訴喬琪，克勞醫生很快就會到了，而麻醉師也會進來給她術前用藥，幫助她放鬆。護理師請她到浴室換衣服，等等她會讓她躺上床。

幾分鐘後，喬琪換好薄手術服，躺在病床上，歐姬芙護理師把床頭調高，讓她採半躺的姿勢。她問喬琪想不想看雜誌或其他刊物，喬琪向她道謝，並搖搖頭。「我實在不敢相信會發生這種事。」她說。

護理師把一隻手放在她的肩膀上，露出同情的微笑，說：「妳在這裡會得到最好的照護，我們都了解，我們會好好照顧妳。」

她再次輕聲向她道謝。

護理師拿起表格，稍微看了一眼，說她過一會兒再回來，便走出病房關上門。

喬琪又是一個人了，和自己的思緒獨處。好奇怪喔，她和羅傑都在同一棟建築物裡，或許他們以後回憶起這件事情，會覺得很好笑吧。或許吧，但她不這麼認為。此時此刻，她無法想像自己這輩子能再次展露笑顏。

她的手機發出響亮的通知聲，原來是露西傳了WhatsApp訊息給她。

嘿，親愛的，希望一切都進行得很順利。我心裡想著妳，想要傳達給妳滿滿的愛、擁抱與思念。晚點有空再打電話給我吧。我在城裡排隊排到天荒地老，郵局好棒棒。愛妳<3

她不禁微笑，便開始寫回覆，但她心不在焉，想不到幽默風趣的回應，最後只寫了：

房間外的美景一覽無遺——尤其是醫院焚化爐的煙囪。我寧願跟妳一起排隊！<3

她在手機上打開Podcast應用程式，但收藏裡面沒有任何她想聽的內容。過了半小時，一小時，無論是凱特．克勞、麻醉師或歐姬芙護理師都沒有出現。他們難道忘記她了嗎？她這輩子從沒感到這麼孤單，這麼害怕。

她的神經像小提琴的弦一樣緊繃。她又從包包裡拿出掃描影像，擺在面前。她用雙手抱住肚子，低聲說：「對不起，小不點，真的很對不起。我下半輩子都會想著你，還有你會怎麼過你的人生。我知道你會成為一個好人，我和你父親都會愛你，我們會是最棒的父母。」

過了一會兒，有人敲了門，一個穿著工作服的男人拿著紙杯走了進來。他看起來充滿活力且有明確的目標，喬琪覺得他長得有點像演員雷夫．范恩斯[59]。他似乎有些猶豫，問道：「妳好，妳是喬琪娜．麥克林，對嗎？」

「對。」

「我是妳的麻醉師東尼．勒．莫伊涅，妳感覺如何？」聽他的語氣，他似乎真的在乎她感覺如何。

「老實說滿糟的，而且緊張得要命。我為了救自己，打算殺死自己的孩子，我忍不住會去想這有多麼自私。」

「可以理解，真可憐……這種事任誰經歷都不好受。」

「對啊。」

「我看過妳的病史表了，妳沒有其他疾病或過敏，對嗎？」

「對。」

「我會替妳麻醉，並在手術期間照顧妳。妳沒有服用任何藥物，不抽菸，今天也沒有飲食嗎？」

她搖搖頭。

「妳想要能幫助妳放鬆的東西嗎？這是很溫和的鎮靜劑，好嗎？」

「好吧。」她惆悵地說。「好。」

他在她的藥物表上寫下要立即服用鎮靜劑。

「請伸出手。」

喬琪照做，他便將一顆小小的藥丸倒到她的掌心上，說：「直接吞下去就好了。」

她把藥丸放入嘴裡，拿起裝了一點水的杯子，並在他面前配水把藥丸吞了下去。

「好了嗎？」

她點點頭。

「很好！那我們待會見。」

「謝謝你。」她說。

她又是一個人了。

又過了一小時，到了下午兩點十分，她感到昏昏欲睡，心情平靜許多，宿醉症狀也消失了。

她幾乎沒聽到敲門聲，然後凱特．克勞穿著漂亮的兩件式套裝站在她面前，滿臉笑容。

「喬琪，妳還好嗎？」

「應該還好吧。」她回答，高興能看到她。

59 雷夫．范恩斯（Ralph Fiennes）是英國男演員，著名作品有《辛德勒的名單》（*Schindler's List*）、《哈利波特》（*Harry Potter*）系列、《歡迎來到布達佩斯大飯店》（*The Grand Budapest Hotel*）等。

「我待會要去換衣服，他們很快就會帶妳去麻醉室。妳確定要這麼做嗎？」

「我有選擇嗎？」

「這是最好的做法，真的。」

「嗯。」

「我之後會到恢復室找妳，讓妳知道手術的結果。」

喬琪伸出一隻手，那名產科醫生握住她的手，還輕輕捏了一下。

「妳很勇敢。」

她搖搖頭說：「如果我真那麼勇敢，我會叫妳滾，然後自己挺過去。」

克勞微笑道：「不，妳現在做的事情真的很需要勇氣，相信我。」

96

一月二十二日星期二

兩點四十五分，昏昏沉沉的喬琪被兩個走進病房的人吵醒了，是歐姬芙護理師和一個穿著藍色睡衣的男人。男人大概三十幾歲，身材瘦而精實。

她看著他們，感到昏昏欲睡。

「喬琪，準備好了嗎？」護理師問道。

「放馬過來吧。」

他們把她從床上抬到某種擔架車上，她感到頭昏腦脹，但這種感覺也不差。上方的天花板開始移動，她看到了門框，也感覺到擔架車的震動。他們把她推過一條走廊，經過一排椅子、一面布告欄、一個裝在牆上的乾洗手機、一台圍網手推車和一個黃色的電梯標示。

其實感覺還不錯，相當愜意。

他們搭電梯上樓，還是下樓？她不知道。

鋼製電梯門打開後，他們又開始慢慢移動。他們把她推進一間充滿各種管子、電線和螢幕的房間。他們停下來了，她看到一張臉低頭看著她，她認得這張臉，是雷夫．范恩斯。

「喬琪娜，妳好。」他說。「感覺如何？放鬆嗎？」

「有點想睡！」

他對她微笑。

她感覺到手腕上有東西。她看到了另一張陌生的臉龐，是一個穿著工作服的女人，她看起來很嚴肅，太嚴肅了。喬琪想叫她放鬆一點，放輕鬆，吞一顆藥丸，就跟她一樣！

「喬琪，等等妳會睡一覺。」雷夫．范恩斯說。「等妳醒來時，一切就結束了，妳就沒事了！」

「我就沒事了。」

她感覺到左手有東西，有點刺痛，好像有液體流入她的手臂。他們把氧氣罩蓋在她的鼻子和嘴巴上。

就在她睡著前的幾秒鐘，她看到了另一張臉，那張微笑的臉從上方俯視著她，似乎吸走了房間內所有的光。

「喬琪，妳好。」馬克思．瓦倫丁說。「我只是要告訴妳，請放心，妳會得到最好的照護。」

97

一月二十二日星期二

凱特．克勞走進麻醉室，身後跟著謙恭有禮的新專科住院醫生尼爾．瓦克林。沒想到馬克思．瓦倫丁竟然也出現了，而且也穿著工作服。

她驚訝地看著他，說：「嗨，馬克思，你今天不是沒有要進手術室嗎？」

「本來沒有，但後來有緊急手術。」

「喔，好。」

「妳要替喬琪娜．麥克林動終止妊娠手術嗎？」

「對，沒錯。」

「太悲慘了，太令人難過了，真的令人難以置信……真是一對同命鴛鴦。」

「她的另一半還好嗎？」

他露出了難過的表情，搖搖頭說：「不太好，一點也不好。妳也知道，有時候敗血症惡化時，無論我們做什麼都沒用。但整個團隊都在盡全力挽救羅傑的生命，我也在想辦法。」

克勞和她的住院醫生走進手術室。麻醉師東尼．勒．莫伊涅穿著手術服和鮮紅色的鞋子，與兩名護理師和一名手術室人員站在喬琪．麥克林周圍。她已失去意識，脖子以下都裹著綠色的布，整個人被手術室的燈照亮了。

他們走到刷手區，輪流洗手並擦乾雙手，然後伸出手讓助理幫他們戴手套，才走到手術台邊。凱特．克勞還是深感不安，那種感覺揮之不去。她即將取出喬琪．麥克林的寶寶，也知道這對那女人會是多麼大的打擊。但所有醫學證據都告訴她這是正確的決定，也是喬琪唯一的選擇。

「尼爾，」她說。「我們需要給她插導管。我希望交給你來做，但也請你用手指檢查陰道。我希望你能說說你的看法，能不能摸到癌症的腫塊。」

「好的，沒問題。」

凱特站在旁邊，尼爾則審慎地進行觸診。檢查完畢後，他轉向她，他雖然戴著口罩，但她能看到他的眼神充滿驚訝。他搖搖頭。

「克勞醫生，不好意思，但她的子宮頸摸起來一切正常。這很奇怪，因為磁振造影檢查明明就有診斷出癌症，但我真的摸不出來。」

「沒有異狀嗎？」

「我完全沒有摸出任何異狀。」

她走向前說：「我來看看。」

就在那時，一名手術助理護理師叫了她的名字，她轉了過去。

「克勞醫生，有人急需和你談談。」

瓦克林用手指了指，她轉了過去，看到醫院的櫃檯人員瑪奇站在門口。

她急忙走過去。

「克勞醫生，很抱歉打擾妳，但我剛剛接到妳兒子學校打來的電話。」

「什麼？」

「發生了事故，學校說必須請妳或妳丈夫立刻過去一趟，不然他們就得報警了。」

「什麼事故？我、我是說……他們說了什麼？」

「他們只說了這些，聽起來相當嚴重。」

「瑪奇，查理還好嗎？他們有說嗎？他有受傷嗎？」

「克勞醫生，他們沒有說他受傷了，但他們需要妳或妳丈夫馬上過去。他們沒有說太多，只說你們其中一人到了之後，他們再當面解釋。」

凱特的思緒宛如自由落體般紊亂失控。發生了「事故」？什麼樣的事故？她想到世界各地時不時會傳出的校園槍擊案，不禁感到害怕……是那種事故嗎？還是完全不一樣？

他們想要立刻見她或鮑伯，不然他們就要報警。天啊，查理做了什麼？他跟別人打架了嗎？不太可能，那不是他的作風。有武器嗎？什麼？到底發生了什麼事？還會牽涉到警察？

「我丈夫在英國，在我們湖區的農場那邊。」她說，感覺內心被掏空了。天啊，拜託，他一定要沒事。「謝謝妳，我會盡快趕過去。」

她試圖理清思緒。她必須去學校一趟，但喬琪已經準備好要動子宮切開術了，而剛剛尼爾．

瓦克林又說她的子宮頸摸起來很正常。

瓦克林站在她的正後方，她轉向他說：「尼爾，我有急事必須離開。你一個人可以完成手術。」

「呃，應該是可以。」他回答，似乎有些遲疑。

她一心只想跑到停車場，盡快趕到位於島嶼另一頭的學校，但她必須確認喬琪的狀況，她對她不只是要負注意義務而已。「不，等等，尼爾，我希望你等一下，先徵詢另一位顧問醫師的意見再行動。我真的很不放心。」

這星期幫她代班的同事是瑪麗亞．道威爾，她是可靠的。她在醫院裡嗎？「尼爾，打給瑪麗亞，看她能不能來手術室。如果她有任何疑慮，只要有一點點不確定，你就不要繼續動手術，我們要幫喬琪做更多檢查。明白嗎？」

「明白，克勞醫生。」

她突然想到一件事，說：「噢，我突然想到，馬克思．瓦倫丁搞不好還在。他可能在換衣服，你看能不能請他過來。」

98

一月二十二日星期二

凱特急忙換回她的兩件式套裝，在鏡中快速檢查自己的儀容和頭髮，然後沿著走廊奔跑，跑下樓梯，飛奔進醫院的員工停車場。她上了自己那輛破舊但耐用的Subaru汽車，內心百般焦慮。她把車子開到街道尾端，等紅綠燈或是其他車輛讓她出去，心裡十分不耐煩。

一輛澤西郵政車閃燈並減速，禮讓她出來，她便右轉到街上，加速駛過歌劇院，停下來等維多利亞大道交叉路口的紅綠燈。綠燈一亮，她便沿著大道往西開。平常她都會一邊開車，一邊欣賞左手邊海灣的美景，今天她卻連看都沒看一眼。

查理，發生了什麼事？到底發生了什麼事？現在是什麼狀況？

他很用功，對橄欖球也充滿熱忱，是個好孩子，他會惹上什麼麻煩？而且嚴重到校方威脅要報警。難不成是那些霸凌者？天啊，難道他為了報復他們，做了什麼蠢事嗎？

除此之外，她也非常擔心喬琪。希望現在尼爾已經找到馬克思．瓦倫丁，並把他帶到手術室協助檢查了。

前面的車輛開始減速，似乎出了什麼狀況，開始堵車了。她從後視鏡看到了藍光，一輛消防車、救護車和警用摩托車鳴著警笛疾駛而過。汽車和貨車努力讓開，有些人甚至開到人行道上，讓出一條路。緊急救援車輛勉強通過後，車子又紛紛開回馬路上。

然後所有車輛都靜止不動。

陷入交通癱瘓了。

凱特坐在車子裡，心急如焚，巴不得車陣趕快往前，希望能趕快看到前方車輛開始移動。她打開澤西廣播電台，想聽聽有沒有相關新聞。她聽到了凱西．勒．費弗爾的聲音，她似乎在訪問一名園藝專家。

她四處張望，想找到離開車陣的方法，但她知道這只是徒勞。她被困在中間有分隔帶的雙向車道，所以不可能迴轉。第一個十字路口在前方幾百公尺處，照現在這種堵塞狀況，她不知道自己何時才能抵達路口，十分鐘？還是一小時？

天啊，天啊，天啊。

她從手提包裡掏出手機，放在車內的手機架上，打電話給查理，但他沒接。接著，她打給學校，看能不能請校長聽電話。她找到學校電話後便撥打號碼。

響了幾聲後，一名女性接了電話，聲音聽起來很精明幹練：「這裡是格雷夫德勒科學校。」

「噢，妳好，我是克勞醫生，之前有人打電話說我的兒子查理發生緊急狀況，他叫查理．克勞，是貴校的學生。」

「克勞醫生？妳想跟誰談談呢？」

「我聽到的消息是學校發生了事故，我必須馬上趕過去。我已經在路上了，但現在卡在車陣中，前面可能發生交通事故了。我只是想先通知貴校，我在路上了，會盡快趕過去。」

那女人聽起來似乎很困惑，她說：「不好意思，妳說發生了『事故』？」

「我是這樣聽說的，沒錯。」

「克勞醫生，據我所知，學校並沒有發生事故。妳是何時接獲通知的？」

「大概十到十五分鐘前。」

「妳的兒子叫做查理嗎？」

「對，他叫查理．克勞，四年級。」

「請稍等一下。」

「好，沒問題。」

凱特皺眉。那女人說學校並沒有發生事故，這是什麼意思？

幾分鐘過去了。又有一輛緊急救援車在她身後的車陣長龍中奮力往前擠，但前方的車輛仍一動也不動。她的手機靜悄悄的，就在她開始懷疑對方是否已掛斷電話時，那女人的聲音又從話筒傳出來。

「克勞醫生，真的很抱歉，或許有些誤會。妳的兒子在學校操場打橄欖球。我跟幾個人談過了，包括校長，沒人知道有發生什麼『事故』。這裡一切都很好，妳確定妳沒有弄錯嗎？」

凱特盯著手機，完全摸不著頭緒。「我沒……我沒弄錯。沒有，我……有人在醫院總機留言請我立刻到學校，說我兒子涉入某種事故，還說校方準備要報警。」她說。

「在我看來，這搞不好是惡作劇電話。我向妳保證，這裡一切都很好。」

她身後的警笛聲越來越近了，前方的車輛仍然文風不動。「我……我不明白。」她說。

「妳不知道是誰留言的嗎？」

「不知道，是總機接線員把我從手術室叫出去的。」

「肯定是有什麼誤會。」

「我……我想妳說得對。」凱特說。「抱歉造成妳的麻煩。」

「有任何頭緒的話歡迎隨時來電，不過請放心，學校一切都很好。」

凱特向她道謝並掛掉電話，然後坐在車子裡，陷入沉默。現在到底是什麼狀況？

她找到主院區的電話號碼並撥打電話，接線員接聽時，她請對方找瑪奇聽電話。

「我是瑪奇。」

「嗨，瑪奇，我是克勞醫生。妳先前接到我兒子學校的電話，說發生了事故，妳能告訴我電話是從哪裡打來的嗎？電話號碼是幾號？」

「可以，我們才剛換高級的新設備，只要不是隱藏號碼，我應該都能查出來。要我幫妳查查看嗎？」

「好，請盡快告訴我。」

「一切都還好嗎？」

「不好，一點也不好。」

「請給我幾分鐘的時間，我會再回電，我的螢幕上有妳的號碼。」她把凱特的手機號碼唸出來給她聽，以確認資訊無誤。

「號碼沒錯。」

「我會盡快回電！」

凱特坐在車子裡，前方的車輛正緩慢往前移動。她前面的那輛車開到人行道上，她也照做。一輛鳴著警笛的救護車勉強穿過，還差點撞壞她的側後視鏡，但她幾乎沒有注意到。

那通電話是誰打的？為什麼？

她的手機響了，她馬上接起來。

「我是瑪奇。奇怪的是……這通電話是從瓦倫丁醫生辦公室的院內電話分機撥打的。」

「瓦倫丁醫生？是我們醫院的瓦倫丁醫生嗎？瓦倫丁醫生的辦公室？」

「對，沒錯。」

「妳確定嗎？」

「我百分之百確定。」

「謝謝妳。」

凱特掛了電話。馬克思．瓦倫丁真的打了那通電話嗎？到底為什麼？

她突然心裡一沉。

她絞盡腦汁思考，想起昨天她跟馬克思說喬琪希望由她來做子宮切開術時，馬克思的反應有點奇怪。當時他的臉上閃過一絲憤怒，那是怎麼回事？

她突然意識到還有一件事情說不通。他明明跟她說自己一整天都會待在邦聖醫療中心的私人診察室，那他今天怎麼會來醫院，還穿著手術服？

恐懼滲入她的心頭，她感覺事情非常不對勁。她想起自己星期六打給去英國參加兒子婚禮的病理學家奈傑爾．柯克姆，因為對方以為她是在質疑他的專業，場面變得有點尷尬。

奈傑爾，我不是在質疑你們的檢驗方法。我今天要讓病人做磁振造影，應該能進一步釐清問題。我在想會不會是標籤貼錯了。是誰把切片樣本拿給你的？

她也記得對方的回答。

是馬克思．瓦倫丁。

馬克思把她替喬琪做陰道鏡檢查時採集的切片樣本，連同其他樣本一起送到樓下的實驗室，每個樣本都裝在自己的小瓶子裡。一個顧問醫師做這種瑣碎的差事實在不太尋常，那他為何這麼做？是為了在樣本上動手腳嗎？

肯定是這樣。

她又往更黑暗的方向去思考，回想起星期六早上，她和馬克思通電話時，對方說的話。

我這週末幾乎都在家，但如果妳需要我的話，我很樂意進醫院和妳一起分析檢查結果，凱特。妳拿到結果後隨時都可以打給我，完全沒問題，這是我該做的。

但馬克思根本不在家，而是在醫院協助年輕的放射科醫師安娜．高美斯分析喬琪的掃描影像。但她並沒有請馬克思那麼做，她只有問他如果有需要，他願不願意提供協助而已。

那他為何自己跑去醫院？

她頓時覺得相當不妙。

她想到可憐的羅伯特．瑞斯邁，他還跑來跟她說自己擔心馬克思沒注意到羅傑．理查森的腸道有傷口。

而現在瑞斯邁已經死了。

大概半年前，她和瓦倫丁傍晚下班後一起去喝一杯。其實不止一杯，馬克思喝得酩酊大醉，他向她坦承自己的婚姻關係變得不太穩定。而且他明明是產科醫生，卻突然開始抱怨小孩，讓她大吃一驚。他告訴她，他之前替一位得癌症的二十四歲病人切除子宮時，用某位作家的話來安慰她（她不記得是哪個作家了）。

希望的大敵就是走廊上的嬰兒車。[60]

因為她親眼見證過馬克思高明的醫術，所以她對關於他行為的謠言總是不屑一顧。他是她兒子的教父，也是一個慷慨的好朋友，不可能是壞人吧。但為何喬琪如此堅持她不想要馬克思替她

---

[60] 原文：There is no more sombre enemy of good art than the pram in the hall，意即養育小孩會消磨掉人的創造力。引自西里爾．康諾利（Cyril Connolly）一九三八年的文學批評與回憶錄合集《希望的敵人》（*Enemies of Promise*）。作者在書中不斷自問，為何自己如此才華洋溢，卻未能創作出一部偉大的文學作品。

動手術？

馬克思．瓦倫丁怎麼可能另有目的？她怎麼會完全沒有注意到？他為何要打那通關於查理的電話？只有一個可能性。

為了讓她離開手術室。她竟敢把她的兒子，也是他的教子當誘餌。

她突然想到一件事，頓時感到非常不安。她剛剛請尼爾徵詢馬克思的意見。

天啊。

她心急如焚，馬上從通話紀錄撥打醫院總機的電話，接聽的是瑪奇。

「又是我，克勞醫生。」她說。

「請問需要什麼協助呢？」

「瑪奇，這件事非常非常緊急，攸關生死。請立刻派警衛上去五號手術室，叫他們阻止病人喬琪娜．麥克林的手術。這件事非常緊急，妳能做到嗎？」

她似乎有些遲疑，說：「這個嘛……好……應該可以吧。」

「瑪奇，請妳相信我，這真的是緊急狀況。我不管他們要怎麼做，但在我抵達前，他們不能讓任何事情發生，他們必須阻止喬琪娜．麥克林的墮胎手術。請他們跟我的住院醫生瓦克林醫生談談，好嗎？五號手術室。我現在趕過去，但需要一點時間。跟他說他必須中止手術，這是誤診。拜託，事關重大，妳一定要幫我。」

凱特一把抓起手機架上的手機，熄了火，連鑰匙都沒拔就下車，便開始奔跑，完全不理會後方開賓士的男人對她投以奇怪的眼神。她在靜止不動的車輛間穿梭，衝到車道的另一邊，險些被卡車撞，才安全抵達澤西大飯店前面的人行道。她沿著飯店旁邊的小巷拔腿狂奔，跑到連一隻高跟鞋都掉了。

她把腳塞回鞋子裡，又開始衝刺，還閃過一對推著嬰兒車的夫婦。她把手機拿在面前，在聯絡人名單找到她的最愛，再從中找到了阿爾貝托．平托，邊跑邊把手機拿在耳邊。阿爾貝托是醫院的正職電腦工程師，他才剛幫她安裝新電腦。他幾乎馬上就接起電話。

「凱特，哈囉，妳好嗎？」他用很重的口音打招呼道。

「阿爾貝托，這是緊急狀況，你現在能馬上幫我做一件事嗎？」凱特喘道。「你有我的密碼嗎？」

「有。」

「如果你登入我的電腦，可以告訴我是否有別人登入過嗎？」

「可以，沒問題。」

「我必須馬上知道。」

「我有一項工作要完成，我可以明天早上做。」

「不行！」她提高音量。「不行，不能等到明天，我需要你現在立刻馬上做——阿爾貝托，這或許能拯救人命。你多快能完成？」她絆到了一塊鋪路石，差點跌倒，手機從她手中飛了出去，掉到馬路上。

靠。

她跪下來抓起手機，幸好螢幕沒破裂。「抱歉，阿爾貝托，我剛剛沒聽到。」

「五分鐘，到了之後我只要幾秒就能查出來，我五分鐘後到。」

「五分鐘太久了，給你三分鐘。」

她掛了電話，在手機上戳了三次「9」。

99

一月二十二日星期二

馬克思・瓦倫丁才剛換回西裝，尼爾・瓦克林就匆匆走進更衣室，一臉抱歉的樣子。他向瓦倫丁解釋，雖然之前已經做過那麼多檢查，克勞醫生還是想在進行喬琪娜・麥克林的子宮切開術之前，請他做最後一次的內診。他剛剛有進行內診，但完全找不到癌症的跡象，所以克勞醫生請他來找身為腫瘤科專家的瓦倫丁醫生，問他願不願意到手術室確認這位女士到底是否有子宮頸癌。

十分鐘後，瓦倫丁已換上手術服，也洗了手並戴上手套。他大步穿越手術室，替失去意識的喬琪娜・麥克林進行內診。他一字一句清楚解說，主要是說給住院醫生聽，但也是說給整個手術團隊聽。

「我摸到好幾處腫塊，幾乎就像小花椰菜一樣，跟掃描結果相符。毫無疑問，我百分之百確定，這位女士已經是子宮頸癌晚期，是二期。我認為她必須立刻進行化學放射治療，這代表我們必須繼續進行子宮切開術。」他看著住院醫生說：「年輕人，我不知道你怎麼會沒注意到。你明白萬一誤診，這位女士會陷入多大的生命危險嗎？早期發現可以大大提高存活率，在你未來的職涯發展，希望你能謹記這點。」

尼爾．瓦克林受到了斥責，語帶歉意說：「謝謝你，瓦倫丁醫生，我很感激。」

瓦倫丁搖搖頭說：「該感激的不是你，而是這位女士。把這個經驗當作一次教訓吧，你剛剛的評估可能會導致完全不一樣的結果，你明白嗎？」

「真的很感謝你。」

瓦倫丁帶著充滿愛意的眼神，低頭看著喬琪的臉，然後轉向麻醉師說：「好，既然我都來了，就讓我來做子宮切開術吧。」他看著住院醫生說：「別見怪。」

「當然沒問題，醫生，我很榮幸能觀摩手術過程並從旁協助你。」

「很好，那麼尼爾，我需要音樂，我要范．莫里森。我動手術時都會放音樂。就從〈眾人仰慕的女王〉開始吧。」

瓦克林匆匆離去後，馬克思．瓦倫丁趁大家不注意時，低頭看著喬琪的臉，並撫摸她的臉頰。就算鼻子和嘴巴罩了氧氣罩，她看起來還是很安詳，而且美得令人難以置信。

就快了，我的愛，妳很快就能擺脫那個多餘的飛行員和妳體內的東西了。雖然妳此時此刻還不知道，但妳很快就會感激我的，因為我是從本應殺死妳的嬰兒手中拯救妳的外科醫生！因為在手術過程中，技術高超的醫生也切除了癌細胞。現在癌細胞都沒了，不需要進行好幾星期可怕的化學放射治療了。妳將重獲新生。

妳到底會多感激我呢？

他聽到音樂開始播放，是范．莫里森，讚啦！他低頭看著她的臉龐，一邊想著歌詞。

妳是為我仰慕的女王……

瓦倫丁把手伸向手術器械台，並用誇張的動作拿起一把手術刀。他沉默了幾秒，在心裡默默跟著歌詞唱起來。

所有人的注意力都放在他身上，他是王者，是自身宇宙的主人，噢耶！

他轉向一名護理師，請她消毒喬琪的肚子，並看著她用刷子在喬琪裸露的肚子上塗了棕色消毒液。很快他就能親吻她的皮膚，親遍她的每一吋肚皮，還有親吻她小到幾乎沒人會注意到的傷疤。他輕柔的撫觸也是他的技能之一。

護理師消毒完畢後，瓦倫丁一如往常，用誇張的語調宣布道：「動刀！」

他將鋒利的刀刃按在喬琪的腹部上，慢慢切開皮膚和下方的肌肉組織，並沿著腹部往下劃，一條血沿著刀刃的路徑冒了出來，追著刀刃跑。就在切完第一刀時，手術室的門「砰」的一聲打開了，他嚇了一跳，抬起頭來。

凱特．克勞穿著便服站在門口，滿身大汗，還有一名警衛陪同。

「住手！馬克思！住手！」她大叫。尼爾．瓦克林吃驚地看著她，她也吸引了全場的目光。

「凱特，妳瘋了嗎？快出去。」瓦倫丁轉向他的手術團隊，用傲慢的語氣命令道：「我可不容許這種事，立刻把那個女人趕出去。這是一個無菌的環境，她正在汙染我的手術室，嚴重危害到我的病人的安全！」

「我不這麼認為，馬克思。」她說，並走向他，一名警衛緊跟在後，還有另一名警衛氣喘吁吁地跑了進來。「放下手術刀！」她要求道。

「警衛，我是這間手術室的資深顧問醫師，我命令你們把那個女人趕出去，她瘋了！她沒有權利也不應干涉手術流程，你們懂嗎？我命令你們立刻把她趕出去。」

警衛看著瓦倫丁，再看向克勞，再回頭看瓦倫丁，不確定該怎麼做。

「如果你們兩個敢違背我的命令，我就以汙染手術室為由立刻開除你們！」他吼道。

凱特·克勞伸手制止警衛，說：「馬克思，汙染這間手術室的東西只有一個。你要不要跟大家解釋一下，為何半小時前，你要打電話給總機，假裝是我兒子學校的老師，謊稱發生了緊急事故？你能跟在場所有人解釋為何你要讓我離開手術室嗎？你是不是為了拿掉一個健康女人的健康胎兒，還騙人說她得了癌症？你到底有什麼毛病？」

有一瞬間，全場陷入沉默。他朝她走了一步，並把手術刀放到手術器械盤上。兩名手術助理護理師為病人止血，雖然不敢置信地雙眼圓睜，但仍不忘履行職責，展現醫療專業素養。

下一秒，他笑容滿面，開始施展他的魅力：「凱特，拜託，這太荒謬了。為了拯救這個女人的性命，必須動這個手術。我不知道發生了什麼事，但肯定是有人在搞鬼。」

「是啊，馬克思。」她的語氣很平靜，絲毫不退讓。「搞鬼的人就是你。上星期，你在我不知情的狀況下登入我的電腦九次，還竄改了這位病人的病歷，這可是刑事犯罪。但我懷疑你還犯下了更嚴重的罪行。」

「凱特！」他依舊裝出無辜的樣子，繼續使用魅力攻勢。「凱特，拜託，我們是同事，也是好朋友。難道是有人向妳說我的壞話，損害我們的友誼嗎？妳到底在暗示什麼？」

「損害我們的友誼？你是說，就像你損害羅傑．理查森的健康一樣嗎？給我滾出這間手術室。」她說，並向他踏出一步。

馬克思再次抓起手術刀，舉在面前，像拿著匕首一樣揮舞著它，說：「別過來，妳這個瘋女人，給我滾出我的手術室。真是豈有此理，我他媽的會讓妳為此被炒魷魚。」他怒瞪警衛，說：「給我他媽的把這女人趕出去！我要繼續進行手術，拯救我病人的生命，聽到了沒？立刻趕走她。」他又朝凱特走了一步，並對警衛點點頭說：「你們知道我是誰嗎？我是馬克思．瓦倫丁，是這間手術室的資深醫師。立刻照我說的做，不然我就讓你們兩個被炒魷魚。在我的手術室裡，發號施令的是我，我要繼續動手術。」

兩名警衛遲疑了。

「別聽他的。」凱特．克勞勸道。「這個男人是個禽獸。」

瓦倫丁揮舞著手術刀，用瘋狂的眼神四處張望，然後向後退並命令手術助理護理師夾鉗子。「這裡歸我管，」他大喊，聲音近乎歇斯底里。「我要繼續動手術。」他看著遲疑的護理師，大吼道：「鉗子！」

凱特朝他走了一步，他拿著手術刀撲向她，說：「給我退後，我警告妳。」

她雖然百般不願意，還是往後退了一步，說：「馬克思！拜託你住手！快住手！」然後她提高音量，大喊道：「大家聽我說，這位病人沒有得癌症！」

瓦倫丁轉向兩名不知所措，因此動彈不得的手術助理護理師，說：「鉗子，照我說的做，上鉗子！我要繼續動手術！」

就在她們開始把切開的皮膚夾起來時，門口傳來了另一個人的聲音：「馬克思，立刻住手！這個手術必須中止！」

是醫院的院長安東尼．梅特蘭。

「別聽她的，她根本瘋了！」馬克思大叫。他俯身靠近喬琪的腹部，凱特能看出他準備要把手術刀刺進去了。

她撲向他，完全不管他手裡的刀刃，一頭撞向他的肋骨，讓他失去重心，重重摔在地板上，雙手胡亂揮舞，手術刀從他手中飛了出去。下一秒，兩名警衛也撲到他身上，把他壓在地上。

「你們這些白痴！」他喘息道。「你們知道自己在做什麼嗎？」

凱特站著俯視他，說：「是的，馬克思，我們知道，我們很清楚自己在做什麼。剛好趕上了，對吧？」

100

三月八日星期日

澤西島今年春天來得早，雖然在這個美麗的三月早晨，感覺更像夏天。過去一星期，氣溫一直維持在攝氏十九度左右，昨天《澤西晚報》頭版醒目的標題還是全球暖化的嚴重性。

但那對沿著維多利亞海濱大道散步的幸福夫妻，以及他們坐在漂亮嬰兒車裡的女兒，並不擔心全球暖化，今天甚至可以說是無憂無慮。那對夫妻僅僅只是在享受當下，凱西．露西．理查森也一樣。她雙眼圓睜，伸出一隻小小的手，旋轉面前其中一個鮮豔的塑膠圓盤。

喬琪也終於得到了解脫。

《澤西晚報》兩個月前的頭條完全不一樣。

島上頂尖顧問醫師犯下謀殺罪

兩星期前，馬克思．瓦倫丁的二審結果出爐後，案件又登上頭版。

島上產科醫生被判三十六年

喬琪和羅傑以控方證人的身分被傳喚，沒有出庭時，兩人在馬克思·瓦倫丁的兩次審判期間，每次開庭也都坐在旁聽區。他們亟需擺脫這個差點毀了他們人生的男人。初審陪審團針對羅伯特·瑞斯邁的謀殺案判定瓦倫丁有罪時，喬琪還沒什麼感覺，這讓她感到驚訝。是二審的判決，也就是對她和當時尚未出生的寶寶的傷害未遂罪，才真正對她造成了打擊，讓她抑制不住自己的情緒，在旁聽區嚎啕大哭，羅傑則緊緊握住她的手。她哭是因為意識到瓦倫丁差一點就得逞了。要不是凱特·克勞腦筋動得快又勇敢無畏，這個坐在嬰兒車裡的小小奇蹟就會在去年一月的那一天，在手術室裡死去，也無法為他們的生活帶來這麼多的光明與歡樂了。

克萊兒·瓦倫丁每次開庭也都有出席，也是坐在座無虛席的旁聽區，旁邊還有一個看起來像是她姊妹的人。第一天她有對喬琪和羅傑露出淒涼的微笑，似乎本來想說什麼，最後卻沒有說出口。每次開庭，她都看起來越來越受傷、沮喪，臉色也越發蒼白，經常閉上眼睛搖頭。是難以置信嗎？倍感震驚？還是情緒麻木，只能默默接受她嫁的男人是個禽獸？

馬克思·瓦倫丁的前妻伊蓮的書面證詞被朗讀出來時，克萊兒的臉色看起來特別蒼白。伊蓮說他長期欺凌她，而且她一直相信當初自己懷孕時，他很生氣，因此給了她什麼東西，害她流產。

有一次，辯方要求克萊兒提供丈夫的品行證明。她站在證人席，但令眾人吃驚的是，她的證詞殺傷力不亞於最嚴重的罪證。「我知道你們期待我做個稱職的妻子，說我丈夫的好話，說他是個愛小孩的父親、一個醫術高明且關心病人的外科醫生，也是當地慈善機構的慷慨捐助者。但我沒辦法，我真的沒辦法。是啊，我已經懷疑很久了，但他是我孩子的父親。我們的關係之前就出現問題了，但當我坐在這個法庭上，聆聽所有關於馬克思的證詞，我才意識到他多年來有多麼需要幫助。對於他所傷害的所有人，我真的很抱歉……」說到這裡，她情緒崩潰，哭了起來。

法官宣布休庭十五分鐘。

被告席上的男人和不到一年半前，在晚宴上坐她隔壁，那自信滿滿、善於施展魅力的男人相去甚遠。他看起來心灰意冷，似乎老了二十歲。兩次審判的檢察官都是同一位，表現出色、毫不留情且完全正當。喬琪對瓦倫丁從頭到尾都不抱有一絲同情，連在得知他悲慘的成長經歷後也不為所動。他的辯護律師在初審花了整整兩天詳述他的童年，又在二審複述了一遍。

法官推遲了判決，先是等待二審的結果，再來等待精神鑑定報告。最後，法官在上星期五做出了判決。

瓦倫丁再也無法危害任何病人的安全。初審判決後，他立刻就被取消了執業資格。星期五時，喬琪坐在旁聽區，看著法官做出判決。他的語氣充滿輕蔑與勉強壓抑的憤怒，宣判道：

「馬克思．瓦倫丁，請起身。你犯了謀殺罪、殺人未遂罪，以及嚴重的企圖傷害罪。如你所知，謀殺罪的判決就是無期徒刑，而根據我們的法律，我們必須規定一個強制性的最短服刑期。

你犯下謀殺罪是為了避免承擔先前行為的後果，更加重了你的罪行。單就此違法行為，法院認為應判處二十七年強制性的最短服刑期。

「然而，你犯下的不只謀殺罪，還有以下罪行。你試圖殺死一個尚未出生的嬰兒，並因有意疏忽對嬰兒的父親犯下了嚴重的企圖傷害罪。通常針對嚴重的企圖傷害罪，我們不會判處這麼高的刑期，但根據法院的經驗，這是我們遇過最嚴重的案子。為了滿足私欲，你不僅濫用了病人的信任，更濫用了醫療服務和同事的信任。若你沒被阻撓，後果將不堪設想。沒有比這個更邪惡的計畫了。

「我們聽了你的辯護律師陳述你的童年經歷，你無疑被剝奪了愛及感情等所有父母對子女應負的責任義務。很多人都經歷過缺乏關愛的童年，或是被父母以各種方式欺凌，但這不能作為成年出社會後犯罪的藉口，而你的罪行尤其邪惡。你進入醫療界時，發誓絕不會傷害病人。但在你對喬琪娜．麥克林的扭曲迷戀下，你徹底違背了這個誓言，將其拋諸腦後。

「法院認為這些罪行應大大增加你的最低刑期，以反映頭腦正常的人聽到你的罪行時所感受到的驚駭程度。完成最低刑期後，你將繼續服刑九年，共三十六年。」

他們默默走了一會兒，沉浸在各自的思緒中，羅傑推著嬰兒車，喬琪則把一隻手輕輕扶在把手上。在初審判決後，她有打給克萊兒，主要是出於善意，或許也有一點點好奇。但電話轉接到語音信箱，她也不知道該說什麼，便沒有留言。判決後的星期六，她又試了一次，還是轉接到語音信箱，這次她也沒有留言。她到底能說些什麼，安慰那個可憐的女人呢？

羅傑聽一個從事醫療業的客戶說，克萊兒·瓦倫丁決定離開這座島，帶著小孩到英國本土，因為在這裡，他們永遠無法擺脫父親的陰影。

這是個好決定，喬琪心想。但即便她對馬克思·瓦倫丁深惡痛絕，她還是忍不住同情那個在晚宴上對她親切友善，更伸出友誼之手的女人。

他們經過舊站咖啡廳熱鬧的露台，每桌都坐滿了正在享用飲料或早午餐的人們。有些人帶著年幼的孩子，到處都是人們的歡笑聲，這就是正常的生活，是她渴望已久的生活。

去年夏天，他們在美麗的聖布雷拉德教堂舉行了婚禮，由兩人非常喜歡的教區牧師馬克·龐德主持完婚。他是一位戴著耳環的前搖滾歌手，也完全支持他們選范·莫里森的歌作為結婚進行曲。

喬琪永遠不會忘記自己差點就失去了羅傑。瓦倫丁被逮捕後不久，一名優秀的外科醫生就替他開刀，也確認他的腸道確實有傷口。她也永遠不會忘記，自己因為麻醉而失去意識前的幾秒鐘，馬克思·瓦倫丁俯視她的臉龐。

在初審期間，瓦倫丁的辯護律師提出極具說服力的解釋與論點，她幾度以為他可能會被宣判無罪。愛德華多所提供的證據是訴訟的重要轉折點。瓦倫丁先前宣稱案發當時，他在醫院等瑞斯邁，但愛德華多看到了瓦倫丁的保時捷停在離貝爾皇家大飯店不遠的地方。雖然親愛的愛德華多因為英文不是自己的母語，表達有些困難，瓦倫丁的大律師又對他進行咄咄逼人的交叉詢問，但他仍堅持自己的立場。他用清楚的聲音大聲說，他當時回自己在貝爾皇家大飯店的辦公室放小丑服，看到瓦倫丁走出飯店，跑到車子並迅速離開。警方查詢車子的導航和定位系統，發現保時捷當時的位置確實在飯店，證實了愛德華多的證詞。

有很長一段時間，喬琪心裡會想，當初導致機場事故，害羅傑差點丟了性命的無人機是否也是馬克思．瓦倫丁策劃的。但幾個月前，一名母親走進聖赫利爾警察局，承認駕駛無人機的是她十一歲的兒子，而他聽到自己造成多人傷亡後，受到了嚴重的精神創傷，不敢坦白自己犯的錯誤。真可憐，那個男孩肯定會受到良心譴責，一輩子都忘不了這件事。

他們把女兒命名為凱西，以向凱特．克勞致敬，而凱特確實也當之無愧。她不僅替他們接生了一個健康漂亮的寶寶，還告訴他們一個好消息：喬琪體內完全沒有癌症的跡象。她說，如果他們想要組成更大的家庭，也沒有拖得太晚，那有何不可呢？

讓凱西多一個弟弟或妹妹嗎？喬琪幾乎不敢相信這個可能性，但……她這次生理期還沒來。

到了咖啡廳的另一頭，羅傑突然停下來親吻她，說：「我願用一分錢，換取妳的心事。」

她搖搖頭說：「再多錢都買不了我現在的感受。」她親吻他，說：「好奇妙喔，我們竟然剛好停在這裡。」

「為什麼？」

她指著紅綠燈說：「你記得我之前告訴過你，有個開保時捷的白痴差點撞死我嗎？」

「記得。」

她用手指，說：「就是在這裡。」她站在原地幾秒鐘，回想那一刻。「從很多方面來說，凱西都是個奇蹟般的孩子。當我幾乎放棄生孩子的希望，她就出現了。而在那次過馬路，我差點就失去了她，但我們因為一秒之差而得救了。而在手術室裡，如果當時再晚個幾分鐘，瓦倫丁就會殺死她了，而且要不是凱特．克勞衝進來，他就會得逞了。」她用力擁抱羅傑，說：「那個卑鄙的男人還試圖殺死你，我差點就失去你了。」

羅傑也擁抱她，說：「而在那場派對，我抵達時妳正好要走。如果我當初晚五分鐘到，我們可能就不會相遇了。時間點真重要，對吧？」

喬琪看著他，感到心滿意足，微笑道：「時間點，對啊，時間點就是一切。」

Storytella 160

直到你專屬於我

I Follow You

直到你專屬於我/彼得.詹姆斯作；楊睿珊譯. -- 初版. -- 臺北市：春天出版國際文化有限公司, 2023.08
　面；　公分. -- (Storytella；160)
譯自：I Follow You
ISBN 978-957-741-723-7(平裝)

873.57　　　112011596

ISBN 978-957-741-723-7
Printed in Taiwan

作　者　彼得・詹姆斯
譯　者　楊睿珊
總編輯　莊宜勳
主　編　鍾靈

出版者　春天出版國際文化有限公司
地　址　台北市大安區忠孝東路四段303號4樓之1
電　話　02-7733-4070
傳　眞　02-7733-4069
E－mail　bookspring@bookspring.com.tw
網　址　http://www.bookspring.com.tw
部落格　http://blog.pixnet.net/bookspring
郵政帳號　19705538
戶　名　春天出版國際文化有限公司
法律顧問　蕭顯忠律師事務所
出版日期　二〇二三年八月初版

定　價　520元

總經銷　楨德圖書事業有限公司
地　址　新北市新店區中興路二段196號8樓
電　話　02-8919-3186
傳　眞　02-8914-5524
香港總代理　一代匯集
地　址　九龍旺角塘尾道64號 龍駒企業大廈10 B&D室
電　話　852-2783-8102
傳　眞　852-2396-0050